KB101914

신일룡 新무협 판타지 소설
FANTASTIC ORIENTAL HEROES

풍신유사 1

신일룡 新무협 판타지 소설

초판 1쇄 찍은 날 § 2008년 12월 22일
초판 1쇄 펴낸 날 § 2008년 12월 27일

지은이 § 신일룡
펴낸이 § 서경석

편집장 § 문혜영
편집책임 § 문정흠
편집 § 서지현

펴낸곳 § 도서출판 청어람
등록번호 § 제1081-1-89호
등록일자 § 1999. 5. 31
어람번호 § 제2-1646호

주소 § 경기도 부천시 원미구 심곡2동 163-2 서경B/D 3F (우) 420-822
전화 § 032-656-4452 팩스 § 032-656-4453
http://www.chungeoram.com
E-mail § eoram99@chollian.net

ISBN 978-89-251-1623-5 04810
ISBN 978-89-251-1622-8 (세트)

光

FANTASTIC ORIENTAL HEROES

신일룡 新무협 판타지 소설

風

바람에 미쳐
바람이 된 자.

풍신유사

탄생(誕生)

1

청람
도서출판

작가서문

'하늘의 뜻', 그리고 '그 안에서의 인간의 운명'

풍신유사는 이 두 가지를 놓고 주제를 제법 거창하게 잡았습니다.

재미와 감동을 추구하는 무협에서는 그다지 바람직하지 않은 선택일 수도 있다는 생각이 들었지만, 어느새 머리에 있는 것들이 글로 옮겨지고 있더군요.

쓰면서 수정을 거치고, 처음 계획했던 내용과 다른 이야기들이 지면을 채워갔지만, 본래 의도와 주제가 달라지지 않으려 많은 노력을 기울였습니다.

이 글의 주인공 관우는 하늘로부터 특별한 운명을 부여받고 태어나게 됩니다.

진정한 바람이 되길 갈구하고, 결국 그것을 이룬 주인공이 하늘의 뜻을 좇아 나아가는 모습들을 그린 것이 바로 풍신유사입니다.

흐름을 중시하고, 최대한 재미와 주인공의 내면을 살리려 애를 썼지만, 판단은 독자분들의 몫일 줄 압니다.

풍신유사는 6권 정도 선에서 완결을 볼 예정이며, 개인적으론 이야기가 전개될수록 흥미가 더해지는 글로 독자들에게 남기를 소망합니다.

아울러 글의 설정상 무공 이외의 능력들이 등장하지만, 이 글은 어디까지나 '무협'임을 밝혀둡니다.

바람이 된 관우.

그리고 기억을 잃은 장부교.

하나이되 둘인, 혹은 둘이되 하나인 이들의 이야기가 여러분께 자그마한 감흥이라도 드릴 수 있길 기대하며……

마지막으로 미흡한 글의 출판을 도와주신 청어람 출판사와 편집하느라 고생하신 분들께 감사의 말씀 전합니다.

2009년을 눈앞에 두고,
신일룡 揖.

바람에 미쳐 바람이 된 자.

사람이되, 신이 되어버린 자.

하늘의 뜻을 좇아 하늘을 거역한 자.

이것은 그에 관한 남겨진 이야기[遺事]다.

서(序)

내 이름은 장부교(張夫敎). 난 바람에 미친 사내다.

한 살 때, 울다가도 누군가 입으로 바람만 불어주면 까르르 웃었다.

세 살 때, 벌거벗긴 채 방문을 모조리 열어놓아야만 잠을 잤다.

다섯 살 때, 바람이 불지 않는 날이면 하루 종일 온 동네를 뛰어다니며 바람이 부는 곳을 찾아다녔다. 그러다가 게거품을 물고 실신하기가 다반사였다.

여덟 살 때, 바람이 내 몸을 받아주리라 믿었다. 그래서 지붕에서 뛰어내렸다.

열 살 때, 바람과 함께 날 수 있으리라 믿었다. 그래서 절벽에서 뛰어내렸다.

그리고 열두 살이 된 어느 날, 나는 맨몸으로 집을 나섰다.

떠나려는 나를 묵묵히 바라보시던 아버지께서 물으셨다.

"교아야, 정녕 바람을 찾아가려느냐?"

나는 고개를 저었다.

"바람이 될 거예요."

그때, 아버지의 얼굴에 떠올랐던 표정의 의미를 난 알지 못했다. 그것을 알게 된 것은 오랜 세월이 흐른 뒤였다.

내 이름은 장부교.

나는 바람에 미친 사내다.

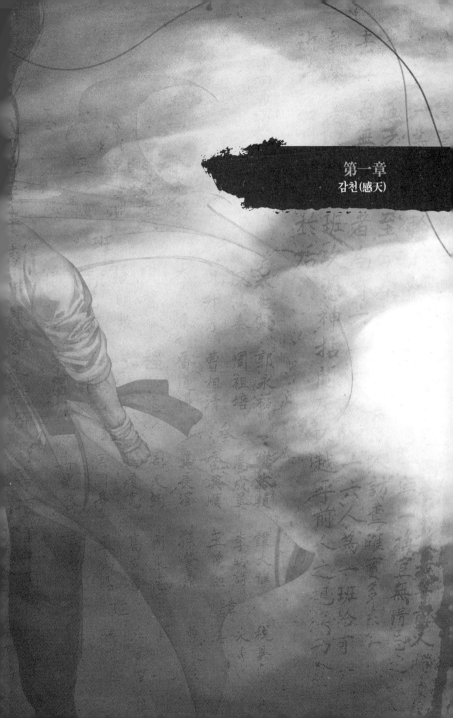

第一章
감천(感天)

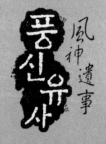

風神遺事

위이이잉!

뼛속을 에일 듯한 한풍이 몰아 닥쳤다.

청해성 서쪽 끝에 위치한 대곤륜산(大崑崙山).

만년설로 뒤덮인 정상 부근을 힘겹게 오르는 한 사내가 있었다.

사내는 이곳 사람들이 흔히 입는 털옷 하나 걸치지 않았다.

허름한 마의 자락 속을 설풍(雪風)이 파고들었다.

길게 흩날리는 흑발 사이로 짙은 눈썹이 보였다.

그 아래 가늘게 뜬 두 눈은 불어오는 바람을 꿰뚫고 있었다.

우뚝 솟은 콧날과 두터운 입술, 약간의 각진 턱.

사내의 얼굴은 전체적으로 잘생겼다기보단 오히려 거칠어

보였다.

턱밑에 언뜻 보이는, 이제 막 돋아나기 시작한 까칠한 수염은 그의 나이가 약관 전후임을 짐작케 했다.

"가르쳐 줘."

사내의 입술이 열리며 맑은 음성이 흘러나왔다. 듣기만 해도 머리가 맑아지는 청아한 음성이었다.

"…가르쳐 줘, 네가 될 수 있는 방법을."

사내는 계속해서 이해할 수 없는 말을 중얼거렸다.

"타커라마간(塔克拉瑪干) 사막에서 네가 그랬잖아. 이곳으로 가면 알려주겠다고."

위이이잉!

세찬 한풍이 거칠게 그의 나약한 몸을 밀어냈다.

하지만 사내는 조금도 뒤로 물러서지 않고 꿋꿋이 앞으로 발걸음을 옮겼다.

"나는 알아, 넌 거짓말을 하지 않는다는 걸. 넌 바람이니까."

쉬쉬쉬쉭!

설풍은 더욱 강하게 그를 몰아치기 시작했다.

마치 자신의 앞에 서 있는 사내가 귀찮기라도 하듯 매섭게 그의 온몸을 휘감았다.

사내의 입술이 파리하게 변해갔다.

흩날리는 눈발로 인해 그의 전신은 이미 하얗게 변한 지 오래였다.

그러다가 지친 듯 사내의 발걸음이 조금씩 느려졌다.

"난… 난 반드시… 바람이 될 거야."

스스로 다짐이라도 하듯 사내는 꽁꽁 얼어버린 자신의 입술을 꽉 깨물었다.

고통은 없었다. 이미 감각이 상실된 지 오래였다.

털썩!

사내의 무릎이 꺾였다.

설원에 엎어진 그는 두 주먹을 움켜쥐며 앞으로 내뻗었다.

부들부들 떨리는 그의 손이 쌓인 눈을 파고들었다.

스윽!

천천히 앞으로 기어가기 시작하는 그의 몸.

"난… 이대로 죽지 않아. 반드시… 반드시 바람이 되고 말 거야."

그의 음성은 조금씩 희미해져 갔다.

"난… 네가 좋아. 왜냐면 넌… 바람이니까. 그러니 제, 제발……."

어느덧 사내의 눈가엔 이슬이 맺혀 있었다.

하지만 그것이 끝이었다.

사내의 입술은 더 이상 벌어지지 않았다.

눈 속에 얼굴을 파묻은 채, 그렇게 사내는 서서히 의식을 잃어갔다.

희미한 의식 속에서 지난 십 년간의 험한 여정이 주마등처럼 스쳐 지나갔다.

정처는 없었다.

그저 바람이 불어오는 곳으로 발걸음을 옮겼을 뿐이다.

그곳으로 가면 바람이 될 수 있는 법을 알 수 있을 것 같았다. 그렇게 하다 보면 바람이 될 수 있을 것만 같았다.

왜냐면 그 외엔 다른 방법을 알지 못했으니까……

일 년, 이 년……

그렇게 온 세상을 헤매며 돌아다녔다.

미친 짓이었다. 하지만 오히려 그것을 원했다.

미치지 않으면 바람이 될 수 없다고 여겼다. 바람에 미쳐야 했다. 왠지 그래야만 될 것 같았다.

오르지 않은 산이 없었으며, 발을 적셔보지 않은 강이 없었다.

때로는 맹수에게, 또 때로는 배고픔으로 인해 죽음의 경계를 수없이 오갔다.

거친 방랑의 삶은 십여 세의 소년에겐 가혹한 것이었다.

험난한 여정을 겪는 동안 차츰 말을 잃어갔고, 범인(凡人)의 삶을 벗어난 생활에 젖어갔다.

두 눈엔 오로지 바람만이 보였다. 두 귀엔 다만 바람 소리가 들릴 뿐이었다.

그렇게 얼마 뒤, 바람의 냄새를 맡을 수 있게 되었다.

또 얼마가 지나자 바람의 감촉을 느낄 수 있게 되었다.

그렇게 서서히 바람에 미쳐 갔다.

바람이 있으면 먹지 않아도 허기가 지지 않았고, 바람만 있으면 피곤하지도, 졸리지도 않았다.

이제는 바람을 따라가는 것이 아니었다.

내가 바람과 함께 부는 것이었다.

그러나 거기서 만족할 수 없었다.

바람과 함께 사는 법은 배웠으나, 여전히 바람이 되지는 못했던 것이다.

바람과 함께하는 사람이고 싶지 않았다.

그저 바람이고 싶었다.

그렇게 십 년이란 세월이 유수와 같이 흘러간 어느 날, 이만리 중원 땅엔 더 이상 찾아갈 곳이 없음을 알았다.

그 길로 중원을 떠나 새외로 발걸음을 옮겼다.

뜨거운 태양이 작열하는 타커라마간의 모래폭풍이 마음을 인도했다.

칠 주야를 끝없이 펼쳐진 사막을 가로질렀다. 그러나 그동안 본 것이라곤 창공에서 이글거리는 불덩어리와 뜨겁게 달구어진 거친 모래뿐이었다.

그토록 고대하던 모래폭풍은 어느 곳에서도 모습을 드러내지 않았다.

그렇게 절망과 탈진 속에 죽어가던 그때, 드디어 한줄기 바람이 불어왔다.

속삭이듯 살갗을 간질이는 그것이 눈을 뜨게 했다.

앞에는 거대한 황색 폭풍이 버티고 서 있었다.

그토록 기다리던 모래폭풍이었다.

모래폭풍은 그대로 전신을 휘감았고, 끝없는 나락 속으로 빠뜨렸다.

그리고 그때 뇌리 속에 누군가의 음성이 울려 퍼지기 시작했다.

—하늘의 이치를 거스르려는 어리석은 자여, 너의 큰 어리석음이 하늘에 닿았다! 태초 이래 너와 같이 어리석은 자가 없었으며, 나를 이처럼 격동시킨 자 또한 없었다! 네가 진정 네 영혼을 바꾸기까지 내가 되려 하겠는가! 그러하다면 가라! 하늘과 가까운 곳, 대곤륜으로……!

꺼져 가는 의식의 한가닥 속에서도 알 수 있었다.

그것은 그토록 갈급해하던 바람의 음성이었다.

한참 뒤 깨어나 그 길로 대곤륜이 버티고 있는 이곳으로 달려왔다.

벅찬 마음을 주체하지 못하며…….

'약속을 지켜! 바람이 되게 해준다는……!'

사내는 온몸이 식어가는 와중에서도 속으로 외치고 또 외쳤다.

이렇게 눈을 감을 수는 없었다.

이제 겨우 바람의 음성을 들었건만…….

이제 겨우 약속을 얻었건만…….

'지켜라! 약속을 지키란 말이다! 약속을!'

꿈틀!

어디에 그런 힘이 남아 있던 것일까?

얼음처럼 굳었던 사내의 손가락이 미미하게 떨려왔다.

그리고 바로 그 순간,

쏴아아아!

쉬쉬쉬쉬쉿!

바람이 불어오기 시작했다.

그것은 지금까지 사내를 얼려 버리려 했던 세찬 한풍과는 다른 것이었다.

그것은 봄날의 햇살과도 같은 따스한 바람이었다.

바람이 불자 그때까지 사내를 휘감고 있던 설풍은 씻은 듯이 사라져 버렸고, 사내를 뒤덮고 있던 눈보라는 일순간 녹아 버렸다.

바람은 마치 어린아이를 안아 올리듯 사내의 몸을 감쌌다.

그러자 그의 몸이 순간 둥실 허공으로 떠올랐다.

구름처럼 가벼워진 자신의 몸을 느끼며 사내는 스륵 눈을 떴다.

드넓은 창공에 물결처럼 넘실거리는 투명한 무언가가 보였다.

그것은 아무 형체도 없었으되, 또한 공간을 꽉 채우고 있었다.

'아!'

환몽(幻夢)과도 같은 광경에 사내는 일순간 넋을 잃었다.

그때 그의 귀에 흐르는 물소리와 같은 음성이 들려왔다.

—어서 오라, 무지한 자여!

그것은 타클라마칸의 모래폭풍 속에서 들었던 바로 그 음성이었다.

사내의 얼굴은 희열로 가득 찼다.

"넌… 바람?!"

—그렇다. 나는 네가 그토록 찾던 바람의 신, 풍신(風神)이다!

"…결국! 지켜주었구나! 약속을……!"

기쁨에 찬 사내는 몸 둘 바를 몰라 했다.

창공을 흐르던 그것은 주변의 모든 소음을 차단시키며 계속해서 팔방에서 사내를 향해 음성을 발했다.

—장부교! 너는 인간의 몸을 입을 때부터 지금까지 나를 귀찮게 해왔다! 네 영혼은 항상 나를 찾았고, 나를 불렀으며, 내게 구했다! 태초로부터 지금껏 그러했던 인간은 아무도 없었다!

사내는 기지개를 켜듯 두 손을 하늘로 펴 올리며 환하게 웃어 보였다.
　"그래! 그랬어! 그러니, 자! 이제 나를 바람으로 만들어줘! 어서!"

　—음, 어리석은 자여! 기어이 네가 인간의 영혼을 버리고 풍령(風靈)이 되려 하느냐!

　"그래! 그러니 어서! 나를 바람으로!"
　사내는 마치 떼를 쓰는 어린아이와 같았다.

　—진정 무지하구나!

　음성에선 약간의 곤혹스러움마저 느껴졌다.
　하지만 이내 재차 음성이 들려왔다.

　—좋다! 천명(天命)이 다하지 않은 너를 죽일 수도 없음이며, 이대로 두면 계속해서 나를 귀찮게 할 것이니, 내가 이번 한 번만은 천계의 법도를 어겨 더는 나를 귀찮게 하지 못하게 하리라!

　순간.
　우우웅!

사내를 감싸고 있던 바람이 그를 허공에 눕혔다.

―비록 내 천계의 법도를 어긴다고 하나, 천제(天帝)께서 정하신 인간의 굴레마저 어찌할 능력은 없다. 그러니 너는 내게서 풍령을 받되, 일생을 육신의 껍질 속에서 살아야 할 것이다!

사르륵!

공간을 흩뜨리던 물결의 일부가 사내가 누운 곳을 향해 흘러들었다.

그리고 그것은 곧 사내의 코와 입속으로 서서히 빨려 들어가기 시작했다.

"흐허억!"

사내는 눈을 까뒤집으며 온몸을 부들부들 떨었다.

―명심하라, 무지한 자여! 이제 네 안에는 두 개의 영이 존재할 것이니, 하나는 본래 네게 주어졌던 인간의 영이며, 다른 하나는 지금 내가 네게 주는 바람의 영, 풍령이다! 둘은 결코 섞이지 아니하며 화합할 수도 없을 터, 둘을 어찌 다스릴지는 오직 네게 달려 있다! 그 둘이 충돌할 때마다 너는 고통을 겪을 것이며, 풍령의 능력을 행할 때마다 네게 큰 고통이 이를 것이다! 또한 너는 지금부터 너에 관한 이전의 모든 기억을 잃으리라! 이 모든 것은 네가 자초하여 얻은 것인즉, 천상의 신 앞에 네가 결코 변명하지 못할 것이다! 자! 그만 가라! 어리석은 인

간이여! 다시는 나를 귀찮게 말고 나를 떠나라……!

　슈우우우!
　사내를 감싸고 있던 바람이 돌연 광풍으로 변했다.
　몸속으로 빨려 들어간 그것으로 인해 사내의 몸이 마치 풍선처럼 부풀어 올랐다.
　팟!
　한줄기 투명한 빛이 번쩍인 순간,
　쉬쉬쉬쉬쉭!
　사내의 전신에서 폭풍과도 같은 바람이 뿜어져 나왔다.
　그리고 얼마 후,
　폭풍은 그쳤고, 사내의 신형은 더 이상 그곳에 없었다.
　대곤륜의 매서운 한풍만이 다시금 그곳을 쓸고 지나갈 뿐이었다.
　마치 아무 일도 없었다는 듯이.

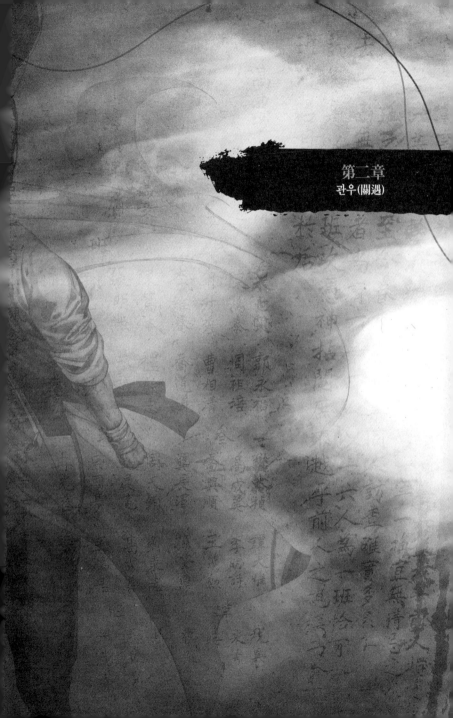

第二章
관우(關遇)

風神遺事
풍신유사

"자! 자! 아무나 오시라! 무슨 냄새든지 기가 막히게 알아맞히는 청년! 옆집 누렁이도 울고 간다는 희대의 개코! 십 리 밖에서 뀐 방귀 냄새로 집 나간 마누라도 찾아내는 절세의 후각 고수! 믿든지 말든지 일단 한번 와보시라!"

사천성(四川省)의 성도(省都)인 성도(成都).

수많은 인파가 오가는 복잡한 거리가 오늘따라 더욱 시끄러웠다.

작은 체구에 염소수염을 기른 중년인 하나가 거리 한복판에서 고래고래 소리를 지르고 있었다.

허름한 옷차림과 말투를 보니 각지를 전전하며 목청깨나 높이는 약장사가 틀림없어 보였다.

"허! 그게 정말이오? 내 살다 살다 이렇게 금방 탄로날 일을 호언장담하는 약장수는 처음이구려."

누군가 걸음을 멈추고 중년인의 말에 호기심을 보였다.

그러자 그것을 시작으로 하나둘 사람들이 모여들기 시작했다. 이를 본 중년인은 신소(哂笑)를 머금었다.

"한 번 보고 놀라지나 마시오! 자, 나온다! 우리의 주인공 관우(關遇)!"

짝짝……!

중년인의 호들갑과는 달리 한두 사람의 시원찮은 박수를 받으며 그의 뒤에 서 있던 청년 하나가 사람들 앞으로 나섰다.

청년의 키는 보통 사람보다 좀 큰 편이었고, 약간 마른 듯 각진 얼굴을 소유했다.

역시 허름한 차림새였으나, 얍삽하게 생긴 중년인과는 달리 서글서글한 인상을 풍겼다.

청년의 등장에 모여 있던 사람들의 기대가 한풀 더 꺾였다.

뭔가 특이할 만한 것이 청년에겐 없었기 때문이다. 개중에는 벌써 자리를 뜨는 사람도 몇 보였다.

"이자가 무얼 한단 말이오? 어서 보여주기나 하쇼!"

여기저기서 퉁명스런 말들이 튀어나왔다.

하지만 중년인은 여전히 여유를 부리며 말했다.

"허어! 급하다, 급해! 자! 모두들 잘 보시오! 내 손에 들린 것이 뭐요?"

"항아리[壺] 아닌가!"

"맞소! 이건 속이 텅 빈 항아리요! 자, 이제부터 여러분이 이 안에 물건을 하나씩 넣으면 여기 이 청년이 냄새만으로 그 물건이 누구 것인지 알아맞힐 것이오!"

뜻밖의 말에 사람들이 웅성거리기 시작했다.

하지만 곧 따지듯이 묻는 자들이 나타났다.

"저자가 저렇게 두 눈을 멀쩡히 뜨고 있는데 무슨 놈의 냄새로만 맞힌다는 거요?"

이에 중년인은 과장된 표정으로 손을 내저었다.

"어허! 급하구나, 급해! 의심이 난다면 눈을 부릅뜨고 우리 관우를 잘 보시오!"

그의 말로 인해 사람들이 시선이 모두 청년에게로 쏠렸다.

그러자 청년은 두꺼운 천을 꺼내 자신의 눈을 가렸다. 그리고 그것으론 모자라다고 판단했는지 이번엔 아예 사람들을 등지며 돌아섰다.

"어떻소? 이제 되셨소? 자! 자! 긴말은 필요없소! 누구든지 저 청년을 시험해 보고 싶은 사람은 그 자리에서 조용히 손만 들어주시오! 그리고 내가 앞으로 가면 몸에 지니고 있는 물건 중 하나를 이 항아리 안에다가 넣어주시면 되오!"

중년인의 말에 서로 눈치를 보던 몇 사람이 손을 들었다.

그러자 중년인은 그중 한 사람에게 조용히 걸어가 항아리를 내밀었다.

그 사람이 주섬주섬 소매 안에서 뭔가를 꺼내 항아리에 넣자, 중년인은 재빨리 청년에게로 다가가 항아리의 주둥이를 청년의 코앞에 내밀었다.

청년이 서 있는 곳을 중심으로 반경 일 장 안에는 수십 명의 사람이 둘러서 있었다.

그리고 그들은 이 일련의 행동을 마치 약속이나 한 것처럼 모두 숨을 죽인 채 지켜봤다.

"이보게, 관우! 말해보게! 이 물건의 주인은 누구인가?"

청년은 잠시 항아리 가까이 코를 대었다가 뗐다.

그렇게 얼마간 잠자코 서 있던 청년의 입이 드디어 벌어졌다.

"이 물건의 주인은……."

그의 음성은 부드러웠다. 또한 듣는 이로 하여금 마음을 편안케 하여 서글서글한 그의 얼굴과도 매우 잘 어울렸다.

"제가 서 있는 곳 좌측 끝으로부터 아홉 번째 서 있는 분이군요."

"……?"

사람들은 청년의 말을 곱씹으며 그대로 숫자를 세기 시작했다. 그것은 물건을 직접 넣은 자도 마찬가지였다.

"…일곱, 여덟, 아홉……! 허어! 이럴 수가!"

곧 여기저기서 탄성이 터져 나왔다.

삽시간에 장내는 웅성거림으로 들썩였다.

그것을 보며 중년인이 손을 휘저으며 말했다.

"자! 자! 한 번으론 부족한 법! 다음은 누가 해보겠소?"

번쩍!

이번엔 누가 먼저랄 것도 없이 거의 모든 사람이 손을 들었다.

"흐흐! 진정들 하시고! 으음, 가만있어 보자…… 옳지! 거기!"

중년인은 누군가를 지목하더니 사뿐사뿐 그 앞으로 걸어갔다.

아까하고 동일하게 항아리에 물건을 넣어 청년 앞에 가져간 중년인.

"이보게, 관우! 이번엔 누구 것인가?"

한차례 냄새를 맡은 청년의 입에서 다시금 유순한 음성이 흘러나왔다.

"우측 끝으로부터 열다섯 번째 서 있는 분의 것이로군요."

"오오! 정말이잖아!"

"이런 신기할 데가!"

이번엔 미리 순서를 세어놓았는지 사람들의 반응이 즉각 나타났다.

하지만 그때 누군가가 불쑥 끼어들며 말했다.

"그 정도로는 믿을 수 없소! 저 사람들이 한패가 아니라는 보장이 어디 있소!"

그는 황의를 걸친 장년인이었는데, 그의 표정엔 불신의 빛이 가득했다.

그러자 사람들이 고개를 끄덕이며 '맞아, 맞아'를 연발했다.

하지만 이에 대한 중년인의 반응은 태연하기만 했다. 마치 이런 상황을 예상이나 했던 것처럼 얼굴엔 미소마저 떠올리고 있었다.

　"허어! 마누라가 뒷간에 들어가 앉아서 오줌을 쌌대도 의심할 사람이로세!"

　"뭐요?"

　황의장년인은 발끈했지만, 사람들은 중년인의 말에 실소를 터뜨렸다.

　"아! 농이요, 농! 무릇 의심은 풀라고 있는 법! 심기가 깊으신 우리 형장(兄丈)께선 이리로 잠시 나와주시겠소?"

　"……?"

　돌연한 요구에 그는 주춤거렸지만, 여기저기서 나가라는 성화가 이어지자 쭈뼛거리며 앞으로 나섰다.

　"형장의 존성대명이 어찌 되시오?"

　"자, 장… 우삼이라 하오. 커흠!"

　"아! 알고 보니 장 대인이시었구려!"

　"커! 커흠흠!"

　"자, 장 대인! 오늘 아침 조반으로 무엇을 드시었소?"

　"그, 그건 왜……?"

　"아! 잠깐만! 그것은 장 대인이 아니라 여기 있는 관우가 대신 대답을 해줄 거요! 이보게, 관우."

　중년인이 자신을 부르자 청년은 눈을 가렸던 천을 떼고 군중들을 향해 돌아섰다.

멀뚱히 서 있는 황의장년인 앞으로 다가온 그는 고개를 숙이며 말했다.

"반갑습니다, 장 대인. 저는 관우라고 합니다."

"바, 반갑소."

얼결에 황의장년인도 인사를 했다.

"자아! 여기 우리 관우가 말을 하기 전에 먼저 짚고 넘어갈 것이 있소! 혹시 이 중 여기 서 있는 장 대인을 아는 분이 계시오?"

"여기 있소! 그와 나는 한동네에 사오!"

"좋소! 그럼 혹 지금 말씀한 분을 알고 있는 분이 있소?"

"있소! 이놈은 내 불알친구요! 흐흐!"

"지금 말씀한 분을……?"

"여기 있소!"

"내가 아오!"

그렇게 열댓 번을 물은 중년인이 흡족한 표정으로 말했다.

"좋소, 좋아! 그럼 마지막으로 묻겠소! 지금 대답한 분들 중에 전부터 나와 관우를 알고 있던 분이 계시오?"

"없소!"

"모르오!"

"나도 모르오!"

"자! 자! 그만 됐소! 분위기는 익을 대로 익었으니 이제 우리다 같이 관우의 말을 들어보는 일만 남았구려! 이보게, 관우?"

"……"

장내는 순식간에 조용해졌고, 모두들 청년의 얼굴로 시선을 집중했다.

청년은 기다렸다는 듯 황의장년인의 얼굴을 바라보며 말을 하기 시작했다.

"장 대인께서는 오늘 아침 마파두부를 드셨습니다."

"……!"

황의장년인은 움찔했다. 하지만 이내 큰 소리로 반박했다.

"그, 그것은 아직 옷에 냄새가 배어 있어서 안 것이 아닌가! 그 정도는 나도 할 수 있어!"

하지만 청년은 여전히 부드러운 어조로 말을 이었다.

"그건 그렇지요. 그런데 장 대인은 이곳에 오시기 바로 전에 화장실을 들러 볼일을 보고 오신 것 같군요."

"……!"

"그전에는… 주향이 배인 걸 보니 아마도 주루를 들르셨던 것 같습니다. 술은 드시지 않은 듯합니다만……."

"그, 그걸 어떻게……?"

황의장년인의 눈이 조금씩 커지기 시작했다.

"주루를 가시기 전에는… 흐음, 양손에서 진한 지향(紙香)이 풍기는 걸 보니 아마도 투전판에… 흡!"

"아! 알았네, 알았어! 자네의 말이 다 맞네! 자네, 정말로 신통한 능력을 지녔구먼! 이렇게 놀라울 데가! 아하하!"

잽싸게 청년의 입을 틀어막은 황의장년인은 짐짓 과장되게 웃었다.

그러더니 그는 청년의 귀에 대고 속삭였다.

"내 믿음세. 그러니 제발 여기서 그쳐 주게. 투전판에 들락거린 이야기가 우리 마누라 귀에 들어가는 날엔 내 이 열 손가락이 무사하지 못할 걸세."

청년은 간절한 그의 표정을 보며 살짝 한쪽 눈을 깜빡였다.

"사정이 그러시다면야……."

"고, 고맙네."

그러자 그때까지 잠자코 있던 중년인이 나섰다.

"어떻습니까, 장 대인? 이젠 의심이 좀 풀리셨소? 아직 풀리지 않았다면 우리 관우가 더 이야기를 해줄 수도 있소만?"

"아, 아니오! 믿소! 믿는대도 그러네! 이보시오, 여러분! 이 청년이 말한 것은 다 사실이오!"

"오! 사실이라는데?"

"그렇군! 정말 개코가 따로 없구먼!"

"개코가 아니라 이 정도면 아예 점쟁이 수준이 아닌가!"

이렇게 되자 장내의 모든 사람들은 청년의 능력을 철석같이 믿지 않을 수 없게 되었다.

이에 회심의 미소를 그린 중년인이 다시 목청을 돋웠다.

그의 양손엔 어느 틈엔가 약병 두 개가 들려 있었다.

"자! 자! 지금부터 내 말을 잘 들으시오! 여기 있는 희대의 개코! 우리 관우의 능력은 어떻게 해서 생겨났는가? 바로 나 관불귀(關不歸)가 지어준 이 영약을 먹은 결과요! 이 약으로 말할 것 같으면, 구경만 해도 신선이 된다는 만년설삼에 만년하

수오, 인면지주를 갈아 공청석유에 녹여 만든 희대의 영약인 것이렷다! 자아! 이 약 한 번만 잡숴봐!"

그다음부터는 여느 시장통에서 언제나 들을 수 있는 약장수들의 허풍이 술술 흘러나왔다.

"정말 그 약만 먹으면 저런 능력을 갖게 된단 말이오? 그럼 하나 줘보시오!"

"나도 주시오!"

"나도! 나도!"

이미 청년의 능력에 홀린 사람들은 앞다투어 중년인에게서 약병을 사 갔다.

"어허! 줄을 서시오, 줄을!"

중년인은 바쁘게 손을 움직이는 와중에도 청년을 향해 한쪽 눈을 찡긋거리는 것을 잊지 않았다.

이를 본 청년의 얼굴에도 옅은 미소가 떠올랐다.

약병으로 가득 찼던 상자는 반 각도 못 되어 텅텅 비어버렸다.

화영루(華榮樓)는 성도의 중심부에 위치한 주루다.

외곽에 있는 주루와는 격이 달라 웬만한 술 한 병이 은자 한 냥(주:은자 한 냥의 가치는 약 삼십만 원)을 호가했다.

그래서 보통 사람은 발길도 들여놓지 못했고, 출입하는 사람은 대개가 고관이나 부유한 상인들이었다.

넓고 화려한 화영루의 이층 전각 안에 그와는 어울리지 않는 행색을 한 두 사람이 앉아 있었다.

그들은 얼마 전까지 저자에서 약을 팔던 관불귀와 관우였다.

"이보게, 관우. 많이 먹어두게. 내 큰맘 먹고 한턱 내는 거니까 말이야."

관불귀의 말에 한쪽 끝에 놓인 착채(搾菜)에 젓가락을 가져가던 관우가 슬쩍 미소를 보였다. 그는 먹음직스럽게 찐 양고기와 볶은 새우 요리 등의 진미는 외면하고 착채에만 손을 가져가고 있었다.

"너무 무리하신 거 아닙니까? 음식 값이 모두 다해서 오늘 번 돈의 절반을 넘는 것 같은데……."

관우의 말에 관불귀는 손사래를 쳤다.

"어허, 사람 참! 이렇게 물러서야 어디다 쓰겠나? 매일같이 오리고기에 소채, 죽엽청이나 받아먹고도 그런 소리가 나오는가. 지금까지 내가 자네 덕에 번 돈이 얼만데."

"하하, 관 대인 덕에 목숨을 건지고, 또 아무 기억도 없는 저를 이렇듯 보살펴 주시는데 제가 더 무얼 바라겠습니까. 저는 그것이면 됩니다."

"아니, 이 사람! 아직도 그 얘긴가? 그런 일은 내가 아니었어도 사람이라면 응당 누구나 할 일이네. 그리고 그놈의 대인 소리 좀 그만두라니까 그러는군."

자신보다 오히려 더 펄쩍 뛰는 관불귀를 보며 관우는 훈훈한 미소를 그렸다.

"대인에게 대인이라고 하는데 뭐가 문제입니까? 관 대인이 야말로 진정한 대인의 성품을 가진 분이지요."

"허, 사람 참."

관우가 관불귀를 만난 것은 육 개월 전이었다.

사천성의 길목인 어느 산길에 정신을 잃고 쓰러져 있는 그를 급하게 소변 볼 곳을 찾던 관불귀가 우연히 발견했다.

관불귀의 노력으로 그는 정신을 차렸지만, 무슨 일인지 그는 자신에 대해선 아무것도 기억하지 못했다. 심지어 자신의 이름도 모르는 상태였다.

"끄어억! 그때 내가 얼마나 황당해는지 자네 아눈가? 껵!"

어느새 술이 거하게 취한 관불귀는 혀 꼬부라진 소리로 말을 이었다.

"사월 자네를 버리고 갈까도 생가해찌만 마랴아, 껵! 내 자네 그 선한 눈울 보고 구롤 수가 이쏘야쥐! 껵! 자네가 그걸 아누냐, 이거야아! 엉? 껵!"

반쯤 풀린 관불귀의 눈을 보며 관우는 활짝 웃었다.

"하하! 압니다, 알아요. 관 대인의 큰 은혜를 제가 어찌 모를 수가 있겠습니까."

그러자 돌연 관불귀의 표정이 확 바뀌었다.

"땍! 관 대인이라뉘! 내가 그렇게 부루지 마랬쥐! 껵!"

"아, 제가 또 실수를 했……."

"ㅋㅎㅎㅎㅎㅎ!"

"……?"

갑자기 실성한 사람처럼 웃어젖히기 시작하는 관불귀.

"껙! 관 대인? 나보구 대인이라구? 크흐흐흐, 껙! 조타, 조아! 사썰은 나두 조타구, 대인이란 말. 흐흐, 껙!"

털썩!

관불귀는 그대로 탁자에 이마를 박고 널브러졌다.

잠이 들었는지 조용해진 그의 얼굴을 바라보며 관우는 미소를 그렸다.

"어째 오늘따라 과음을 하시는 것 같더라니. 훗."

사람들은 관불귀의 얼굴을 보고 얍삽하게 생겼다고들 했다.

하지만 누구보다 가까이서 그를 겪어본 관우는 관불귀의 실제 성정이 꼭 그렇지만은 않다는 걸 잘 알았다.

비록 자신에게 특이한 능력이 있다는 걸 알고부터 그것을 약장사에 이용해 이익을 취하곤 있었지만, 그렇다고 자신을 함부로 대하지는 않았다. 오히려 먹을 것과 잠자리를 언제나 불편하지 않을 정도로 챙겨주고 있었다.

그래서 관우는 자신이 관불귀에게 이용당하고 있다는 생각은 한 번도 가져본 일이 없었다.

관우에게 있어 관불귀는 오갈 데 없는 자신을 도와주는 고마운 사람일 뿐이었다.

다만 사람들을 속여 약을 판다는 것이 조금 걸리긴 했지만, 곧 그것도 받아들이게 됐다.

비록 허풍과 같은 영약은 아닐지라도, 관불귀는 당귀나 상황과 같은 몸에 좋은 재료를 사다가 약을 만들어 팔았다. 최소한의 양심은 지키려는 모습이 얼마나 대견한가?

그리고 또 제법 정이 깊은 편이라, 오늘과 같이 자신을 위해 호식(好食)도 시켜주곤 했던 것이다.

'내게 아버지가 있다면 아마도 관 대인과 비슷한 나이겠지?'

관우는 정확한 자신의 나이도 몰랐다. 그저 주변 사람들을 둘러보며 얼추 이십대 초, 중반 정도로만 짐작하고 있을 뿐이었다. 그렇게 보면 올해로 사십육 세인 관불귀는 그의 아버지 또래가 될 수 있었다.

쪼르륵.

관우는 술병을 기울여 잔을 채웠다.

어차피 지금 일어나기는 틀렸다.

천천히 잔을 비운 그의 표정에선 약간의 쓸쓸함이 묻어났다.

'나는 누구일까?'

도무지 기억이 나질 않았다.

아무것도 그려지지 않은 백지 상태에서 관우는 새롭게 시작하고 있었다.

그것은 결코 쉽지 않은 일이었다. 어린아이가 아니었기 때문이다.

다른 것은 기억이 남아 있었다. 글 읽는 것, 젓가락질 등 사는 데 필요한 것들은 모두 기억이 났다.

그러나 기이하게도 자신의 신상에 관한 것들만 기억이 전혀 없었다.

　관우라는 이름도 관불귀가 우연한 만남을 기념하여 자신의 성에다가 '우(遇)' 자를 붙여 지어준 것이었다.

　'찾을 수는 있을까, 기억을……?'

　그때였다.

　스윽.

　옆 자리에서 음식을 먹던 청년 하나가 일어섰다.

　그는 관불귀가 앉은 자리 뒤쪽 통로를 통해 계산대로 향했다.

　"여기 얼마요?"

　"예, 은자 한 냥입니다."

　"여기 있소."

　값을 치른 청년은 서두르듯 주루를 빠져나가려 하였다.

　그런데 그런 청년의 발걸음을 붙드는 음성이 있었다.

　"거기, 잠깐만 서시오."

　그는 뜻밖에도 관우였다.

　자리에서 일어선 관우는 멈칫거린 청년을 향해 다가갔다.

　청년의 행색은 평범했다. 하나 눈빛이 일정치 못한 것이, 그다지 신뢰가 가지 않는 얼굴이었다.

　"왜 그러시오?"

　가까이 다가온 관우를 보며 청년이 물었다.

　관우는 잠시 그의 눈을 마주하더니 말했다.

"형장의 소매 안쪽을 좀 보아야겠소."

"…뜬금없이 그게 무슨 소리요?"

비록 미미했지만 청년은 당황하는 기색이 엿보였다.

하지만 여전히 관우의 음성은 담담했다.

"형장의 소매 안쪽에는 아마 갈색 돈주머니 하나가 들어 있을 거요."

"……!"

그 말에 청년의 눈빛이 급변했다. 하지만 그는 제법 심기가 깊은지 금세 안색을 회복했다.

"그게 무슨 소리요? 지금 내가 당신의 전낭이라도 훔쳤다는 이야기요?"

"그것은 내 것이 아니라 바로 저기 있는 내 일행의 것이오."

"허! 저자의 전낭을 내가 훔쳤다……?"

청년은 기가 막힌다는 표정을 지었다.

"일면식도 없는 사람에게 다짜고짜 이게 무슨 트집이오?"

"트집인지 아닌지는 소매 안에 있는 것을 꺼내보면 될 일이 아니오?"

관우의 표정도 조금씩 굳어져 갔다.

기실 관우는 청년이 잠든 관불귀의 전낭을 훔쳐 가는 것을 보진 못했다.

그러나 관불귀의 옆구리에 매달려 있던 전낭의 냄새가 돌연 계산대로 향한 청년에게서 풍겨나자 곧바로 청년을 제지하고 나선 것이다.

그럼에도 청년이 대담하게 시치미를 떼자 관우는 기분이 별로 좋지 않았다.

"정말 이상한 자군. 좋소. 어찌 알았는지는 모르겠지만 당신 말대로 내 소매 안에는 갈색 전낭 하나가 들어 있소. 하지만 그것은 이 주루에 들어올 때부터 그곳에 있던 내 것이오."

청년의 계속된 시치미에 관우는 눈살을 찌푸렸다.

"내 말을 잘 들으시오. 나는 일을 크게 만들고 싶지 않소. 지금이라도 전낭을 도로 내놓고 간다면 깨끗하게 없던 일로 해드리겠소."

"……."

순간, 청년의 두 눈에 미미한 갈등의 빛이 일었다. 관우의 음성에서 진심이 느껴졌기 때문이다.

하지만 그것은 이내 깨끗하게 사라졌다.

"흐흐! 기가 막혀서 더는 말을 하고 싶지 않군. 오늘 일진이 사납다 했더니 이런 일을 다 당하는가! 그래, 내놓지 않겠다면 어쩌겠다는 거냐? 억지로 빼앗기라도 할 것이냐?"

적반하장인 청년을 보며 관우는 한숨을 내쉬었다.

"흐음, 계속 이렇게 나온다면 어쩔 수 없이 나와 함께 관아로 가줘야겠군."

"뭐라? 기어이 나를 좀도둑으로 모시겠다? 이런 실성한 놈을 보았나! 참는 데도 한계가 있다! 남의 돈을 가지고 제 것이라고 우기는 것도 모자라 이젠 멀쩡한 사람을 도둑으로 몰아?

이놈을 내 당장!"

잔뜩 흥분한 청년이 씩씩대며 관우를 향해 성큼성큼 걸어왔다.

"아이고, 손님! 진정하십시오! 여기서 이러시면 안 됩니다!"

점소이가 황급히 그를 붙잡으며 만류했다.

"비켜라! 도둑 누명을 쓰고 내 어찌 가만있을 수가 있겠느냐!"

그렇게 청년과 점소이가 서로 엉켜 드잡이에 한창일 때, 어디선가 낭랑한 음성이 들려왔다.

"정말 시끄러워서 더 이상은 못 봐주겠네!"

음성의 근원은 바로 이층 난간이었다.

거기엔 한 젊은 여인이 턱을 괴고 몽롱한 시선으로 아래를 내려다보고 있었다.

갓 스물이 되었을까?

여인은 가벼운 경장 차림으로 홀로 앉아 있었는데, 일견하기에도 그 미모가 매우 빼어났다.

이목구비가 앙증맞게 조화된 그녀의 얼굴은 전체적으로 발랄하고 귀여운 인상이었다.

반면, 경장으로 가려진 몸의 굴곡과 이제 막 젖살이 빠지기 시작한 양 볼은 살짝 취기까지 오른 홍조와 더불어 묘한 매력을 풍겼다.

그런데 어쩐 일인지 주루에 있던 사람들은 그녀의 얼굴을 확인하자마자 황급히 시선을 돌리며 관심을 끊었다.

그들은 그녀가 누구인지 매우 잘 알고 있었다.

기실 이곳 성도에서 그녀가 누구인지 모르는 사람은 거의 없을 터.

그녀는 바로 당씨세가(唐氏世家)의 당대 가주 당정효(唐整效)의 금지옥엽 당하연(唐遐蓮)이었다.

하지만 단지 그녀가 이곳 성도의 터줏대감 당씨세가의 핏줄이어서 유명한 것은 아니었다.

당하연은 성도에선 어려서부터 말괄량이로 통했다.

단순히 말괄량이라면 귀엽게라도 봐주겠으나, 실제는 말괄량이의 한도를 넘었다. 오죽하면 별호 중 하나가 한한화(悍悍花:매우 사나운 꽃)일까?

한 달 내 집에 붙어 있는 날이라고 해봐야 고작 열흘 정도였고, 사흘이 멀다 하고 사고를 치며 돌아다녔다. 그게 그녀가 열 살 되던 해부터 보여온 행태였다.

그렇기에 사람들은 그녀의 발끝만 봐도 졸졸 피했다.

당장 관(官)에서조차 당씨세가의 위세에 눌려 쉬쉬하는 판에 누가 감히 그녀의 심기를 건드리겠는가?

그저 피하는 게 상책이었다.

그러한 마음은 당하연의 정체를 확인한 청년도 마찬가지였다.

하지만 관불귀를 따라 성도에 처음 온 관우는 그녀가 누구인지 알 리 없었다.

"이봐, 못생긴 아저씨! 자꾸 거짓말할 거야?"

당하연의 저돌적인 말에 청년은 흠칫했다.

"거, 거짓말이라니? 난, 아니… 헉!"

청년은 말하다 말고 기겁을 했다. 당하연의 신형이 갑자기 눈앞으로 뚝 떨어졌기 때문이다.

그가 서 있는 곳에서 이층까지의 거리는 족히 삼 장이 넘었다. 청년은 이젠 벌벌 떨기까지 했다.

하지만 당하연은 그를 놓아두고 곁에 선 관우의 얼굴을 힐끔 올려다보았다.

"아저씨도 잘한 거 하나도 없어. 남의 물건을 훔친 좀도둑은 그렇게 상냥하게 상대하는 게 아니거든?"

"……?"

관우는 그녀가 얼굴을 들이밀고 여기저기를 뜯어보자 당황하여 슬쩍 뒤로 한 걸음 물러섰다.

"쳇! 물러 터졌군. 이봐, 덜 못생긴 아저씨. 잘 보라고. 좀도둑을 잡으면 이렇게 처리하는 거야!"

순간 당하연의 신형이 관우의 눈앞에서 사라졌다.

그리고 곧 고통에 찬 신음 소리가 들려왔다.

"아악! 내, 내 파알……!"

청년은 당하연에 의해 한쪽 팔이 뒤로 꺾인 채 바닥에 엎어져 있었다. 고통으로 일그러진 그의 얼굴 뒤로 회심의 미소를 띤 당하연의 얼굴이 보였다. 그녀의 손엔 갈색 전낭 하나가 쥐어져 있었다.

"어때? 잘 봤어?"

순식간에 벌어진 일에 잠시 할 말을 잃은 관우는 곧 당하연의 얼굴을 바라보며 말했다.

"소저의 말뜻은 잘 알아들었으니 그 사람은 그만 놓아주시오."

"놓아달라고? 훗! 아저씨, 정말 숙맥이구나? 이런 좀도둑은 다신 이런 짓을 못하도록 팔 하나 정도는 부러뜨리는 게 예의거든? 이렇게 말이야."

"아아아악! 사, 살려주시오!"

그녀가 짐짓 붙잡은 팔에 힘을 주자 청년은 주루가 떠나갈 듯 소리를 질렀다.

이를 보며 당하연은 인상을 썼다.

"정말 시끄러운 아저씨네. 아직 안 부러뜨렸거든? 진짜 맘에 안 드는걸. 하나로는 부족하겠어."

"악! 소, 소저! 제발!"

관우는 당하연이 금방이라도 청년의 팔을 부러뜨릴 듯하자 황급히 그녀를 제지했다.

"잠깐! 소저, 진정하시오. 굳이 그 사람을 다치게 하고 싶지는 않소."

당하연은 고개를 들어 관우를 바라보았다.

"다치게 하고 싶지 않다……?"

한동안 관우의 눈을 지그시 보던 그녀는 두 눈을 가늘게 떴다.

"아저씨 바보지?"

"······?"

"아니면 나한테 잘 보이려고 착한 척하는 거야?"

관우는 당하연이 보통 여인과 다른 매우 특이한 여인임을 간파하곤 슬며시 미소를 머금었다.

"그런 건 아니오."

하지만 그 와중에도 그녀의 말은 계속 이어졌다.

"둘 중에 뭐든 재미없어. 난 둘 다 싫어하니까."

"이미 그런 것이 아니라 말씀드렸소."

"그럼 선택해."

"······?"

"이 못생긴 아저씬지, 이 돈인지."

"그게 무슨 뜻이오?"

"이 아저씨 다치게 하지 말라며? 근데 난 다치게 하고 싶거든? 그러니까 이 아저씰 놓아주면 그 대가로 이 돈은 내가 가져가야겠어. 좀도둑을 잡아준 것은 결국 나니까. 자, 선택해. 이 못생긴 아저씨야, 돈이야?"

관우는 갈수록 난감해졌다. 도대체 이런 여인이 어디서 나타났는지 한숨만 나왔다. 이렇게 막무가내로 나오는 데는 대책이 없었다.

'어쩐다?'

관우는 최대한 침착한 어조로 말했다.

"소저, 본래 그 전낭은 내 것이 아니라 저기 있는 내 일행의 것이오. 그러니 전낭을 찾아준 것은 고마우나 그것을 내 마음대로 소저에게 줄 수 없음을 이해해 주시오."

"그래? 그럼 방법은 하나네?"

우둑!

"끄아아아악!"

뭔가가 부러지는 섬뜩한 소리와 함께 청년은 눈알을 까뒤집으며 전신을 부들부들 떨었다.

놀란 관우는 눈을 크게 떴다. 그리고 이상한 생각이 들었다.

당하연이 이처럼 큰 소란을 피우는데도 주루의 주인은 물론이고 손님들도 아무런 반응이 없었던 것이다. 심지어 이쪽을 쳐다보는 사람조차 없었다.

'이 여인이 대체 누구기에……?'

하지만 관우의 생각은 오래갈 수 없었다.

"자, 나머지 하나 더."

깜짝 놀란 관우는 손을 뻗어 당하연을 제지했다.

"그만!"

"……?"

당하연은 자신의 어깨에 올려진 관우의 손을 보며 탄성을 발했다.

"호, 아저씨, 생각보다 꽤 날렵한걸?"

흠칫한 관우는 황급히 그녀의 어깨에서 손을 떼었다.

"미안하오. 다급해서 그만……."

"아저씨, 무공을 익혔어?"

"그런 건 익히지 않았소."

"음……."

당하연은 고개를 끄덕였다. 관우가 거짓말을 하는 것 같지는 않았다. 관우에게선 무공을 익힌 흔적을 전혀 발견할 수 없었던 것이다.

그녀는 곧 청년의 팔을 바닥에 놓으며 몸을 일으켰다.

청년은 고통에 어찌할 바를 몰라 하며 거친 숨을 토하고 있었다.

"어쨌든 나를 막았다는 건 돈을 포기하겠다는 뜻이지?"

당하연의 말에 관우는 짧게 한숨을 내쉬며 말했다.

"아까도 말했듯이 전낭을 포기할 순 없소. 게다가 소저는 이미 이자의 팔을 부러뜨리지 않았소? 하지만 전낭을 찾아준 것은 고마운 일이니 사례할 다른 방법을 일러주시오."

관우는 말을 하면서도 어이가 없었다. 자기 마음대로 나서서 전낭을 가로채고 청년의 팔을 부러뜨린 건 여인인데 자신이 왜 이런 말을 해야 하는지 이해가 가질 않았던 것이다.

'별일을 다 당하는군.'

하지만 어쩔 수 없었다. 지금 상황에서 당하연을 더 자극해봐야 좋을 것이 없었다.

그러나 당하연에게서 돌아온 대답은 냉담했다.

"다른 방법? 없는데? 나는 꼭 이 돈을 가져야겠어. 자, 그럼 이야기 끝났지? 그럼 덜 못생긴 아저씨, 안녕!"

한쪽 눈을 찡긋한 당하연은 손을 흔들며 신형을 돌렸다.

이렇게 되자 관우도 가만히 있을 수만은 없었다. 좋게 말하는 데에도 한계가 있는 것이다.

"멈춰!"

관우는 재빨리 당하연의 한쪽 팔을 붙잡으려 했다.

"흥! 감히!"

그 순간, 당하연이 그의 손을 교묘히 피하며 일장을 날려왔다.

퍼억!

"윽!"

그녀의 일장에 오른쪽 어깨를 강타당한 관우는 강풍 앞의 수풀처럼 맥없이 쓰러졌다.

맞은 곳이 화끈거리는 통에 쉽게 일어날 수가 없었다.

그런데 웬일인지 당하연은 손을 뻗은 자세 그대로 서 있었다.

그녀는 자신의 손과 쓰러져 있는 관우를 번갈아 쳐다보며 의아한 표정을 짓고 있었다.

'뭐지?'

당하연은 자신의 손바닥이 관우의 어깨에 닿았던 순간을 떠올렸다.

기실 그녀는 경고의 의미로 놀래켜 줄 정도로만 관우에게 손을 썼다.

그래서 진기도 미미할 정도만 활용했다.

그런데 자신의 일장이 관우의 어깨를 강타하는 순간, 그녀는 기이한 느낌을 받았다.

뭔가가 자신이 내민 진기를 부드럽게 감싸는 듯했던 것이
다.

'분명 무공을 익힌 것 같진 않은데……?'

그랬다. 자신의 기운을 감쌌던 그것도 무공을 익힌 자가 내
뿜는 기운과는 분명 다른 것이었다.

하지만 그녀는 곧 생각을 접었다.

'너무 취했나?'

당하연은 어깨를 감싼 채 신음하는 관우를 향해 한마디 내
뱉고는 다시금 신형을 돌렸다.

"한 번 더 날 붙잡으면 그땐 정말 혼날 줄 알아!"

"으! 거, 거기 서!"

간신히 고개를 든 채 손을 뻗는 관우.

그러나 이미 그녀의 신형은 주루 밖으로 사라지고 있었다.

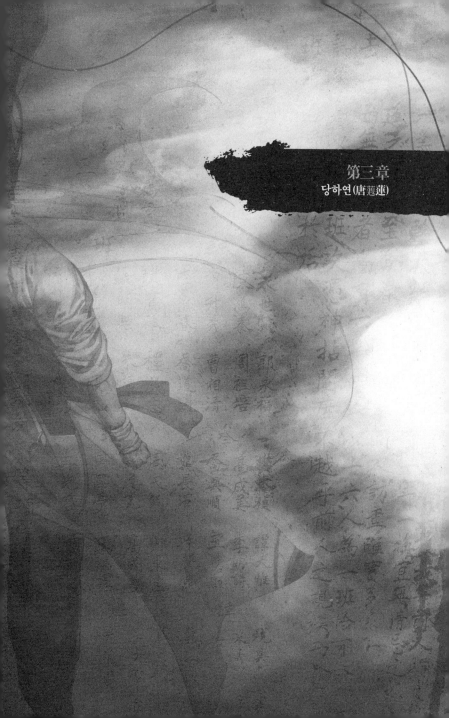

第三章
당하연(唐遐蓮)

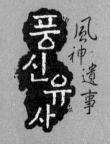

風神遺事

풍신유사

이튿날 정오.

관우는 성도 외곽에 위치한 이름 모를 야산에 올랐다.

관불귀는 술에서 깨자마자 전낭이 없어진 것을 알고 기겁을 했다. 하지만 이내 관우로부터 자초지종을 듣고는 한숨을 푹푹 내쉬며 자포자기했다. 그 역시도 당하연의 악명에 대해서 누구보다 잘 알고 있었기 때문이다. 전낭을 가져간 것이 한한화 당하연이라면 그냥 똥 밟은 셈 치고 잊어버리는 것이 속 편한 일인 것이다.

다행히 두 개의 전낭에 돈을 나눠 두었기에 망정이지, 하마터면 장사 밑천마저 몽땅 빼앗길 뻔했다.

그렇지만 역시 그동안 피같이 모은 돈을 한순간에 잃은 것이 자못 아쉬웠는지 아침 내내 풀이 죽어 있던 관불귀는 약을 만들어 오겠다면서 혼자 객실을 나섰다.

관우 또한 기분이 썩 좋지 않은 것은 불문가지.

때문에 바람도 쏘일 겸 한적한 이곳 야산에 오른 것이다. 관불귀는 늦은 저녁에나 돌아올 터이다.

산 중턱, 인적이 드문 곳에 걸음을 멈춘 관우는 바람을 맞으며 짧은 수풀 사이에 드러누웠다.

하늘은 높고 푸르렀다. 바야흐로 가을이었다.

"후우… 윽!"

관우는 길게 한숨을 내쉬다 말고 미간을 찌푸렸다. 어깨가 욱신거렸다.

뼈가 상하지는 않았으나, 무림인에게 당했으니 무사할 리가 없었다. 그나마 자고 일어나니 신기하게도 통증이 반감되어 견딜 만한 것이 다행이었다.

'음, 그런 여인이라면 다시는 만나고 싶지 않다.'

어제 본 당하연의 얼굴을 떠올리며 관우는 내심 고개를 설레설레 저었다.

나중에라도 그녀를 찾으려 하면 찾을 수 있었다. 남겨진 그녀의 체향을 쫓아가면 되기 때문이다. 하여 오늘 아침 그녀를 찾아가려 했지만, 가봐야 소용없을 거란 관불귀의 만류로 그만두었다.

'당씨세가… 강호삼대세가 중 하나라. 그 여인을 보면 강호의 사람들이 모두 의와 협을 따르는 것은 아닌 것 같군.'

관우는 어제 본 당하연의 행동을 떠올리며 절로 눈살을 찌푸렸다.

'역시 이대로는 마음이 편치 않다. 그게 관 대인에게 어떤 돈인데.'

다시 몸을 벌떡 일으키는 관우.

생각할수록 억울했다.

당한 것도 어느 정도여야지, 무조건, 그것도 아주 완벽히 당해 버렸다. 아무 관련도 없는 나이 어린 여인에게 말이다. 게다가 그것은 자신의 것이 아니라 관불귀의 돈이었다.

"돌려받아야겠어!"

낮게 읊조린 관우는 그대로 발길을 돌렸다.

당씨세가는 성도 동편 고개 자락에 위치했다.

거기엔 당 씨 성을 가진 자들이 집촌을 이루어 살고 있었는데, 당씨세가는 바로 그곳의 중심에 자리 잡고 있었다. 정확히는 그렇지만, 사실상 당 씨들이 모여 사는 일대가 모두 당씨세가, 짧게 당가(唐家)로 통했다.

"아음……!"

당하연은 창살 사이로 쏟아지는 볕을 받으며 크게 기지개를 켰다. 전날 술이 과한 탓에 늦잠을 자고 말았다.

공으로 짭짤한 수입이 생겼으니 그냥 집으로 돌아올 수가 없었던 그녀. 본래 공돈은 빨리 써야 제맛이 아니라던가?

"으! 머리 아파!"

양손으로 머리를 짚으며 침상에서 일어선 그녀는 탁자에 놓인 차를 주전자째 벌컥벌컥 들이켰다.

"크으! 속 쓰려. 간만에 너무 많이 마셨나? 이걸로는 부족해. 유모! 유모!"

그녀가 소리를 지르자 방문이 열리며 어린 시비 하나가 종종걸음으로 다가왔다.

"부르셨어요, 아가씨?"

하지만 시비를 본 당하연의 눈이 가늘어졌다.

"왜 네가 오지? 유모는?"

"저 그게… 왕 마(王媽:왕씨 아주머니)께선 방에……."

"방? 아직 자고 있단 말이야?"

"그게 아니라… 어제저녁에 갑자기 쓰러지셔서……."

시비의 말에 당하연의 눈이 급격히 커졌다.

"뭐? 또 쓰러졌다고? 너 그걸 왜 지금 이야기하는 거야?"

"왕 마께서 아가씨께 말씀드리지 말라고 하셔서……."

"뭐야? 그런다고 진짜 말을 안 하면 어떡해!"

"마, 말씀을 드리려고 했는데, 아가씨께서 너무 취하셔서 그만……."

"이씨!"

"죄, 죄송해요, 아가씨."

당하연에게서 거친 말이 튀어나올 듯하자 시비는 어쩔 줄을 몰라 하며 머리를 조아렸다.

그런 시비를 한차례 쏘아본 당하연은 바쁘게 손을 놀려 주섬주섬 옷을 걸치기 시작했다.

"그러게 빨래 같은 힘든 일을 왜 자꾸 해가지고서는. 이제 좀 어린것들한테 맡기라니까. 에잇! 왜 이렇게 안 들어가는 거야? 너, 거기 서서 뭐 해? 도와줘야 할 것 아니야!"

"아! 네, 네!"

황급히 손을 뻗어 옷소매를 벌려주는 시비.

그렇게 시비의 도움을 받아 대충 옷을 걸친 당하연이 향한 곳은 바로 앞 건물에 위치한 유모의 방이었다.

"유모, 나 왔어."

쉰쯤 되었을까?

당하연이 들어서자 침상에 누워 있던 한 여인이 힘겹게 몸을 일으키려 했다. 여인은 한눈에 보기에도 병색이 완연했다.

"오셨군요. 안 그래도 오실 때가 되었구나 했… 쿨럭쿨럭!"

말을 하다 말고 그녀는 온몸을 들썩였다.

이에 금세 다가온 당하연이 억지로 그녀의 어깨를 눌렀다.

"이그! 그냥 누워 있어!"

자신을 누르는 당하연의 팔에 유난히 힘이 실린 것을 느끼며 중년 여인 왕향(王香)의 입가에 옅은 미소가 번졌다. 그것을 본 당하연은 짐짓 못마땅한 시선을 던졌다.

"지금 웃음이 나와? 그런 몰골을 해가지고!"

"홋, 아가씨 얼굴을 뵈니 절로 웃음이 나는군요."

"치잇! 속으론 미워 죽겠으면서."

당하연은 애써 왕향의 눈빛을 외면했다.

언제나 온정을 듬뿍 담은 눈빛.

그녀가 당가에서, 아니, 이 세상에서 유일하게 마주하기 어려워하는 눈빛이었다.

왕향은 그런 당하연의 얼굴을 가만히 올려다보았다. 그녀의 눈엔 형언키 어려운 많은 감정이 떠올라 있었다.

"이렇게 보니 아가씨도 이제 다 자라셨군요."

"생뚱맞기는. 열아홉이니까 당연하잖아! 언제까지 꼬마 아가씨일 줄 알았어?"

당하연의 대꾸는 여느 때보다도 퉁명스러웠다. 하지만 왕향은 전혀 개의치 않았다. 사람들은 모르지만, 그녀는 당하연의 이와 같은 행동 속에 감춰진 내심을 잘 알고 있었다.

"그렇군요. 열아홉은 꼬마가 아니죠. 어리광은 더 이상 어울리지 않는 나이이기도 하고요."

"흥! 말꼬리 잡지 말아줘."

"그런데 어리광을 넘어 도둑질이라뇨?"

"도둑질이라니? 무슨 말이야?"

두 눈을 치뜨며 되묻는 당하연.

"화영루에서 벌였던 일을 설마 모른다고 하시진 않겠죠?"

"화… 영루?"

당하연은 생각이 나지 않는다는 듯 눈알을 이리저리 굴려댔다.

"한 젊은 청년의 돈을 억지로 빼앗아 가셨다면서요?"

순간 뜨끔한 당하연은 팔짱을 끼며 왕향의 시선을 피했다.

"내가 그랬었나? 기억이 잘… 어제 술이 좀 과했거든."

그러더니 그녀는 갑자기 버럭 소리를 지르기 시작했다.

"그나저나 대체 무슨 근거로 나를 도둑으로 모는 거야! 유모가 봤어, 내가 훔치는 거?"

"봤다고 하더군요."

"봐? 누가?"

"……."

"오호라! 이젠 아주 사람까지 붙여서 감시를 하고 계신다?"

"감시는 무슨. 온 성도 사람이 다 아는 사실인데요."

"……!"

당하연은 다시 한 번 뜨끔했다. 사실이 그렇다. 감시는 무슨. 자신의 일거수일투족은 매일같이 사람들의 화젯거리가 되지 않던가?

"흠!"

헛기침 한 번으로 순간의 정적을 깬 그녀는 양손을 허리에 얹으며 당당하게 말했다.

"그래서? 그래서 어쩌라는 거야?"

이럴 땐 배 째라는 식이 최고였다. 지금껏 이렇게 해왔고, 또 이렇게 나와야 그녀다웠다.

하지만 왕향의 표정은 조금도 흐트러지지 않았다. 왕향은 예의 그 병약한 음성으로 또박또박 말했다.

"돌려주세요."

"뭐?"

"남의 것을 훔치는 것은 남에게 피해를 주는 일. 그런 일은 하지 않겠다고 이미 저와 약조를 하셨지요?"

"훔치긴 누가 훔쳤다고 그래? 훔친 거 아니야! 정당한 대가를 받아간 것뿐이라고!"

"대가요?"

"그래, 대가!"

"본래 훔친 자의 팔을 부러뜨린 것도 모자라 돈의 주인까지 밀치고 달아난 대가요?"

"흠! 흠! 그래도 그 사람, 나 아니었으면 그 도둑놈한테 신나게 얻어 터졌을지도 모른다고."

"그랬을지도 모르죠. 아가씨 아니었으면 관아의 도움을 받아 돈을 빼앗기는 일도 없었을 테고요."

"이잇!"

말문이 막힌 당하연은 살짝 인상을 쓰더니만 짧은 한숨과 함께 입맛을 다셨다.

"휴우… 쩝, 아프더니 아주 잔소리만 더 늘었어."

자신이 이겼음을 안 왕향의 입가에 잔잔한 미소가 걸렸다.

"죽을 때가 다된 게지요."

"툭하면 그 소리지. 약은 제때 챙겨서 먹고 있는 거야?"

"그놈의 약, 먹으나 안 먹으나 같은 것을요."

"그런 말이 어디 있어? 꼭꼭 챙겨 먹으라고. 안 되겠어. 지금 당장 한 사발 먹여야지. 여기, 유모 약 좀 어서 내와!"

밖을 향해 외치는 당하연.

그녀를 바라보는 왕향의 두 눈에 깊은 정이 묻어났다.

"왜 그렇게 봐?"

"꼭 찾아가 돌려주실 거죠?"

"윽! 알았어! 알았다고! 까짓, 돌려주면 될 것 아니야! 쳇!"

"홋, 우리 아가씨, 참 예쁘기도 하셔라."

"흥! 이럴 때만 예쁘다지."

왕향은 지을 수 있는 가장 환한 표정으로 당하연을 대했다. 하지만 그녀의 내심은 그리 밝지만은 않았다.

'혼인하시는 것까지는 보고 가야 하는데……'

하루가 다르게 병세가 악화되어 갔다. 이젠 더 이상 고집을 부리며 세가의 일을 돌볼 수도 없었다.

이미 의원들조차 포기한 몸. 길어야 한 달이라 했다.

그 안에 당하연이 혼인을 한다는 것은 거의 불가능한 일. 바로 그것이 죽음을 눈앞에 둔 왕향의 마음을 어둡게 했다.

갓난쟁이 때부터 근 이십 년이다.

걸음마를 시킨 것도 그녀였으며, 함께 목욕하고, 웃고 운 것 모두 그녀의 차지였다. 말이 유모지, 친어미처럼 어르고 타이르고 호통을 치며 키웠다. 그녀에게 있어 당하연은 딸이었다.

이제 곧 그 딸을 시집도 보내지 못하고 남겨두고 떠나야만 하니 가슴 한편이 시렸다.

'그 일만 없었어도 이처럼 험하게 자라진 않으셨을 터인데……'

왕향의 눈가는 어느새 축축하게 변했다.

시비에게 지시를 내린 당하연은 자연스레 그것을 보고야 말았다.

순간 뭉클함을 느꼈지만 애써 시선을 돌리는 그녀였다.

"왜 울어? 약 챙겨준 것 하나에 감격한 거야?"

"……!"

그제야 자신의 상태를 안 왕향은 재빨리 눈물을 훔치고는 장난스럽게 대꾸했다.

"고작 그런 것으로 제가 감격하겠어요? 훔친 돈을 갚겠다는 아가씨 말에 기뻐서 그러죠. 대체 얼마 만에 제 말을 순순히 따르는 것인지."

"뭐라고? 고작 그런 걸로 운단 말이야? 그럼 내가 술 끊겠다고 하면 이 자리에서 통곡을 하겠네?"

"어디 통곡뿐이겠어요? 혹시 알아요? 그 즉시로 이년의 병이 씻은 듯이 나을지?"

"쳇! 하여간 유모는 못 말린다니까."

두 사람이 그렇게 서로의 마음을 숨긴 채 미소 짓고 있을 때였다.

"저기, 아가씨."

당하연을 부르며 시비가 안으로 들어섰다.

"벌써 약을 가져온 거야?"

"그것이 아니라… 수문하는 자가 이르길, 아가씨를 뵙길 청하는 자가 있다고 해서."

"나를? 누군데?"

"관우라는 사람이라고……."

"관우?"

"어제 화영루에서 봤던 사람이라고 하면 아실 거라고."

"뭐어?"

당하연은 놀라움을 숨기지 않았다. 진정 뜻밖이었기 때문이다. 그 어수룩하고 자신이 바보라고까지 놀렸던 그자가 아직까지도 빼앗긴 돈에 미련을 두고 있다는 것도 그렇지만, 무엇보다 직접 당가까지 찾아왔다는 것은 신기할 정도였다.

"흥! 그 아저씨 의외네? 여기가 어디라고 감히 왔대? 아무튼 지금 바쁘니까 그만 가보라고 전해!"

그런데 그때 왕향이 나섰다.

"잘되었네요. 찾는 수고를 덜 수 있겠어요. 그렇죠?"

그러자 당하연은 왕향이 그렇게 나올 줄 알았다는 듯 침착하게 응대했다.

"그거야 그렇긴 하지만, 일단 지금은 유모 약 먹이는 게 우선이니까……."

"분명 돈을 갚겠다고 하셨죠?"

"아이참, 내가 안 갚겠다는 게 아니잖아? 나중에 한가할 때 갚겠다는 거지. 날 못 믿는 거야?"

"……."

왕향은 대답하지 않았다. 그저 그윽한 시선으로 당하연을 응시할 뿐이었다. 그 시선 앞에서 당하연은 여지없이 꼬마 아가씨였다.

속을 훤히 들여다보는 이 앞에서 꼼수를 부릴 수 있는 사람이 있을까?

물론 있다. 당하연이 바로 그런 사람이다. 그게 가능한 이유는 상대가 꼼수를 알아차리든 말든 상관없이 밀어붙일 수 있는 용기(?)가 있기 때문이다.

당하연은 그런 용기가 백배한 사람이었다. 하지만 그런 그녀도 왕향 앞에서는 안 된다. 더욱이 병약해진 왕향 앞이라 더욱 그러했다. 그런 그녀에게 왕향이 쐐기를 박았다.

"아가씨가 가지 않으면 약을 먹지 않겠어요."

"윽! 정말 이러기야!"

원망스런 눈으로 흘겨보는 당하연을 바라보며 왕향의 얼굴에 미소가 번졌다.

"아가씨, 손님을 오래 기다리게 하는 건 예의가 아니랍니다."

"휴우, 알았어."

결국 승복한 당하연은 한숨을 내쉬며 몸을 돌려세웠다.

"대신 약은 꼭 먹는 거야? 알았지?"

왕향은 말없이 고개를 끄덕였다.

"안 먹기만 해봐! 그땐 내가 억지로 떠먹일 테니까! 흥!"

연방 투덜거리며 방을 빠져나가는 당하연.

그녀의 뒷모습을 바라보던 왕향은 한차례 고개를 끄덕이더니 짧게 숨을 고르며 스륵 눈을 감았다.

자신의 거처로 돌아온 당하연은 대강 널브러진 옷가지를 걸치고 정문으로 향했다.

손님이 오면 일단 안으로 들이는 것이 상례였지만, 굳이 그럴 필요를 느끼지 못한 그녀다. 애초부터 그 '바보 아저씨'를 손님으로 생각하지 않았기 때문이다.

그녀가 정문에 이르자 수문하고 있던 무사들이 예를 표했다.

"어디 있어?"

"예, 저기 밖에 서서 기다리고 있습니다."

무사가 지시하는 곳으로 시선을 돌린 그녀는 나무 아래 서 있는 낯익은 사내를 발견할 수 있었다.

허름한 흑삼을 입고 멍하니 나뭇잎을 올려다보고 있는 사내는 다름 아닌 관우였다.

'서 있는 것도 꼭 바보 같다니까!'

터벅터벅 머리를 긁으며 나무 아래로 걸어간 그녀는 관우 앞에 이르러 걸음을 멈췄다.

"여기 서서 뭐 해?"

관우는 시선을 돌려 당하연을 바라봤다.

"나와줘서 고맙소, 소저."

살짝 고개를 숙여 예를 표한 관우. 그런 관우가 여전히 못마땅한 당하연이었다.

어쨌거나 그녀는 돈을 가져간 사람이다. 게다가 찾아온 사람을 마냥 밖에 세워놓고 기다리게 했으니 기분이 좋으면 안 되었다. 그런데 고맙다니?

'따분하기는. 행색을 보니까 샌님도 아닌 것 같은데 말이야.'

뱁새눈을 하고 관우를 힐끔거린 당하연은 퉁명스럽게 물었
다.

"날 왜 보자고 했지?"

"소저가 가져간 내 동료의 전낭을 돌려받으려 왔소."

"어제 그렇게 당하고도 날 찾아올 생각을 했단 말이야?"

"전낭의 주인인 동료는 내 은인이기도 하오. 전낭을 잃은 걸
알고 은인의 상심이 매우 컸소. 나는 꼭 그 돈을 되찾아주고
싶소."

"호오, 은인이라? 목숨이라도 살려줬나 보지?"

"그렇소."

"……?"

관우를 보는 당하연의 눈에 약간의 호기심이 떠올랐다.

"목숨을 빚지셨다? 흠, 근데 아저씨, 여기가 어디인지는 알
고 찾아온 거야?"

"물론이오."

"내가 누군지도 알고?"

"사람들에게 들어 대강은 알고 있소."

"그런데도 날 만나러 왔단 말이지?"

"소저가 날 찾아올 리는 없으니, 전낭을 돌려받으려면 내가
올 수밖에 없질 않겠소."

"하하, 그건 그러네? 그런데 말이야, 어제 내가 했던 말도 기

억하고 있나 모르겠네?"

"……?"

"한 번만 더 날 붙잡으면 진짜 혼난다는."

"……."

"각오하고 온 거지? 찾으러 온 돈보다 치료비가 더 들 수도 있어."

당하연은 짐짓 눈을 빛내며 관우를 노려봤다. 그런 그녀를 가만히 쳐다보던 관우가 나직이 한마디를 던졌다.

"원래 그래?"

"……?"

"원래 그렇게 제멋대로냐는 말이다."

"뭐?"

갑자기 짧아진 관우의 말에 두 눈을 치뜨는 당하연. 그사이 관우의 말은 계속 이어졌다.

"네가 무공이란 것을 익혀 나 같은 사내쯤은 우습게 여길지도 모르지만, 나는 네게 맞을 만한 짓을 전혀 하지 않았다. 그럼에도 나를 해하려 한다면 나도 가만있지만은 않을 거야."

"가만 안 있으면? 같이 때리시겠다? 근데 그게 가능할까?"

당하연은 조소를 머금었다.

관우 같은 사내 열 명이 덤벼도 자신의 몸엔 손가락 하나 대지 못할 터이다. 그러나 관우의 표정은 조금도 흐트러지지 않았다.

"불가능할 수도 있겠지. 하나 네가 아무리 내 몸을 해한다고 해도 나는 결코 물러서지 않을 거야. 무슨 방법을 써서든지 기 필코 내 은인의 돈을 돌려받고 말 거거든."

"결코 물러서지 않을 생각이다? 오, 무서운걸. 근데 어쩌지? 나 역시 돈을 돌려줄 생각이 전혀 없는데?"

"그렇다면 네가 돈을 돌려주지 않을 방법은 단 한 가지뿐이 다."

"……?"

관우와 당하연의 시선이 허공에서 마주쳤다.

"날 죽여야만 할 거야."

"……?!"

당하연은 순간 뭐라 대꾸할 말을 잃었다. 관우의 두 눈에 떠 오른 굳은 의지를 본 것이다. 관우는 정말 그럴 각오였다.

'뭐 이런 아저씨가 다 있어? 그깟 돈 몇 푼이나 된다고 목숨 을 거네 마네야?'

정말 어이가 없었다. 그러나 한편으론 새삼 관우가 다르게 보이는 순간이었다.

"확실히 바보가 맞긴 맞네."

"……?"

그녀의 도톰한 입술이 옅은 미소를 그렸다. 그러더니 곧 그 녀는 신형을 돌려 걸음을 옮기기 시작했다.

"안 따라오고 뭐 해? 돈 안 받을 거야?"

"……?"

이렇게 되자 오히려 관우가 어리둥절할 수밖에 없었다. 조금 전까지만 해도 당장 손을 쓸 듯 협박을 하던 그녀의 태도가 돌변한 것이다.

멈칫거리던 관우는 이내 말없이 당하연의 뒤를 쫓았다. 하지만 두 사람이 향하는 곳은 당가의 정문이 아니었다. 그들이 향하는 곳은 성도의 중심가 쪽이었다.

후르릅!

"후우, 시원하다. 이제야 좀 살 것 같네."

당하연은 뜨거운 육수를 연거푸 들이켜고 나서야 손에서 그릇을 내려놓았다.

그런 그녀의 시선이 관우의 앞에 놓인 그릇으로 향했다.

"어라? 손을 대지도 않았잖아? 아저씨, 안 먹을 거야?"

"무슨 짓이지?"

"먹기 싫은가 보네? 그럼 내가 먹어야지. 흐흐."

관우 앞에 놓인 그릇을 덥석 잡아 들고 잽싸게 자신의 앞에 가져다 놓는 당하연.

그렇게 다시 그녀의 숟가락질이 시작되었다.

그 모습을 보며 관우는 내심 입을 떠억 벌렸다.

'이거야 원……'

기껏 따라오라고 한 곳이 국밥집이다. 속이 쓰려서 해장을 해야겠단다. 어이가 없었지만 수월하게 돈을 돌려받으려면 일단 신경을 거스를 필요는 없었기에 참고 기다렸다.

그런데 이게 참 고역이었다.

꽤나 예쁘장하게 생긴 여인이 제대로 썻지도 않은 몰골로 뜨거운 국밥을 찬물 들이켜듯 먹는 모습을 지켜봐야만 하는 것도 그렇고, 또 그런 여인과 동석한 탓에 뭇사람들의 따가운 시선을 감수해야 하는 것도 그랬다.

지금도 식당 여기저기서 이쪽을 힐끔거리며 수군거리는 소리가 관우의 귀에 계속해서 들려오고 있었다.

'여하튼 참 특이한 여인이구나. 아무렇지도 않게 이런 행동이라니…….'

당가라면 강호에서뿐만 아니라 명망있는 가문들 틈에서도 회자되는 가문이었다. 그런 가문의 여식이라면 응당 예와 격식을 차려야 할 터인데, 당하연의 행동은 그와는 완전히 거리가 멀었다. 아니, 가문을 떠나서 혼기가 찬 여인에게서는 좀처럼 찾아볼 수조차 없는 행태였다.

그렇게 관우가 이런저런 생각을 하고 있는 사이, 어느새 마지막 국물을 들이켠 당하연이 탁자에 그릇을 경쾌하게 내려놓았다.

"아, 배불러!"

그러더니 그녀는 자리에서 벌떡 일어섰다. 이에 관우는 재빨리 그녀를 불러 세웠다.

"어딜 가는 거지?"

"응? 다 먹었으니까 나가야지."

"가기 전에 돈을 돌려줘."

"알았다고. 준다니까 그러네, 참."

대수롭지 않게 말하며 휘적휘적 국밥집을 나서는 당하연.

관우는 어쩔 수 없이 다시 그녀의 뒤를 쫓을 수밖에 없었다. 어쨌든 칼자루를 쥔 사람은 당하연이었다. 게다가 자신에겐 그녀를 제지할 만한 힘이 없으니 그냥 따라갈 수밖에 도리가 없는 것이다.

국밥집을 나선 당하연이 향한 곳은 성문 밖이었다.

따스한 가을볕이 작열하는 가운데 당하연은 근방의 야산으로 들어섰다.

산길을 따라 올라가던 그녀가 멈춰 선 곳은 앞이 탁 트인 산중턱이었다. 그녀는 이곳이 매우 익숙한 듯 가지가 넓게 벌어진 느티나무 아래로 곧장 걸어 들어가 드러누웠다.

"아이고, 좋다! 아저씨도 거기 있지 말고 이리 들어와. 여기 정말 시원하다고."

그러더니 그대로 눈을 감아버리는 그녀.

이에 내내 입을 닫고 있던 관우가 그제야 한마디를 꺼냈다.

"나를 이곳에 데리고 온 이유가 뭐야?"

"응? 나는 데리고 온 적 없는데? 아저씨가 따라온 거지."

"……"

관우는 팔베개를 한 채 누운 당하연을 말없이 내려다봤다. 그리곤 내심 고개를 끄덕였다.

'역시 그런 것이군.'

당하연은 자신이 제풀에 꺾여 사라지길 바라고 있었다. 모든 행동이 자신을 무시한 채 이뤄지고 있었다. 그녀는 관우가 자신을 따라오든 말든 처음부터 없는 사람 취급하고 있었던 것이다. 간단히 말해, '어디 네가 얼마나 버티나 보자'는 식이었다.

하지만 관우는 낙심하지 않았다. 처음에 당하연을 찾아갈 때부터 쉽게 받아낼 수 있으리라곤 생각하지 않았다.

관우는 천천히 느티나무 아래로 걸음을 옮겼다. 당하연이 누운 자리 옆 작은 바위에 걸터앉은 관우의 시선이 앞쪽을 향했다. 시원하게 펼쳐진 성도의 전경이 눈에 들어왔다.

"돈은 언제 돌려줄 거지?"

"거참, 준다니까. 어젯밤에 잠을 별로 못 잤단 말이야. 좀 자고 줄게. 기다려 보라고."

"믿어도 될까?"

"아저씨, 속고만 살았어?"

"그럼 믿어보겠어."

순순히 받아들이는 관우였다. 이런 관우의 태도가 의외였는지 당하연이 살짝 실눈을 뜨며 관우를 힐끔거렸다.

'뭐야, 이 반응은?'

관우는 여전히 성도의 전경에서 시선을 거두지 않고 있었다. 그 얼굴에 떠오른 표정은 흡사 풍광을 즐기는 유객(遊客)의 그것과도 같이 여유로웠다.

'흐음, 한번 해보시겠다, 이거야? 뭐, 그 정도는 나와줘야 재미가 있겠지.'

속으로 비웃은 당하연은 다시 눈을 감고 잠을 청했다. 아닌

게 아니라 정말로 노곤했기 때문이다.

"드릉!"

얼마 안 돼 관우는 코 고는 소리를 들을 수 있었다. 돈을 돌려받는 일은 받는 일이고, 어쨌거나 보면 볼수록 신기한 여인이었다.

고개를 설레설레 저은 관우 역시 잠시 눈을 붙이기로 했다. 어차피 자고 있는 당하연을 깨우는 것은 현명치 못한 방법이었다.

그렇게 산풍이 나뭇잎을 얼마 동안 스치고 지나갔을 무렵, 깜빡 잠이 들었던 관우는 스륵 눈을 떴다. 해가 적지 않게 서편으로 기울어 있었다.

'꽤나 졸았나 보구나. 음……?'

옆자리를 확인한 관우는 곧 눈을 치떴다.

없었다.

분명히 누워 자고 있던 당하연의 모습이 보이질 않았다.

"이렇게까지 나오다니……."

관우의 표정이 딱딱하게 굳었다. 난감한 상황이었지만 왠지 모르게 실망보다는 더욱 오기가 생겼다. 자신에게 이러한 면도 있다는 게 오히려 신기할 정도였다.

"반드시 받아내고 말겠어!"

그녀는 자신의 마지막 신뢰까지 짓밟았다.

이제는 돈을 떠나서 자존심 싸움이었다. 당하연의 괘씸함을 도저히 그냥 넘어갈 수 없었다. 남의 돈을 강탈해 가고도 어찌

이리도 터무니없는 짓을 행한단 말인가!

　자리에서 일어선 관우는 천천히 산을 내려가기 시작했다.

　서두를 필요는 없었다. 당하연이 남긴 체향이 그녀가 어디
로 갔는지 알려주고 있었다.

第四章
풍령문(風靈門)

風神遺事

풍신유사

"그 샌님, 지금쯤 골탕 좀 먹고 있겠지? 훗!'

당하연은 득의 가득한 웃음을 얼굴에 떠올렸다.

관우 몰래 야산을 내려온 그녀는 성도로 돌아가지 않고 산길을 따라 서쪽으로 이동했다. 그곳에는 오래전부터 명승이라 일컬어지는 곳이 하나 있었다.

산길을 벗어나자 성도 서편을 흐르는 완화계(浣花溪)가 나타났다. 다시 좁은 물줄기를 따라 걷기를 일다경여. 드디어 멀리 몇몇 건물이 군집한 곳이 시야에 들어왔다.

건물들은 매죽(梅竹)을 비롯한 각종 수목들로 둘러싸여 있었다. 그 사이엔 얼핏 연못도 보이는 듯했다. 정원이라 하기엔 조금 큰 규모의 이곳이 바로 그 유명한 완화초당(浣花草堂)이었다.

두보초당이라고도 불리는 이곳은 말 그대로 시성 두자미를 기리기 위해 세워진 사당이었다. 두자미가 이곳에 초당을 짓고 사 년여를 살면서 지은 주옥같은 시가 무려 이백여 수나 된다. 바로 그 가치를 보존하고 기리기 위해 이곳이 존재하는 것이다.

당하연은 평소에 이곳을 즐겨 찾았다.

두자미를 좋아해서도, 평소에 시나 학문에 관심이 있어서도 아니다. 그저 어릴 때부터 한가로운 이곳이 좋았다.

그리고 이곳에는 그녀가 오랫동안 인연을 맺고 있는 한 노인이 살고 있었다. 아직까지 이름이 무엇인지, 어떻게 이곳에 살게 되었는지조차 모르는 노인.

하지만 그녀와 노인은 꽤나 두터운 친분을 유지하고 있었다. 물론 당하연 스스로 그렇게 여기고 있는 것이지만 말이다.

"환 노!"

내원으로 들어선 당하연은 힘껏 목청을 돋웠다. 낭랑한 그녀의 음성이 주변에 크게 울려 퍼졌지만 아무런 기척이 없었다.

"나 왔어, 환 노!"

그렇게 서너 번을 더 부른 뒤에야 드디어 초당 뒤편에서 음성이 들려왔다.

"왜 또 왔느냐?"

중후하면서도 또렷한 음성.

"또 오면 안 돼?"

"어제 왔으니 닷새 후에나 와야 하지 않느냐."

"아니, 오늘은 그냥 잠시 피신 온 거야. 환 노, 잠깐 이리 나와봐. 할 말이 있어."

"싫다. 그냥 왔다고 했으니 때 되면 돌아가거라."

초당 뒤편에서는 계속해서 무심한 음성이 흘러나왔다.

하지만 당하연은 이에 전혀 개의치 않고 떼를 쓰기 시작했다.

"아잉! 나 심심하단 말이야, 환 노! 오늘은 진짜 재밌는 얘깃거리가 있다고!"

"시끄럽다. 내 분명 닷새에 한 번이라 했거늘, 그걸 어기려는 것이냐? 더는 말하지 말고 그만 돌아가거라."

"이익! 정말 이러기야, 환 노?"

두 주먹을 불끈 쥔 당하연은 이내 의뭉스런 눈빛으로 초당 뒤편을 힐끔거리며 말했다.

"좋아! 자꾸 그러면 내일도, 모레도, 글피도 계속 찾아오는 수가 있어?"

"……."

초당 뒤편이 일순간 조용해졌다. 더 이상 환 노라 하는 자의 음성도 흘러나오지 않았다.

당하연의 입꼬리가 살짝 올라갔다. 드디어 서서히 입질이 시작된 것이다. 환 노가 망설이는 모습이 눈앞에 선했다.

'확 낚아채야지. 흐흐!'

"오호! 그래도 안 나오시겠다, 이거지? 그럼 뭐, 나도 최후의 방법을 쓰는 수밖에. 사람들한테 환 노의 정체를 싹 다 까발려 버려야지!"

그러자 즉각 반응이 있었다.

"그런다고 사람들이 네 말을 믿어줄 것 같으냐?"

다시 들려온 음성엔 약간의 짜증이 묻어 있었다.

"뭐, 증거가 없으니까 믿지 않을 수도 있겠지. 그래도 내 말 한마디면 매일같이 많은 사람들이 왔다 갔다 할 테니 환 노가 제법 귀찮아지긴 할 거야. 그치?"

"못된 것 같으니라고!"

다시금 초당 뒤편에서 노기 띤 음성이 흘러나왔다. 그러더니 곧 청수한 인상의 한 노인이 얼굴을 내밀었다. 노인을 본 당하연의 얼굴에 그 어느 때보다도 환한 미소가 걸렸다.

"헤헤, 결국 이렇게 나올 거면서 왜 버텼어?"

하지만 그 미소를 대한 노인의 표정은 그리 밝지 않았다.

"어린것이 요악스러워서는!"

당하연을 향해 걸어오는 노인의 행색은 별로 특이할 것이 없었다. 여느 집 안방에서 자주 볼 수 있는 그런 평범한 노인이었다. 다만 그 차림새가 매우 단정하고 깔끔하다는 것이 특징이라면 특징이었다.

그러나 당하연에게 있어서만큼은 노인은 결코 평범하지 않았다. 비범을 넘어 신비하기까지 한 인물이었다.

일곱 살 때였다.

유모 왕향의 손을 잡고 함께 이곳을 처음 찾았던 당하연은 혼자 떨어져 놀다가 그만 초당 뒤편에 솟은 바위에서 굴러떨어진 일이 있었다. 그때 다친 자신을 치료해 주고 다시 집으로 돌려보내 준 사람이 바로 노인이었다.

노인은 그녀를 집으로 돌려보내며 자신을 어디서 만났는지 말하지 말라고 당부를 했지만, 입이 가벼운 어린 소녀가 그 당부를 들을 리가 없었다.

집으로 돌아온 그녀는 그제야 자신이 사라진 지 사흘 만에 돌아온 것임을 알게 됐고, 그간의 일을 왕향을 비롯한 당가의 식솔들에게 모두 이야기하였다.

그렇게 하여 어른들과 함께 다시 초당을 찾았으나 노인의 종적은 어디에서도 찾을 수 없었고, 노인을 아는 사람도 없었다. 심지어 그녀가 놀다가 다친 초당 뒤편은 그녀의 기억과는 전혀 다른 모습으로 바뀌어 있었다. 과연 이곳이 같은 곳인지조차 의심스러울 정도였다.

결국 같이 갔던 어른들은 그녀가 충격으로 횡설수설한 것으로 치부하고 노인을 찾는 일을 그만두었지만, 그녀는 그때의 일을 머릿속에서 지우지 않았다. 노인을 만나고, 노인과 함께 있었던 일들은 모두 사실이었기 때문이다.

비록 어린 나이었지만, 노인과 함께 있을 때 본 초당 뒤편의 광경을 그녀는 또렷이 기억했다. 그만큼 신비롭고 강렬했었다.

세월은 흘러 그녀가 열심히 지금처럼 막살고(?) 있을 무렵, 그러니까 정확히 그녀의 나이 십오 세가 되었을 때다. 어느 날 문득 그때의 일이 떠올랐던 그녀는 마침 느끼던 무료함을 달래고자 다시 초당을 찾았다.

초당은 별반 변한 게 없었다. 그 뒤편도 마찬가지였다. 그날 그녀는 그곳에 하루 종일 죽치고 앉아 여기저기를 살폈다. 그 다음날도 그랬고, 그 다음날도, 또 그 다음날도…….

하지만 노인의 종적 따윈 찾을 수 없었다. 그래도 그녀는 매일같이 초당을 찾았다. 그녀가 단념하지 않은 이유는 단 하나, 초당 뒤편에서 전혀 이상한 점이 발견되지 않는다는 것에 있었다. 이상한 점이 발견되어야만 하는데 발견되지 않는 것이 더 이상했던 것이다. 왜냐면 분명 자신이 그때 본 초당의 뒤편은 결코 이런 모습이 아니었기 때문이다. 아니, 아니어야 했다. 누군가 일부러 바꿔놓지 않는 이상은…….

바로 그것이었다. 그녀는 누군가 초당 뒤편을 바꿔놓았다는 결론에 이르렀던 것이다. 어릴 적엔 몰랐는데, 조금 커서는 그게 전혀 불가능하지만은 않다는 것을 알 수 있었다.

무가(武家)나 병가(兵家)에는 분명 기관과 진식이라는 것이 있었다. 그것들은 설치하는 자의 능력과 설치 방법에 따라서 신묘막측한 변화도 일으킬 수 있다는 것을 알게 된 것이다.

그렇게 초당 뒤편에 기관진식이 펼쳐져 있다고 잠정적으로 결론 내린 그녀는 그때부터 온갖 방법을 동원하여 실체를 밝히는 데 주력하기 시작했다.

기관진식은 물론이고, 풍수에 능한 자, 도술에 능한 자 등 전문가란 전문가는 모두 불러와서 이곳을 조사케 했다. 그러나 그 모든 일도 결국 헛수고가 되어버렸다.

  그래서 그다음으로 그녀가 취한 방법은 저잣거리의 악대를 동원하는 일이었다. 이곳 관리인의 허락을 받는 일이야 그녀의 아버지를 통하면 식은 죽 먹기였다. 그녀는 악대를 초당 뒤편으로 끌고 와서 신나게 악기를 울리게 했다. 특별히 음조나 박자를 모두 무시하라는 당부와 함께 말이다.

  그렇게 하기를 열흘째.

  드디어 눈물 나는 노력은 결실을 맺었다.

  그날 밤 악대들과 함께 신나게 악기를 두드리다가 돌아가는 그녀 앞에 하나의 그림자가 나타난 것이다. 그림자는 다름 아닌 그때 그 노인이었다.

  노인은 나타나자마자 시끄러워 죽겠다는 말부터 꺼냈다.

  역시 그녀의 예상대로였다. 노인은 마당 뒤편에 기관진식을 설치해 아무도 모르게 홀로 기거하고 있었던 것이다. 어쨌든 이렇게 해서 두 사람의 인연은 다시 이어지게 되었고, 그때부터 당하연은 초당 앞마당에 골이 파이도록 노인을 찾아왔다.

  하지만 그것뿐이었다.

  어느새 오 년 가까운 시간이 흘렀지만, 노인에 대해서 아는 거라곤 아무것도 없었다. 그저 노인 자신이 환 노라고 밝혔기에 그냥 그렇게 부르는 게 전부였다. 그때 보았던 진 안쪽을 좀 보여달라고 해도 절대 보여주지 않을 정도였다.

그러나 그럼에도 당하연은 환 노가 좋았다. 항상 무심한 것 같으면서도 환 노와 함께 있으면 마음이 편했다. 무슨 이유인지는 그녀도 모른다.

환 노에게선 기이한 느낌이 들었다. 뭐라 형용할 수 없는, 세상을 다 아는 것 같으면서도 또 세상과 전혀 상관없는 사람처럼 보였다. 세상에 충만하되 누구보다 자유로운.

좌우간 그녀가 보기에 환 노는 강호인 중에서 회자되는 기인이사(奇人異士) 중 한 명이 틀림없었다. 이런 기인이사와 사귈 수 있다는 것 자체만으로도 남는 장사였다. 그래서 더더욱 환 노와 가까워지고 싶은 그녀였다.

그리고 또 한 가지, 그녀에게 있어 환 노는 유모 왕향에 못지않은 훌륭한 상담자이기도 했다.

"그래, 할 말이란 게 무엇이냐? 뭐, 보나마나 또 사고 친 이야기겠지만."

당하연 곁에 선 환 노가 뒷짐을 진 채 허공을 올려다보며 물었다. 이에 당하연은 짐짓 호들갑을 떨며 입을 열기 시작했다.

"핫! 어떻게 알았어? 사실 내가 어제 어떤 멍청한 아저씨 돈을 좀 빌려다 썼거든?"

"그냥 가져다 쓴 게 아니고?"

당하연은 씩 웃었다.

"하하! 환 노는 대체 날 뭘로 보는 거야? 흠, 아무튼 그랬는데 글쎄, 이 멍청한 아저씨가 다짜고짜 돈을 돌려달라면서 오늘 우리 집까지 찾아왔지 뭐야?"

"……?"

"그래서 내가 지금 그 멍청한 아저씨 골탕 좀 먹여주고 오는 길이야. 지금쯤 아마 나 찾느라고 고생 좀 하고 있을걸? 히히! 어때? 재밌지?"

"……?"

환 노는 미소 띤 당하연의 얼굴을 가만히 응시했다. 지금 당하연의 얼굴에 떠오른 것은 이젠 기억에서 희미해진 그때 그 미소였다. 그녀가 자신을 처음 만났을 때 보였던 어릴 적 그 미소 말이다.

'뜻밖이구나. 이 아이가 이런 모습을 다 보이다니.'

바위에서 떨어져 울고 있는 당하연을 처음 발견했을 때, 그는 적지 않게 당황했었다. 그가 초당 뒤편에 설치한 진은 그를 제외하곤 그 누구도 출입할 수 없는 것이었다. 그런데 웬 여아가 진 안으로 불쑥 들어와 울고 있으니 그로선 놀라지 않을 수 없었던 것이다.

진 안엔 아무도 들어올 수 없고, 들어와서도 안 된다. 그러나 예외가 있다. 그건 진 안에 들어온 사람이었다. 어쨌거나 일단 진 안에 들어왔다면 예외가 되는 것이다. 환 노는 그의 사부에게서 그렇게 들었고, 또 배웠다. 자신 역시 그 예외였고, 그의 사부도, 또 사부의 사부도 그러했기 때문이다.

그것은 그가 속한 곳의 불문율이었다.

언제가 되었든지 반드시 누군가 진 안으로 들어온다. 그러면 그자는 예외이자 연자(緣者)였다. 그자가 바로 다음 대를 이어나갈 자란 뜻이었다. 그렇게 그가 속한 곳은 이어져 내려왔다. 단 한 번의 어긋남도 없이.

하지만 환 노는 당하연을 자신이 기다리고 있었던 연자로 볼 수 없었다. 여인은 후대를 이을 수 없었기 때문이다. 그렇다면 무엇인가? 왜 당하연이 진 안으로 들어오게 되었는가?

고민 끝에 환 노는 당하연 또한 연자라 생각하기로 했다. 후대를 이을 수는 없지만, 분명 하늘의 뜻이 있음을 믿었던 것이다.

그래서 당하연을 고이 집으로 돌려보내 주었다. 확실치 않은 상태에서 데리고 있을 수는 없었기 때문이다.

아무튼 환 노는 당시 보았던 당하연의 모습을 잊지 않고 있었다. 영리하고 심성이 맑은 아이였다. 자신과 함께 있었던 내내 밝은 미소를 잃지 않은 아이였다.

그런 아이였는데, 다시 만났을 땐 완전히 변해 있었다. 영리함은 영악함으로 바뀌었고, 마음엔 짙은 그늘이 드리워져 있었다. 무슨 이유 때문인지 듣지도, 물어보지도 않았다. 다만 종종 자신을 찾아와 흐느끼는 것을 보면서 그사이 좋지 않은 일이 있었음을 짐작할 뿐이었다.

그런데 지금 당하연의 모습은 어제까지와는 또 다른 모습이었다. 흐릿하게나마 예전의 그 어린 시절로 돌아간 것만 같은 분위기였다.

내심 의문을 품은 환 노가 이내 입을 열었다.

"멍청한 아저씨라면 사내겠구나?"

"아저씨니까 당연히 사내지."

"젊은 아이더냐?"

"응. 나보다 한 서너 살 많을라나? 그런데 그건 왜?"

"아니다."

환 노는 시선을 돌려 살랑거리는 나뭇잎을 올려다보았다.

'그 젊은 놈에게 관심이 있는 게로군.'

이제야 당하연이 왜 이런 모습을 보이는지 짐작한 그다. 하지만 내색은 하지 않았다.

이때 환 노의 옆모습을 가만히 바라보던 당하연이 고개를 살짝 갸웃거리며 말했다.

"흐음, 이렇게 보니까 분위기가 비슷하네? 아까 그 멍청한 아저씨도 이러고 있었는데."

"쓸데없는 소리 말고 할 얘기 끝났으면 이만 돌아가 보거라."

그렇게 말한 환 노는 그만 자리를 뜨려 했다. 하지만 막 신형을 돌리려던 그는 잠시 멈칫거리더니 초당의 입구 쪽으로 시선을 던졌다.

"응? 왜 그래, 환 노? 엇!"

환 노의 갑작스런 행동에 같은 곳으로 고개를 돌리던 당하연은 그만 입을 떠억 벌리고 말았다. 거기엔 한 사내가 이쪽으로 걸어오고 있었는데, 그는 다름 아닌 관우였던 것이다.

"어, 어떻게 여길······?"

당하연이 벌린 입을 다물지 못하는 사이 그들 곁에 다가온 관우가 입을 열었다.

"강도가 따로 있는 게 아니야. 바로 너 같은 사람을 두고 강도라 하는 거겠지."

관우의 음성을 듣고 당황한 마음을 진정시킨 당하연은 두 눈을 치뜨며 대꾸했다.

"뭐? 강도? 아니, 일단 그건 됐고, 대체 내가 여기 있는 줄은 어떻게 안 거지?"

"이런 식의 꼼수는 그만두는 게 좋을 거야. 네가 어디로 가든 나는 찾아낼 수 있으니까."

"호오! 꼼수? 이젠 대놓고 막말을 하네?"

"상대의 예의를 헌신짝처럼 여기는 사람에게 굳이 예를 갖출 필요가 있을까?"

관우는 당당했다. 아예 작정한 듯 말에 거침이 없었다. 사뭇 달라진 관우의 태도에 당하연은 황당한 기분이 들었지만 이내 도끼눈을 뜨며 응수했다.

"이봐, 아저씨. 뭘 한참 잘못 알고 있나 본데, 지금까지 나는 아저씨한테 최대한 예의를 갖춘 거거든? 내가 아저씨 같은 사람을 상대나 해주는 줄 알아?"

"듣던 중 반가운 소리군. 나 역시 너 같은 사람을 상대하는 게 썩 달갑지 않으니 어서 돈을 돌려주는 게 피차 좋지 않을까?"

당하연은 계속해서 관우가 맞대응하자 서서히 짜증이 치밀었다.

"후, 이 아저씨, 진짜 정신이 어떻게 됐나 보네? 지금 나한테 이런 식으로 나온다는 건 정말 죽을 각오가 됐다는 뜻이지?"

"나는 네게 이런 대우를 받을 이유도, 네게 죽을 이유도 없지만, 아까도 분명히 밝혔듯이 돈을 돌려주지 않으려면 나를 죽여야 할 거야."

한 치의 흐트러짐도 없는 모습.

그 모습을 보는 당하연은 마치 절세고수의 기백을 보는 듯한 착각이 들 정도였다.

'하! 이 아저씨, 진짜 독종이네?'

그리고 곁에서 묵묵히 두 사람을 지켜보고 있던 환 노도 그와 비슷한 생각을 하고 있었다.

'평범한 아이는 아니로군.'

하지만 그뿐이었다. 환 노는 더 이상 둘의 말싸움을 듣고 있을 이유가 없었다.

"그럼 나는 이만 가보겠다."

뒷짐을 진 채 초당 뒤편으로 걸어 들어가는 환 노.

"앗! 환 노! 잠깐만 있어봐!"

당하연은 일단 환 노를 불러보았지만, 눈앞의 관우 때문에 이러지도 저러지도 못하는 상황이었다.

그런데 뜻밖에도 환 노의 발걸음을 멈춰 세운 것은 관우가 던진 한마디였다.

"노인장, 제가 상관할 바는 아니지만, 얼핏 보니 그쪽엔 사나운 맹수들이 우글거리는 듯한데 다른 길로 가시는 것이 어떻습니까?"

"……!"

그 순간 환 노의 고개가 홱하고 돌려졌다. 관우를 바라보는 그의 얼굴엔 놀람이 가득했다.

"지… 금 뭐라고 했느냐? 보았다고 했느냐? 저쪽을?"

환 노의 갑작스런 반응에 관우는 내심 의아했으나 곧 고개를 끄덕이며 대답했다.

"그렇습니다. 숲의 모습과 또… 아무튼 노인장 혼자 가시기엔 험해 보여서 말씀을 드린 것입니다."

말을 살짝 얼버무리는 관우를 보며 환 노는 두 눈을 반짝였다. 뭔가를 감추고 있음이 분명했다.

환 노는 놀람에서 약간의 불신이 떠오른 눈으로 다시 물었다.

"저쪽에 있는 숲이 보이느냐?"

"예? 당연히 보입니다만… 한데 왜 그걸 물으시는지……?"

그러자 이번엔 당하연이 놀란 토끼눈을 뜨고 달려들었다.

"뭐? 진짜야? 진짜 초당 뒤편이 보인다고?"

"……?"

당하연까지 이런 반응을 보이자 관우는 더욱 어리둥절할 수밖에 없었다.

'대체 무엇 때문에 이러는 것이지? 저쪽을 보아선 안 되는 사정이라도 있는 것인가?'

관우는 다시 한 번 초당 뒤편을 훑어보았다. 그냥 숲이었다.

하지만 뭔가 일반 숲들과는 다르긴 했다. 일단 수목의 줄기가 매우 크고 굵었고, 수관이 빽빽하여 햇빛이 잘 스며들지 못했다. 그 탓인지 숲에서 간간이 불어오는 바람에 담긴 내음이 청량하기 그지없었다.

'음, 확실히 성도 근방에서 이렇게 울창한 원시림이 있다는 건 특이한 일인데?'

또한 관우는 멀리서 들려오는 맹수들의 울음소리를 들었다. 그렇기에 환 노에게 한마디를 했던 것이다.

그런데 그 말 한마디로 인해 환 노는 물론이고 당하연까지 이해할 수 없는 표정으로 자신을 바라보니, 관우로선 매우 당황스러울 수밖에 없었다.

"나는 저쪽으로 꼭 가야만 한다. 걱정이 된다면 함께 가주겠느냐?"

잠시 입을 닫고 있던 환 노의 말이었다.

뜬금없는 말에 관우는 난처한 표정이 되었다. 환 노가 설마 같이 가자고 할 줄은 몰랐던 것. 지금 자신에게 가장 중요한 것은 당하연에게서 돈을 되찾는 일이었다.

"그것은……."

그런 관우의 내심을 짐작한 환 노가 재차 말했다.

"저 아이에 관한 일이라면 염려하지 말거라. 도망가지 않을 터이니. 혹 도망간다고 해도 네 말대로라면 얼마든지 다시 찾으면 되는 것이 아니냐? 내가 도와주마."

"뭐라고? 환 노는 지금 누구 편을 드는 거야?"

"으음……."

당하연은 발끈했고, 관우는 고심했다.

"기다리는 일행이 있어 곧 돌아가 봐야 합니다만."

"멀지 않으니 오래 걸리진 않을 게다."

잠시 환 노의 눈빛을 대하던 관우는 이내 결심한 듯 고개를 끄덕였다.

"좋습니다. 제가 먼저 말을 꺼냈으니 동행해 드리지요."

"고맙구나."

슬쩍 당하연을 일별한 관우는 곧 몸을 틀어 환 노가 서 있는 쪽으로 걸어갔다. 짧은 순간이었지만 관우의 시선에서 '도망가 봐야 소용없어!' 라는 뜻을 읽은 당하연은 버럭 고성을 내질렀다.

"뭐야, 그 눈빛은? 정말 보자 보자 하니까! 이봐, 환 노! 정말이 아저씨 말을 믿는 거야? 진 안쪽은 아무도 볼 수 없다고 했잖아!"

그러나 그녀의 말을 뒤로하고 나란히 초당 뒤편으로 향하는 두 사람.

"어라? 지금 내 말 무시하는 거야? 어어? 잠깐! 환 노! 환……! 헉!"

목청을 돋우던 당하연은 다시 한 번 입을 떠억 벌렸다.

정말이었다.

방금까지 보이던 두 사람의 모습이 귀신같이 사라졌다. 환 노는 물론이고 관우까지.

"이, 이럴 수가……?"

그러나 놀람도 잠시, 이내 투덜거리기 시작하는 당하연이
다.

"내가 그렇게 졸라도 안 들어보내 주더니만! 칫!"

생각 같아선 집에 돌아가고 싶었지만 발길이 떨어지지 않는
다. 아마도 관우가 다시 나올 때까진 움직이지 않을 그녀였다.

진 안으로 들어오자마자 환 노는 걸음을 멈추었다.

물론 자신이 들어온 곳이 진 안인지 모르는 관우로선 환 노
의 행동을 이상히 여길 수밖에 없었다.

"왜 멈추시는지……?"

환 노는 경악과 희열에 들뜬 시선으로 관우를 쳐다봤다.

"드디어 진정한 연자를 만났구나!"

그의 말에 관우의 두 눈에 의문이 떠올랐다.

"연자라니요? 무슨 말씀입니까?"

"무슨 말씀이긴, 드디어 하늘이 너를 이곳으로 보내주셨다
는 말이다."

"……."

갈수록 알 수 없는 말이었다. 이에 환 노는 관우를 위해 처
음부터 차근차근 설명하기 시작했다.

"너와 내가 지금 서 있는 이곳은 사실 나를 제외하곤 누구도
들어올 수 없는 곳이다. 출입은 물론이고, 밖에서는 절대 이곳
을 확인할 수가 없다."

"어떻게 그런 일이 있을 수 있단 말입니까?"

관우는 환 노의 말을 선뜻 믿을 수 없었다.

"이곳엔 풍벽(風壁)이라는 진이 설치되어 있다. 풍벽진은 바람으로 공간을 가두어 만든 진이다. 사람과 짐승은 물론이고 빛조차 풍벽진을 통과할 수 없다. 오직 통과할 수 있는 것은 바람, 그 자체뿐이지."

"풍벽진……?"

"믿지 못하겠다면 저곳을 보거라."

환 노가 가리킨 곳으로 시선을 옮긴 관우.

"음……?"

두 눈을 반짝이며 그곳을 주시하기 시작한다. 거기엔 지금 뿔이 길게 달린 수사슴 한 마리가 초당 쪽으로 접근하고 있었다. 아마도 초당 뒤편에 있는 매화나무 잎을 따 먹으려고 하는 것 같았다.

그렇게 수사슴이 매화나무 근처에까지 다가갔을 때였다. 환 노가 곁에서 음성을 발했다.

"잘 보거라. 놈은 곧 방향을 틀 것이다."

그 말이 떨어짐과 동시에 수사슴이 멈춰 섰다. 놈은 그 자리에서 고개를 흔들거리며 한참을 망설이더니 이내 방향을 틀어 저쪽으로 사라지기 시작했다.

"아니, 먹이를 바로 앞에 두고도 그냥 가다니?"

관우는 이해되지 않는다는 듯 중얼거렸다.

"가고 싶어도 갈 수가 없기 때문이지. 놈은 진 안에 있으니 바깥의 매화나무를 볼 수 있고, 그 향을 맡을 수는 있으나 갈 수가 없는 것이다."

"그 이유가 말씀하신 풍벽진 때문이란 것입니까?"

"그렇다. 그래도 믿지 못하겠다면……."

환 노는 살짝 오른손을 내밀었다. 그러자 놀라운 일이 벌어졌다. 바닥에 있던 주먹만 한 돌 하나가 허공으로 떠올라 그의 손에 사뿐히 쥐어지는 것이 아닌가?

"음?"

또다시 놀란 관우에게 그 돌을 건네준 환 노.

"이 돌을 저쪽으로 던져 보아라."

그렇게 말하며 환 노는 초당 쪽을 가리켰다.

관우는 환 노가 의도하는 것이 무엇인지 알 수 있었다. 잠시 망설이던 관우는 이내 손에 쥔 돌을 힘껏 내던졌다.

지잉!

돌은 끝까지 날아가지 못했다. 마치 투명한 벽에 부딪친 듯 다시 이쪽으로 튕겨져 나왔다.

"이럴… 수가!"

돌을 던진 자세 그대로 굳어져 버린 관우.

"이제는 믿겠느냐?"

"음… 노인장의 말씀이 사실이군요."

인정하지 않을 수 없었다. 날아간 돌이 풍벽에 부딪친 순간에 생긴 공간의 왜곡을 직접 눈으로 확인했기 때문이다.

"좋다. 그렇다면 이제 본격적으로 본 문과 나에 대한 이야기를 시작해야겠구나."

"……?"

"나는 풍령문(風靈門)의 삼십팔대 전인 환무길(桓茂吉)이라
고 한다."

관우를 향해 자신을 소개한 노인은 그 후 관우를 데리고 숲
속 깊숙한 곳에 위치한 동굴로 자리를 옮겼다.

동굴까지 오는 동안 내내 관우는 놀라움을 금치 못했다.

그저 야트막한 야산으로 보이는 이곳에 이토록 깊고도 은밀
한 장소가 존재했다는 사실이 믿기지 않았다.

마치 다른 세상에 온 듯, 이곳에 있는 수목들은 그 크기와
둘레가 다른 곳의 서너 배는 족히 되었으며, 사람의 발길이 전
혀 닿지 않은 듯 태고의 신비를 고스란히 간직한 것 같았다.

관우는 환무길을 통해 이곳에 수백 년간이나 풍벽진과 동일
한 결계가 쳐져 있다는 설명을 들은 후에야 그 이유를 알 수 있
었다. 오랫동안 외부와 차단됨으로 말미암아 지금과 같은 모
습을 갖추게 된 것이다.

동굴은 깊숙한 곳에서도 가장 은밀한 곳에 위치해 있었다.

너비와 높이가 각각 이 장씩 되는 동굴이었다.

입구는 좁았으나 안으로 갈수록 그 크기가 커지고 있었는
데, 동굴 벽에 난 흔적들을 볼 때 인공적으로 넓혔음을 알 수
있었다.

동굴의 내부는 환했다.

곳곳에는 야명주뿐만 아니라 횃불이 밝혀 있었다.

관우를 이끌고 동굴 안으로 걸어가던 환무길은 곧 작은 석실로 들어섰다. 침상 등 간단한 물품들을 보니 이곳이 그의 거처인 듯했다.

"앉거라."

관우가 자신과 마주 앉자 환무길이 곧 입을 열었다.

"풍령문의 사람은 평생 자신의 정체를 누구에게도 드러내지 않는다. 단, 반드시 한 번은 드러내야 할 때가 있다."

"……?"

"바로 본 문의 사명을 이어받을 자를 택했을 때다."

"……!"

환무길의 말에 관우는 놀라지 않을 수 없었다.

"그 말씀은 소생을 제자로 삼으시겠다는……?"

환무길은 고개를 끄덕이며 진중한 어조로 말했다.

"너는 본 문의 뜻을 이어받아야만 한다."

이어받아 달라는 것이 아니라, 무조건 이어받아야만 한다는 투였다. 스스로 단정하는 그를 보며 관우가 물었다. 그의 표정은 이미 처음의 담담함을 되찾은 상태였다.

"무엇 때문입니까? 혹시 제가 이곳을 아무 제한 없이 들어왔기 때문입니까?"

"그렇다. 하지만 그것이 다가 아니다. 진 안으로 들어온 것은 당가의 아이도 마찬가지니까 말이다."

"그 여인도 이곳에 들어왔었단 말씀입니까?"

관우가 흥미롭게 묻자 환무길은 고개를 끄덕였다.

"지금보다도 훨씬 어렸을 때의 일이다. 그 아이가 어떻게 해서 풍벽진을 뚫고 이곳에 들어올 수 있었는지는 나도 모른다. 그것은 오직 하늘만이 아시겠지. 처음엔 그 일을 어찌 받아들여야 할지 잘 몰랐으나, 오늘 이렇게 너를 만나고 보니 이제야 그 아이를 이곳에 먼저 보낸 하늘의 뜻을 헤아릴 수 있겠구나. 아마도 그 아이는 너와의 인연을 이어주기 위해 하늘이 미리 예비하신 아이인 듯하다."

관우로선 선뜻 이해할 수 없는 말들이었다. 하지만 당하연과 관련된 일에 관하여 재차 묻지는 않았다. 지금 그것보다 중요한 것은 자신이 왜 풍령문의 뜻을 이어받아야만 하는가였다.

환무길도 그러한 관우의 내심을 아는 듯 계속해서 말을 이었다.

"이미 말했듯이 하늘이 정한 예외를 제외하곤 풍벽진을 통과할 수 있는 것은 오직 바람뿐이다. 누군가 진을 파괴하여 들어오지 않는 한 말이다. 그런 면에서 너는 예외다. 그리고 처음에 이곳에 들어온 나 역시 예외였다. 그러나 지금은 아니다. 내 안에는 이미 풍기(風氣)가 존재하고 있기 때문이다. 풍기란 본 문에 전해 내려오는 방법대로 수련하게 되었을 때 생기는 기운이다. 풍벽진은 바로 이 풍기로 만들어지는 것이다. 풍기는 말 그대로 바람의 기운을 일컫는 바, 이 풍기를 지닌 자는 풍벽진을 자유롭게 출입할 수 있을뿐더러 진 밖에서도 진 안의 모든 것들을 보고 들을 수 있다."

거기까지 설명한 환무길은 돌연 관우의 눈을 직시했다.

"그런데 방금 전 매우 놀라운 일이 벌어졌다. 본 문의 사람도 아닌 자가 진 밖에서 진 안이 보인다고 말한 것이다. 이는 그자 역시 풍기를 지니고 있다는 뜻일 터."

"······!"

관우는 물론 환무길이 말한 자가 자신인 것을 알았다.

"으음··· 그것이군요, 제가 풍령문의 뜻을 이어야 한다는 이유가. 그런데······."

환무길은 고개를 저었다.

"아직 더 들어야 할 것이 있다. 풍기는 오로지 본 문에서 전해오는 방법을 통하지 않고는 결코 지닐 수 없는 것이다. 한데 너는 본 문의 사람이 아니면서도 풍기를 지니고 있다. 절대 불가능한 일이 일어난 것이다."

"노인장께서도 이미 말씀하셨듯이 예외라는 것이 있지 않습니까? 제게 진정 풍기라는 것이 있다면 선천적으로 그것을 지니게 되었을 수도 있지 않습니까?"

"그럴 수는 없다."

"······?"

"그 이유는 네가 인간이기 때문이다. 인간은 인간의 혼령(魂靈)이 있기에 비로소 인간인 법. 이러한 인간의 혼령이 만들어질 때에는 결코 다른 기운이 섞이지 못한다. 다른 기운이 섞이는 순간, 그것은 더 이상 인간일 수 없기 때문이다. 오직 인간의 혼령이 생성된 뒤에야 후천적으로 풍기를 지닐 수 있게 되는 것이다. 물론 그것도 조금 전에 말했듯이 오로지 본 문의 방법으로만 가능하다."

그의 말을 들으며 관우는 의문을 가지지 않을 수 없었다.

"그렇다면 제가 풍기를 지니고 있는 것을 대체 어떻게 설명할 수 있겠습니까?"

관우의 질문에 환무길은 짧은 한숨을 내쉬었다.

"그건 나도 모른다. 다만 한 가지만은 확실히 알 수 있다."

"무엇을 말입니까?"

관우는 환무길의 눈을 보았다. 주름진 그의 눈꺼풀 안의 그것은 알 수 없는 확신으로 가득 차 있었다.

"그것이 무엇인지 말하기 전에 먼저 본 문이 어떤 곳인지 알려주는 것이 네게 좋을 것 같구나."

그렇게 풍령문에 얽힌 이야기가 환무길의 입에서 흘러나오기 시작했다.

그의 이야기를 듣는 관우의 표정은 시간이 지날수록 점점 진지해져 갔다.

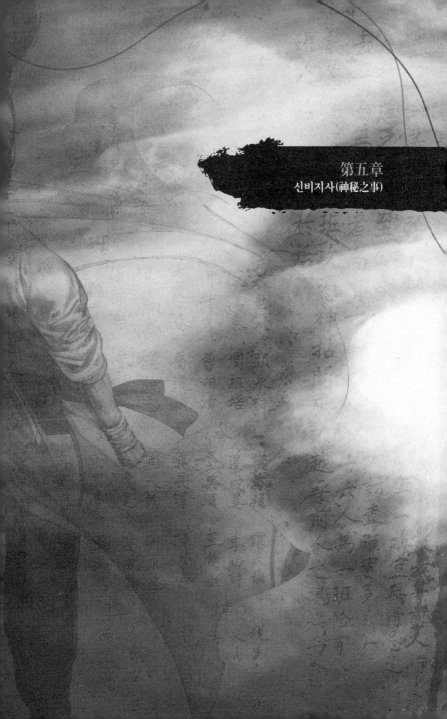

第五章
신비지사(神秘之事)

風神遺事

태초에 우주를 구성하는 세 개의 기운이 있었다.

그것은 빛[光], 땅[地], 그리고 물[水]이었다.

이것들이 서로 조화되어 만휘군상(萬彙群象)을 이루었다.

그리고 이들 사이에서 또 하나의 기운이 탄생했으니, 그것은 바로 바람[風]이었다.

빛이 존재하여 바람이 존재했고, 땅이 존재하여 바람이 존재하며, 물이 존재하므로 바람이 존재했다. 바람은 이 세 기운이 융화됨으로 말미암아 탄생한 기운이었다.

엉겁의 시간은 흐르고 흘러, 이 중원 땅에 어느 때부터인가 세 기운을 각기 추종하는 무리가 생겨나기 시작했다.

그들은 각각의 기운을 받아들이는 방법을 발견하여 힘을 키

웠고, 급기야 함께 모여 문파를 세우기에 이르렀다.

빛의 기운을 추종하는 무리인 광령문(光靈門), 땅의 기운을 추종하는 무리 지령문(地靈門), 물의 기운을 숭앙하는 무리 수령문(水靈門).

각자가 가진 기운의 힘을 극대화시키는 데 성공한 그들은 결국 서로 대립했다.

서로를 멸하고자 하는 그들의 싸움은 크고 치열했으며, 그것은 그들뿐만 아니라 온 땅에 커다란 해악을 입히는 결과를 가져왔다.

본디 조화를 이루며 상존하는 세 기운이었으나, 인간들에 의해 그러한 조화의 질서가 어지럽혀지게 된 것이다.

우열을 가릴 수 없는 싸움은 계속되고 모든 것이 파멸로 나아가게 되었을 즈음, 홀연히 그들 가운데 나타난 한 사람이 있었다.

그는 바람의 기운을 한 몸에 지녔으며, 그 기운으로 나머지 세 기운을 지닌 무리에 홀로 맞섰다.

그리고 곧 누구도 예상치 못한 놀라운 일이 벌어졌다.

세 무리가 단 한 사람인 그를 어찌하지 못하고 물러서게 되었던 것이다.

서로를 파멸시키기 전에는 절대 꺾이지 않을 것 같던 그들이 단 한 사람에 의해 무너져 버렸다.

세 문파를 음지로 몰아내고 조화와 질서를 되찾는 데 성공한 그는 그대로 다시 홀연히 자취를 감추었다.

그러나 그는 알고 있었다. 훗날 사라진 세 문파가 어떠한 식으로든 다시 세상에 모습을 드러내리라는 것을.

그리고 그들의 힘은 처음보다 더욱 강해지리라는 것을.

하여 그는 그에 대한 대비책으로 은밀히 하나의 문파를 세웠다.

다시 발흥할 세 문파에 대항할 수 있도록 자신이 가진 지식과 능력을 후대에 이어지게 하기 위해서였다.

그 문파가 바로 풍령문이며, 환무길은 그의 진전을 이어받은 서른여덟 번째 전인이었다.

"이 모든 일은 지금으로부터 사천 년 전에 벌어진 일이다."

"……!"

환무길의 이야기가 계속되는 동안 관우는 마치 꿈을 꾸는 듯한 착각이 들었다.

그로서는 선뜻 이해하기 힘든 너무도 기이한 이야기들이었기 때문이다. 그것은 사실 관우뿐만이 아니라 범인(凡人)이라면 누구라도 그러했을 터이다.

그러나 관우는 이야기 내내 진중한 모습을 보인 환무길의 말이 적어도 허황된 것은 아닐 거라 믿었다.

잠시 침묵을 지키는 두 사람.

먼저 입을 연 것은 관우였다.

"한 가지 궁금한 것이 있습니다."

"무엇이냐?"

"제 지혜가 부족하여 그런지는 모르겠지만, 바람의 기운을 지닌 자가 다른 세 기운을 지닌 자들을 물리칠 수 있었다는 것이 쉽게 이해가 가질 않는군요. 분명 바람의 기운은 그들 세 기운을 근원으로 탄생된 것이라 하지 않았습니까?"

"그렇다. 분명 세 기운이 조화되어 탄생한 것이 바람의 기운이다."

"하면 어떻게 바람의 기운이 자신의 근원된 세 기운을 물리칠 수 있었는지 궁금합니다."

환무길은 관우의 질문에 눈을 빛내며 대답했다.

"그에 대한 답은 이미 네가 네 입으로 말했다."

"……?"

관우는 의아한 표정이 되었다. 이에 환무길이 설명을 이어 갔다.

"바람의 기운이 근원된 다른 세 기운이 조화되어 탄생했다는 사실이 곧 무엇을 뜻하는지 생각해 보면 될 것이다. 세 기운이 조화된 바람의 기운은 당연히 그 세 기운의 속성을 모두 가질 수 있었다. 즉, 빛의 기운과 땅의 기운, 물의 기운이 모두 그 안에 녹아 있다는 것이다."

"음, 그렇다면 확실히 바람의 기운은 각각의 기운에 대항할 수 있는 여지를 가지고 있다고 보여지는군요. 그것들의 속성을 모두 파악할 수 있을 테니까요. 하지만 바람의 기운이 다른 세 기운의 속성을 모두 지니고 있다고 해도, 그 힘이 그들 각 기운이 지닌 순수한 힘보다 앞서지는 못할 것 같습니다만……?"

환무길은 고개를 끄덕였다.

"물론이다. 바람의 기운이 지닌 빛의 힘만으로는 결코 순수
한 빛의 기운을 이길 수 없다. 그리고 그것은 다른 기운에 대
해서도 마찬가지다. 그러나 정작 바람의 기운이 다른 세 기운
을 물리칠 수 있었던 가장 큰 이유는 따로 있다. 그것은 바로
'조화' 다. 세 기운이 조화된 바람의 힘은 능히 그들 세 기운을
감당하고도 남음이 있었던 것이다. 하나와 다른 하나가 조화
되면 그 힘이 단순히 둘에서 그치지 않는다. 세 기운이 합쳐진
바람의 기운이 지닌 힘도 그와 같은 이치로 보면 될 것이다."

"으음……."

완전히는 아니지만 관우는 의문이 다소 해소되는 것을 느꼈
다. 어차피 지금 당장 모든 것을 이해할 수는 없을 터였다. 환
무길 역시 그것을 지적했다.

"그에 대해서는 머리로만 이해하기 어려운 부분이 있다. 차
차 알아가면 될 것이다."

차차 알아가면 된다는 말에 관우는 환무길을 바라봤다.

환무길은 벌써 관우가 자신의 제자가 된 듯 여기며 말하고
있었다.

곤란해진 관우는 다시 처음 환무길에게 던졌던 질문으로 돌
아갔다.

"그럼 풍령문이 어떠한 곳인지는 알았으니, 이제 노인장
께서 저에 대해 확신하고 계시는 것이 무엇인지 말씀해 주시

지요."

"좋다. 잘 듣거라."

환무길은 가만히 관우의 얼굴을 살폈다.

관우는 그의 대답 여하에 따라 행동을 취하겠다는 의지를 드러내 보이고 있었다.

그 이유가 합당하다면 따를 것이로되, 그렇지 않으면 떠나겠다는.

그것을 보며 환무길은 속으로 미소 지었다.

'이미 모든 것이 네 의지와는 상관없게 되었거늘… 후후…….'

그는 하늘이 정한 관우의 운명을 확신하며 다시 입을 열기 시작했다.

"빛과 땅과 물의 기운은 항상 질서와 조화를 이루고 있으나, 이 세 기운의 균형이 어그러질 때가 온다. 어그러진다고 해봐야 범인들은 감지하지도 못할 정도의 미미함뿐이지만. 이들 세 기운을 추종하는 문파들은 다시 세상에 모습을 드러내는 적기로서 바로 이때를 노리고 있다. 세 기운이 미미한 틈을 보이는 것은 일정한 주기를 가지는데, 그 주기는 정확히 이백 년이다."

가만히 환무길의 말을 듣고 있던 관우가 문득 뭔가가 떠오른 듯 물었다.

"아까 말씀하실 때 처음 대립이 일어났던 때가 지금으로부터 사천 년 전이라 하시지 않았습니까?"

"그렇다."

"그렇다면 이미 수차례 그 주기가 이어졌을 터인데……."

"맞다. 지금까지 모두 열아홉 번의 주기가 지나갔으며, 그때 마다 세 문파는 놓치지 않고 세상에 모습을 드러냈다."

"그렇다면 이제까지 세상이 온전한 것은 매번 풍령문이 그들의 발흥을 막아내었다는 뜻이겠군요."

"물론이다. 그것이 바로 본 문이 존재하는 이유니까."

대답하는 환무길의 음성에는 절로 자부심이 묻어 나왔다.

그는 관우의 눈을 직시하며 더욱 진지한 태도로 말했다.

"이미 말했듯이 그들 세 문파가 지닌 힘은 주기가 거듭될수록 강해져 왔다. 특히 가장 최근 발흥할 때 보였던 저들의 힘은 그전과 비교하여 수배나 강력해져 있었다. 당시 본 문의 뜻을 이으신 삼십오대 조사께선 비록 저들을 물리치는 데는 성공하셨으나, 저들에 의해 큰 상함을 입으시고 그 후 얼마 되지 않아 세상을 뜨고 마셨다."

"음……."

관우는 안타까운 듯 침음했다.

"그러나 그 모든 일은 본 문을 세우신 제일대 조사 때부터 이미 예견되어 왔던 것이다. 일대 조사께선 세 문파의 힘이 갈수록 커질 것이며, 그들을 제압하는 것 또한 갈수록 어려워지리란 것을 알고 계셨다. 그리고 스무 번째 주기가 찾아왔을 때에는 본 문이 가진 힘으로도 그들의 힘을 억누르지 못하는 일이 벌어질 수도 있다는 우려를 친히 남겨놓으셨다."

환무길은 거기서 말을 멈춘 뒤 뒤쪽 서가에 놓여 있던 죽간 하나를 꺼내 관우에게 내밀었다.

"읽어보아라."

"무엇입니까?"

"본 문의 일대 조사께서 남기신 글 중 일부가 적혀 있는 것이다. 바로 거기에 내가 가진 너에 대한 확신과 네가 본 문의 뜻을 이어야만 하는 이유가 적혀 있다."

"……?"

관우는 조심스럽게 죽간을 건네받았다.

죽간은 일견하기에도 매우 낡아 있었다. 얼핏 느끼기에도 천 년 이상의 세월이 느껴질 정도였다.

잘 말려 있는 죽간의 거죽에는 '제세록(濟世錄)'이란 세 글자가 흐릿하게 적혀 있었다.

"제세록… 세상을 구한 기록이라……."

작게 읊조린 관우를 보며 환무길이 설명을 해주었다.

"각 주기를 거치며 저들을 제압하신 선대 조사들께선 모두 그와 같이 제세록을 남겨 당시 저들이 보였던 힘과 저들을 제압한 과정을 소상히 밝혀놓으셨다. 모든 것을 후대에 전하여 보다 수월히 그들을 상대하기 위한 안배였지. 지금 네 손에 들려 있는 것은 저들의 열 번째 발흥을 제압하셨던 이십이대 조사께서 기록하신 것이다."

고개를 끄덕인 관우는 두 손으로 천천히 죽간을 펼쳐 들었다.

펼쳐진 죽간에는 깨알 같은 글씨가 **빽빽하게** 채워져 있었다. 오래되고 변색되어 알아보기 힘든 글자가 몇몇 보였으나, 대체적으론 큰 무리 없이 알아볼 수 있을 정도로 상태가 양호했다.

자신도 모르게 약간의 호기심이 발동한 관우는 처음부터 집중하여 글을 읽어 내려가기 시작했다.

풍령문 제이십이대 전인 나, 오원(俉元)은 하늘이 부여한 본 문의 사명을 이을 후대를 위해 본 제세록을 남기노라……

그렇게 시작한 내용은 광령문 등 세 문파의 발흥 과정과 상황에 대한 설명으로 이어지고 있었다.

죽간을 계속해서 읽어가던 관우의 눈에 이채가 떠오른 것은 내용의 거의 마지막 부분에 이르러서였다.

…더욱 강해지기만 하는 저들의 힘을 보며 나는 본 문의 창시자이신 일대 조사께서 남기신 말씀을 떠올리지 않을 수 없었다.

세 기운이 이룬 조화와 질서의 어그러짐은 그 주기가 더해 갈수록 더욱 커질 것이며, 그에 따라 세 기운을 추종하는 그들 무리의 힘 또한 더욱 강성해질 것이다. 비록 지금은 조화의 결정체인 바람의 기운이 그들 세 기운을 능히 제압하고도 남음이 있으나, 조화가 어그러질수록 바람의 기운은 약해지고 다른 세 기운은 강해질 터이니, 종국에는 과연 본 문이 저들을 감당할 수 있을지 심히 염려스럽도다. 본 문이 존재하는 것이 하늘의 뜻이며, 세 기운의 조화가 어그러지는 것 또한 하늘의 뜻이라면, 이와 같이 하늘이 능히 저들을 감당할 수 있는 다른 방도를 후대에게 일러주시기를 바라노니…(중략)…….

후대의 연자(緣者)는 명심하라!

후천의 풍기가 광기(光氣)와 지기(地氣)와 수기(水氣)를 감당하지 못할 때가 올 것이다.

내가 헤아려 보니, 스무 번의 주기가 끝날 그때에 세 기운의 강성함이 극에 달할 것인즉, 선천의 기운을 찾으라! 선천의 기운만이 능히 그들을 제압할 수 있으리라!

하나 나 또한 그 기운의 실체를 모르며 얻는 방법 또한 모르고 있으니, 다만 그것을 가리켜 풍령이라 하노라.

부디 하늘이 그 길을 보이시기를… 세상을 혼돈의 세력으로부터 구하는 제세의 사명이 꺾이지 않기를…….

거기까지 읽은 관우는 어느 정도까지는 그 내용을 이해할 수 있었다. 하지만 여전히 자신이 왜 풍령문의 사명을 이어받아야만 하는지에 대해선 알 수가 없었다.

그러나 모든 의문은 그 뒤에 이어진 내용에서 해소되었다.

…저들을 제압한 나는 일대 조사께서 남기신 말씀이 단순한 예측에 불과한 것이 아니라, 반드시 사실로 이어질 것임을 직감했다.

그래서 나는 이후 풍령의 실체를 찾는 일에 주력했다.

본 문에 있는 서적뿐만 아니라 각처에 있는 다른 모든 기록을 뒤졌으며, 심지어 무공이라는 허술한 양생술을 기록해 놓은 책들도 뒤져 보았다.

또한 사해(四海)를 거쳐 찾아가 보지 않은 곳이 없었고, 만나지 않은 자가 없었다.

그렇게 모든 방법을 동원하여 찾아보았으나 결국 나는 풍령의 실체를 찾지 못하였다.

다만 한 가지 얻은 결론이 있다면, 풍령이란 것은 후천의 풍기와 같이 단순한 바람의 기운이 아니라 바람, 그 자체라는 것이다.

그렇기에 풍령은 인세에는 존재하지 않는다는 것이 내가 얻은 결론이다. 따라서 그것은 실체가 없으며, 볼 수도 만질 수도 찾을 수도 없을 것이다.

오직 한 가지 찾을 수 있는 방도가 있다면, 그것은 본 문의 창시자를 보내 세상을 구했듯이, 다시금 하늘이 풍령을 보내 제세의 뜻을 펼치기만을 바라는 것뿐이리라…….

그 뒤로 몇 마디의 당부와 함께 죽간의 내용은 그렇게 끝을 맺고 있었다.

관우는 다소 심각한 얼굴로 죽간을 접었다.

이젠 환무길이 자신에 대하여 하늘의 뜻 운운했던 이유를 알 수 있을 것 같았다.

'내가 이분들이 말한 풍령이란 말인가?'

하지만 선뜻 받아들이긴 어려웠다. 무엇보다 지금은 자기 자신이 누구인지조차 모르고 있지 않은가?

'풍령… 바람이라…….'

생각해 보면 전혀 바람과 관련이 없는 것은 아니었다.

자신이 지닌 특이한 능력…….

냄새만으로 사물을 분간할 수 있고, 마음만 먹으면 수 리 밖에 있는 것이 어떤 것들인지 알아낼 수도 있었다.

그리고 아직 누구에게도 밝히진 않았으나, 가끔씩 그는 바람을 볼 수 있었다.

실제로 바람의 형체가 보이는 것은 아니었다. 다만 바람의 흐름이 느껴지는 것이다.

그것은 단순히 바람이 불어 몸을 스치는 것과는 달랐다. 느끼는 대로 손을 뻗으면 바람이 거기에 닿았다. 그래서 관우는 그것을 바람이 보인다고 여기고 있었다. 처음엔 자신조차 그것이 바람인지 알지 못했지만 지금은 확신할 수 있는 것이다.

하지만 그와 같은 사실을 관불귀를 포함한 아무에게도 말하지 않았다. 말을 해봐야 아무도 믿지 않을 것이 뻔했기 때문이다.

사실 어떻게 설명해야 할지 모르기도 했다.

'정말 내가 풍령일까?

관우는 곧 한숨과 함께 고개를 저었다.

지금으로선 모든 것이 혼란스러웠다.

자신의 정체조차 모르는데 난데없이 자신더러 바람, 풍령이라니.

그때 환무길의 음성이 들려왔다.

"이제 모든 것을 알겠느냐?"

관우는 고개를 끄덕였다.

"제게 하신 말씀이 무슨 뜻인지는 알겠습니다. 노인장께서는 제가 이 죽간에 언급되어 있는 풍령이라고 여기시는 것 아닙니까?"

"여기는 것이 아니라 넌 풍령이 틀림없다. 풍벽진은 바람 외엔 그 무엇도 통과시키지 않는다. 그런데 너는 아무 제지 없이 풍벽진 안으로 들어왔을 뿐만 아니라 그 안을 들여다보고 소리까지 들었다. 그것이 바로 네가 풍령이라는 증거다."

환무길의 음성에선 전과 다른 힘이 느껴졌다.

관우는 굳은 확신에 찬 환무길의 눈빛을 보며 다른 말을 할 수 없었다.

"으음, 제게 생각할 시간을 주십시오."

환무길의 눈이 빛나며 약간은 경직된 음성이 흘러나왔다.

"쓸데없는 일이다. 너는 본 문의 사명을 이을 수밖에 없다. 그것이 하늘의 뜻이다."

하지만 관우는 물러설 생각이 없었다.

"노인장의 말씀대로 진정 하늘의 뜻이라면 제가 생각할 시간을 갖는다고 해서 그 결과가 바뀌진 않을 것입니다. 그러니 제게 말미를 주십시오."

"……."

환무길은 묵묵히 관우의 눈을 쳐다봤다.

'무른 성격인 줄로만 알았더니 제법 강단도 있는 아이구나.'

내심 고개를 끄덕인 그는 곧 입을 열었다.

"시간은 얼마면 되겠느냐?"

"사흘이면 될 것입니다."

"음……."

환무길은 잠시 고민했다.

'어차피 마음이 없는 상태에서 억지로 시키는 것은 무리일 터…….'

생각을 정리한 그는 고개를 끄덕였다.

"좋다. 네 말대로 사흘을 주겠다."

"고맙습니다. 그럼 사흘 뒤에 다시 뵙겠습니다."

길게 읍한 관우가 석실을 빠져나가려 할 때였다.

"이곳에서 나갈 수는 없다."

"……?"

관우는 움찔했다.

"여기서 마음을 정리해라. 정확히 사흘 뒤에 오겠다. 허기는 저기 있는 과육으로 달래면 될 것이다."

"하지만 제 말은 그런 것이 아니라……!"

쿵!

관우의 다급한 외침이 끝나기도 전에 석실의 커다란 문이 굳게 닫혀 버렸다.

그리고 곧 환무길의 신형 또한 관우의 눈앞에서 허깨비처럼 사라져 버렸다.

"어, 어떻게 이런 일이……!"

관우는 놀란 마음을 진정시키지 못하고 자신의 두 눈을 비벼댔다. 그러나 그런다고 이미 사라진 환무길의 모습이 보일 리는 없었다.

얼마나 시간이 지났을까?

석실에 갇힌 뒤 한참 동안이나 당황한 상태로 있을 수밖에 없었던 관우는 차차 평정을 되찾았다.

여전히 혼란스럽긴 마찬가지였으나, 왠지 모르게 고요함에 조금씩 적응이 되는 것 같았다.

그리고 그 고요함은 이제 오히려 그에게 차분히 머릿속을 정리할 시간을 가져다주었다.

관우의 손엔 환무길이 건네준 죽간이 들려 있었다.

환무길이 사라진 뒤 한 번 더 죽간의 내용을 읽어보았다.

느낌이 새로웠다.

처음엔 그저 궁금함을 해소하는 데에만 초점을 맞추고 읽은 탓에 글 속에 담긴 필자의 심경을 엿볼 수가 없었다.

하지만 다시 읽어보니 죽간을 남긴 이의 진심이 전해져 오는 것을 느낄 수 있었다. 뜨거운 사명감과 진정 세상을 염려하는 애절한 마음이 거기엔 담겨 있었다.

무려 사천 년 가까이 그 뜻을 이어온 이들의 굳은 정신이 새삼 숭고하게 느껴졌다.

"하늘의 뜻… 하늘의 뜻이라……."

관우는 죽간의 마지막에 적힌 글귀에 눈을 두며 나직이 중얼거렸다.

"진정 내가 이들이 말한 풍령이라면 내가 기억을 잃은 것도 하늘의 뜻일까……?"

자신이 가진 특이한 능력.

그 능력이 바람과 연관이 있다는 것.

그리고 그저 우연이라고 하기엔 너무도 기이한 환무길과의 만남까지.

이러한 점들을 생각할 때 모든 것을 허황된 말로 치부해 버리기는 어려웠다.

관우는 곰곰이 생각했다.

"나는 무엇 때문에 망설이는 것일까……?"

세상을 구제한다는 어마어마한 사명 앞에 혹시라도 감당치 못할 고난과 시련이 닥칠까 두려워서일까?

아니었다. 적어도 그것 때문은 아닌 것 같았다.

단지 혼란스러울 뿐이었다.

내가 누구인지도 모르는 상태에서 뭔가를 붙들고 감당하며 나아간다는 것이 왠지 자신이 없었다. 또 이런 마음을 가지고 세상을 구제한다는 풍령문의 뜻을 잇는다는 것도 옳지 않아 보였다. 자신에겐 지금까지 풍령문을 지켜온 자들이 가지고 있었던 세상을 염려하는 뜨거운 마음이 없었던 것이다.

"하지만… 평생을 이렇게 아무것도 아닌 채로 살 수만은 없지 않은가?"

기억이 돌아온다는 보장도 없었고, 돌아온다고 해도 그게 언제인지 기약도 없었다.

또한 평생을 관불귀만 의지한 채 살아갈 수도 없을 터였다.

"결국 나 스스로 살길을 찾아야 할 터. 그렇다면……."

관우는 미간을 좁히며 깊은 고민에 빠져들었다.

세상에 자신의 존재감이 전혀 없다고만 할 것이 아니라, 이제부터라도 그 존재감을 스스로 만들어보는 것이 옳은 일이 아닐까?

어차피 스스로 살아가야 할 길을 찾아야 하고 무언가를 해야만 한다면, 지금 눈앞에 찾아온 이것을 붙잡아보는 것도 괜찮지 않을까?

이런저런 생각들을 하던 관우의 표정이 본래대로 돌아온 것은 그로부터 다시 몇 시진이 지나서였다. 무언가를 결심한 듯 눈빛엔 어떤 의지가 엿보였다.

"그래, 이렇게 혼자 고민할 것이 아니라 그 어르신께 내 솔직한 심정을 말씀드린 뒤 자세한 이야기를 들어보는 것이 좋을 것 같다."

그 즉시 자리에서 몸을 일으킨 관우는 굳게 닫힌 석문 쪽으로 걸어가 밖을 향해 입을 열었다.

"거기 계십니까? 계시면 문을 좀 열어주십시오! 노인장께 드릴 말씀이 있습니다!"

하지만 밖에선 아무런 기척이 없었다.

이에 관우는 다시 한 번 목청을 돋웠다.

"이곳을 나가겠다는 것이 아닙니다! 드릴 말씀이 있으니 문을 열어주십……!"

"아직 사흘이 지나지 않았는데 무슨 일이냐?"

갑작스레 등 뒤에서 들려온 음성에 관우는 외치다 말고 흠칫하지 않을 수 없었다.

황급히 뒤를 돌아보니 놀랍게도 석실 한가운데 환무길이 서 있었다.

"어, 어떻게……?"

관우는 어안이 벙벙하여 말을 잇지 못했다.

얼마 전 사라질 때처럼 지금도 역시 문이 닫혔음에도 불구하고 모습을 드러냈으니, 관우의 눈엔 환무길이 사람이 아닌 귀신으로 보일 수밖에 없었다. 하지만 환무길은 이를 대수롭게 여기지 않고 진중한 어조로 말했다.

"그리 놀랄 것 없다. 그래, 내게 할 말이란 게 무엇이냐?"

이에 잠시 마음을 진정시킨 관우는 곧 침착하게 말했다.

"노인장의 말씀대로 소생이 풍령인지는 아직 확신할 순 없습니다. 하여 제겐 세상을 구제한다는 풍령문의 사명을 향한 열망도 없고, 어르신처럼 그 뜻을 기꺼이 잇고자 하는 숭고한 정신도 없습니다."

"계속해 보거라."

관우와 환무길의 시선이 허공에서 마주쳤다.

"그럼에도 제가 필요하시다면 풍령문의 제자가 되겠습니다."

"……!"

환무길의 두 눈에 미미한 파동이 일었다.

"그것이 네 진심이냐?"

"그렇습니다."

"……."

환무길은 잠시 말없이 관우의 눈과 얼굴을 주시했다.

"그렇게 마음을 먹은 까닭이 무엇이냐?"

그의 물음에 관우는 자신의 처지에 대하여 간단하게 설명했다. 기억을 잃어버린 것과 지금의 심경에 대하여.

이야기를 들은 환무길은 내심 고개를 끄덕였다.

'음… 그런 것인가? 단지 본 문을 통해 삶의 의미를 찾아보겠다는……?'

관우의 처지를 생각한 그는 관우가 이러한 결정을 내리게 된 경위를 대충 짐작할 수 있었다.

물론 풍령문의 큰 뜻을 이어받기엔 턱없이 부족한 마음가짐이었으나, 환무길은 실망하거나 불쾌해하지 않았다. 자신을 포함한 선대의 그 어떤 전인들도 처음부터 뜨거운 사명감을 가졌던 일은 없었기 때문이다. 차라리 관우가 이렇게라도 결정을 내려준 것이 다행스런 일이었다.

게다가 그러한 마음을 감추지 않고 솔직히 자신에게 털어놓기까지 하니, 관우의 심성이 보면 볼수록 정심한 것 같아 흡족하기까지 했다.

환무길은 자신의 대답을 기다리는 관우를 향해 곧 흔쾌히 고개를 끄덕여 보였다.

"좋다. 금일로부터 너를 본 문의 삼십구대 전인으로 받아들이겠다."

"......!"

말이 떨어지기가 무섭게 관우는 옷매무새를 매만지며 환무길 앞에 시립했다.

"제자 관우가 사부님을 뵙습니다."

관우는 환무길을 향해 스승에 대한 배례(拜禮)를 올렸다.

예를 마치고 무릎을 꿇는 관우의 표정은 엄숙하기까지 했다. 그러나 그를 내려다보는 환무길의 표정은 평소와 같은 담담한 모습이었다.

"그만 일어나거라. 지금은 아직 모든 것이 낯설 것이다. 본 문의 제자로서 앞으로 네가 해야 할 일들에 대하여 이야기할 것이 많으나 뜬눈으로 밤을 보냈을 터이니 오늘은 이만 쉬도록 해라. 내일 나와 함께 갈 곳이 있다."

관우는 천천히 자리에서 일어서며 고개를 숙여 보였다.

"알겠습니다, 사부님."

함께 가야 할 곳이 어디인지는 묻지 않았다.

이미 환무길의 제자가 되었으니, 앞으로의 일은 모두 그에게 맡기기로 마음먹은 관우였다.

그 모습을 보고 묵묵히 고개를 끄덕인 환무길은 곧 전과 같이 관우의 눈앞에서 연기처럼 사라져 버렸다.

"......!"

다시 봐도 믿기지 않는 모습에 관우는 또다시 놀랄 수밖에 없었다.

"사람이 어찌 저럴 수가 있단 말인가! 사부님께 배우면 나도 저와 같은 능력을 갖게 되는 것일까?'

이제 갓 풍령문의 제자가 된 관우의 마음엔 벌써부터 작은 기대감이 피어오르고 있었다.

이튿날 새벽.

관우는 환무길과 함께 동굴을 나섰다.

"이리 가까이 와 내 손을 잡거라."

"……?"

환무길은 자신의 의도를 모른 채 머뭇거리는 관우를 보며 말했다.

"가야 할 길이 멀다. 걸어서는 오늘 내로 갈 수 없는 거리다."

"…알겠습니다."

환무길을 향해 가까이 다가선 관우는 조심스럽게 그가 내민 손에 자신의 손을 가져다 대었다.

"꽉 잡아야 할 것이다."

"예, 사부… 웃!"

대답을 하다 말고 관우는 경호성을 내질렀다.

슈우!

어디선가 갑자기 바람이 불어닥쳤다.

그것은 순식간에 환무길과 관우의 몸을 감싸더니 이윽고 두 사람의 신형을 이끌고 허공으로 솟구쳤다.

쉬쉬쉿……!

"아!"

방금까지만 해도 발을 붙이고 있던 땅이 빠르게 멀어지는 것을 보며 관우는 그만 탄성을 발했다.

'이, 이럴 수가!'

관우가 놀라고 있는 사이 수백 장을 치솟은 그들의 신형은 이미 쾌속한 속도로 서쪽을 향해 쏘아져 가기 시작했다. 그 속도가 어찌나 빠른지 관우는 도저히 눈을 뜰 수가 없었다.

"내 뒤쪽에 서거라."

환무길의 나직한 음성에 관우는 간신히 실눈을 떠 그를 바라봤다.

환무길은 어쩔 줄 몰라 하는 관우와는 달리 한 손은 관우의 손을 쥐고 다른 한 손은 뒷짐을 진 채 여유로운 표정으로 바람에 몸을 맡기고 있었다.

간신히 몸을 움직여 환무길의 뒤에 선 관우는 그제야 눈을 뜨고 아래를 내려다볼 수 있었다.

'아아……!'

또다시 절로 터져 나오는 탄성!

아래는 그야말로 장관이 펼쳐져 있었다.

이제 막 떠오른 태양이 구름 사이로 비스듬히 땅을 비추고 있었고, 그 아래로 이제 막 잠에서 깨어난 성도의 모습이 보였다.

그토록 높고 넓던 산야하며, 커다랗기만 하던 성도가 손바닥만 했다.

관우는 잠시 마치 자신이 조물주가 된 듯한 착각에 빠져 버렸다.

그렇게 얼마간 입을 다물지 못하고 지나가자 무수한 산봉우리들이 치솟은 드넓은 고원이 모습을 드러냈다.

고원은 끝이 보이지 않을 정도로 넓게 펼쳐져 있었고, 곳곳엔 태곳적부터 녹지 않은 만년설이 뒤덮여 있었다.

다시 일각 정도의 시간이 흐르고, 여전히 끝나지 않은 고원을 날던 두 사람의 신형이 서서히 아래로 하강하기 시작했다.

환무길은 수많은 산봉우리 중 한곳에 내려섰고, 그러자 두 사람을 이끌었던 바람은 거짓말처럼 사라져 버렸다.

땅을 밟자마자 한차례 휘청거린 관우는 곧 엄습하는 한기에 몸을 움츠려야 했다.

"안으로 들어가자."

곁에서 들린 환무길의 음성에 정신을 차린 관우는 고개를 돌려 환무길이 향하는 쪽을 쳐다보았다.

거기엔 뜻밖에도 동굴이 하나 있었다.

재빨리 환무길을 따라 동굴 안으로 들어선 관우는 금세 움츠린 몸을 펼 수 있었다. 동굴 안에는 바람이 차단되어 한기가 느껴지지 않았던 것이다.

동굴은 그리 깊지도 않았고, 특이할 만한 점도 없었다. 다만 얼마간 걸어 들어가자 제법 널찍하면서도 둥근 공간이 나왔는데, 사방이 막힌 걸 보니 이곳이 끝인 것 같았다.

줄곧 환무길의 뒤에 있던 관우는 환무길이 걸음을 멈추자 옆으로 비켜서며 주변을 살폈다.

그리고 곧 그런 관우의 두 눈엔 놀람의 빛이 떠올랐다.

"저것은……?"

이때 기다렸다는 듯 환무길의 진중한 음성이 동혈에 울려 퍼졌다.

"지금까지 본 문의 뜻을 이어오신 조사님들이시다. 관우는 조사님들께 예를 올리도록 해라."

"……!"

그의 말에 관우는 더욱 놀라워하며 다시 한 번 사방을 살폈다.

관우가 서 있는 공간은 뚜렷한 원 모양의 구조로 되어 있었는데, 그 둘레가 이십 장, 높이는 십 장에 이르렀다.

그리고 둥근 벽면에 일정한 거리를 두고 뚫린 작은 공간 안엔 정확히 서른일곱 명의 인물이 모두 눈을 감고 앉아 있었다.

그들은 대부분 그 나이를 추측하기 어려울 정도의 노인들이었는데, 특이하게도 우측에서 좌측으로 갈수록 그 복색이 매우 생소해 보였다. 또한 그들의 면면은 모두 달라서 그 생김새가 중원인들과는 사뭇 다른 자들도 적지 않았다.

"사부님, 진정 이분들이 본 문의 조사님들이란 말씀입니까?"

"그렇다."

여전히 믿기지 않는 듯 관우가 재차 물었다.

"모두… 살아 계시는……?"

"그럴 리가 있겠느냐. 이미 이 세상 분들이 아니시다."

"그럼 저것들이 모두 시신이란 말씀입니까? 어떻게 썩지 않고……?"

궁금해하는 관우를 향해 환무길의 설명이 이어졌다.

"조사님들의 육신이 온전히 보존될 수 있는 것은 바로 몸 안에 충만한 풍기 때문이다. 본 문의 제자가 되어 일정 수준의 풍기를 지니게 되면 외상으로 인한 것이 아닌 한 더 이상 육신은 상함을 입지 않게 된다. 혹 외부로부터 상함을 입더라도 그 회복 속도가 범인들보다 몇 배는 빠르다. 이러한 속성으로 인해 죽음에 이르러 혼령이 떠나더라도 그 육신은 썩지 않게 되는 것이다."

"음……."

그제야 알았다는 듯 묵묵히 고개를 끄덕인 관우는 이내 중앙으로 천천히 걸어가 멈춰 섰다.

눈을 들어 서른일곱 구의 시신을 한차례씩 바라본 관우는 무릎을 접어 예를 올리기 시작했다.

"삼십구대 제자 관우가 조사님들을 뵙습니다!"

관우가 예를 모두 갖추자 환무길이 관우의 곁에 다가와 벽면의 가장 왼쪽과 오른쪽에 앉아 있는 시신을 가리키며 말했다.

"가장 왼편에 계신 분이 본 문의 창시자이시고, 가장 오른편에 계신 분이 내 사부님이시다. 사부님께서는 정확히 칠십 년 전에 돌아가셨지."

"아, 그렇군요."

고개를 끄덕이며 그곳을 바라보던 관우가 문득 무엇을 보았는지 질문을 던졌다.

"그럼 저쪽 끝에 남아 있는 두 자리는……?"

"나와 네가 있을 자리다."

"그럼 그 후의 사람들은 어찌 되는 것입니까?"

환무길은 고개를 저었다.

"그것은 나도 모른다. 창시자께서 이곳을 만드실 때부터 벽면에 있는 자리는 서른아홉 개였다. 그분의 깊은 뜻을 정확히 알긴 어려웠으나, 이제 너를 만나고 보니 일대 조사께선 이미 모든 것을 예견하셨던 듯하구나."

"그럼 사부님의 말씀은 본 문이 제자를 끝으로 사라진다는 말씀입니까?"

"모든 정황을 볼 때 본 문이 네 대에서 끊긴다면 그 이유는 둘 중 하나가 될 듯하다. 곧 있을 세 문파의 발흥을 본 문이 막지 못해서이거나, 아니면 그들이 영원히 사라져 더 이상 본 문이 존재할 까닭이 없어져 버려서이거나."

"음……."

그 말에 관우는 낮게 침음했다.

비록 짧은 말이었으나, 지금 환무길이 내뱉은 말의 무게는 결코 가벼운 것이 아니었다.

결국 세상의 운명이 모두 자신의 손에 달려 있다는 뜻이다.

관우는 그 무게가 고스란히 자신의 어깨 위로 올려지는 듯한 기분이 들었다.

기실 이곳에 와서 풍령문의 선대 인물들을 직접 눈으로 대할 때부터 관우의 마음엔 분명 어제와는 다른 감정이 새록새록 올라오기 시작했다.

그러한 감정은 그들을 향해 엎드려 절을 할 때 더욱 선명해졌고, 지금 환무길의 말을 들으며 확실해졌다.

막연하기만 했던 풍령문의 사명이 현실로 다가온 것이다.

그리고 그 현실은 결국 관우의 마음에 제세에 대한 열망의 씨앗을 심기에 이르렀다. 그런 면에서 풍령문을 이어온 산중인들의 모습이 고스란히 간직된 이곳이야말로 풍령문의 숭고한 정신을 단번에 깨닫게 하는 최고의 장소라 할 수 있었다.

어쩌면 이곳을 만든 자의 깊은 의도 또한 그것에 있었는지도 모를 일이었다.

'내가 과연 해낼 수 있을까? 본 문의 뜻을 감당할 수 있을까?'

그렇게 상념에 잠긴 관우를 깨운 건 역시 환무길이었다.

"이만 돌아가자꾸나. 오늘부터 너는 본 문의 제자로서 익혀야 할 것들을 배우게 될 게다."

"예, 사부님."

대답하는 관우의 두 눈엔 조금 전까지만 해도 찾아볼 수 없던 무언가가 떠올라 있었다.

그것을 알아챈 환무길은 내심 미소를 머금고는 곧 아무 말 없이 먼저 신형을 돌렸다.

그를 따라 그곳을 나오던 관우는 몇 번이고 뒤를 돌아보았다.

환무길의 말에 따르면, 앞으로 다시 이곳에 올 일은 없을 것이다. 그가 이 세상을 떠나기 전에는 말이다.

태양이 중천에 걸렸을 무렵,

관우는 환무길과 함께 동굴 밖으로 나왔다.

초당 뒤편에 위치한 이 숲은 초당이 위치한 면적의 열 배가 넘는 곳이었다.

하지만 성도에 사는 사람들은 지난 수백 년간 그 사실을 알지 못하였는데, 그 이유는 풍벽진이 설치된 곳은 사람들의 눈에 전혀 띄지 않고, 처음부터 없는 것처럼 되기 때문이다.

"풍령문의 제자로서 네가 배워야 할 것은 바로 바람을 다루는 기술이다."

일정 거리를 두고 관우와 마주 보고 선 환무길이 뒷짐을 진 채 입을 열자 관우는 이를 경청했다.

"바람을 다루는 기술은 크게 세 단계로 나뉜다. 그 첫 번째는 바람을 인식하고 그에 동화되는 법을 배우는 단계이니, 이를 화풍술(和風術)이라 하고, 두 번째는 이러한 바람이 지닌 기운을 자신의 몸 안으로 받아들이는 단계이니, 이를 취풍술(取

風術)이라 한다. 마지막으로 취풍술을 익힌 후에 힘써야 할 것이 바로 의지로써 바람을 다스리는 법을 배우는 것이니, 이것이 곧 섭풍술(攝風術)이다. 앞의 두 단계는 그저 섭풍술을 배우기 위한 초석에 불과하며, 섭풍술이야말로 진정한 바람의 기운을 이용하여 힘을 발휘하는 기술이라 할 것이다."

"그럼 제자가 먼저 배워야 할 것은 화풍술이겠군요."

가만히 듣고 있던 관우가 고개를 끄덕이며 물었다.

"그렇다. 하지만 그전에 확인해 볼 것이 있다."

"그게 무엇입니까?"

환무길은 묻는 관우와 시선을 마주하며 말했다.

"손을 쥐보아라."

"……?"

관우는 의아하게 생각했지만, 곧 오른손을 환무길 앞에 내밀었다.

환무길은 관우의 완맥을 쥐고 스륵 눈을 감았다.

'음?'

그 순간 관우는 그곳을 통해 무언가 청량한 기운이 스며드는 것을 느꼈다. 하지만 고통은 없었기에 관우는 잠자코 환무길에게 몸을 맡겼다.

몸속에 들어온 기운은 서서히 퍼져 나가 온몸 구석구석을 누볐다. 그 가운데 기운이 가장 오래 머문 곳은 머리와 아랫배 부근이었다. 그리고는 곧 다시 빠르게 처음 들어왔던 곳으로 회수되었다.

"음, 역시 예상대로구나."

관우의 완맥에서 손을 뗀 환무길이 나직이 중얼거렸다.

"무엇이 말입니까?"

"네 안에는 이미 바람의 기운이 잠재되어 있다."

"잠재되어 있다니요?"

"조금 전 내가 말한 것들은 본 문의 창시자 때부터 지금껏 전해져 온 통상적인 방법이라고 할 수 있다. 즉, 그것은 나와 같은 평범한 사람이 풍술(風術)을 익히고자 할 때에 적용되는 방법이란 뜻이다. 또한 그 외의 단계와 방도가 더 이상 없는 것도 사실이다. 하지만 너는 그렇지 않을 수 있다. 그건 네가 지금껏 누구도 지니지 못했던 풍령을 지녔기 때문이다."

그 말에 관우는 약간 상기된 표정을 지으며 물었다.

"그럼 제자는 그와 같은 단계를 거치지 않아도 된다는 겁니까?"

"그건 확실치 않구나. 나 역시 풍령이 어떠한 성질을 가지고 있는지 아는 것이 없기 때문이다. 다만 후천적으로 얻어지는 풍기와는 무언가가 다르지 않을까 하는 추측을 하고 있을 뿐인데, 지금부터 그것을 확인해 보려는 것이니 너는 내가 묻는 말에 있는 그대로 대답하기만 하면 된다."

"예. 알겠습니다, 사부님."

대답한 관우는 이어지는 환무길의 음성에 귀를 기울였다.

"혹 너는 오감(五感) 중에서 특별히 민감한 부분이 있지 않느냐? 예를 들어, 남들은 감지하지 못하는 작은 움직임을 알아차린다든지, 청각과 후각을 이용해 멀리 있는 것이 무엇인지 알아맞힌다든지 하는 것들 말이다."

환무길의 물음에 관우는 잠시 머뭇거리더니 입을 열었다.

"…실은 제자에게 그와 비슷한 능력이 있긴 합니다."

그 말에 환무길은 두 눈을 빛냈다.

"그게 무엇이냐?"

이에 관우는 자신이 멀리 있는 것에서 풍겨나는 냄새로써 사물을 분간할 수 있다는 것과 그러한 능력을 가지고 관불귀와 함께 약장사를 한 일 등을 환무길에게 고했다.

이야기를 듣는 내내 고개를 끄덕인 환무길은 내심 반색하면서도 신중한 태도로 관우에게 말했다.

"그것이 정녕 사실이라면 이미 너는 바람과 화합하는 방법을 알고 있는 것이니, 화풍술을 배울 필요가 없겠구나."

잠시 말을 멈춘 그는 다시 입을 열었다.

"무언가를 태우는 냄새가 나는구나. 냄새의 근원이 어느 쪽인지 알 수 있겠느냐?"

관우는 환무길이 자신의 능력을 시험해 보는 것임을 알아차리곤 눈을 감고 정신을 집중했다. 분명 뭔가 불에 타는 냄새가났다. 하지만 그 냄새는 너무도 미미했다. 그것은 냄새의 근원이 이곳에서 상당히 멀다는 것을 뜻했다.

즉각 대답을 못한 관우는 잠시 후 눈을 뜨며 조심스럽게 입을 열었다.

"확실히는 모르오나 냄새가 일어난 곳은 이곳에서 서북쪽에 위치한 강변이 아닌가 싶습니다."

"……!"

관우의 말에 환무길은 놀란 표정을 감추지 못했다. 관우가
바로 맞혔기 때문이다.

"그럼 너는 지금 그곳에서 태우고 있는 것이 무엇인지도 알
수 있겠느냐?"

관우는 약간은 자신없는 표정으로 대답했다.

"으음… 향 속에 약간의 노린내가 섞여 있는 듯한데, 아마도
고기를 굽고 있는 것이 아닐지……."

"음……!"

환무길은 강렬한 눈빛으로 관우를 바라보며 고개를 끄덕였
다.

"놀랍구나! 모두 맞히었다."

이에 기분이 좋아진 관우도 얼굴이 밝아졌다.

그러나 환무길의 흡족함과 놀람은 관우와 같이 단순한 이유
때문이 아니었다.

그는 일부러 먼 곳에 있는 것을 시험의 대상으로 택했다.

관우의 이야길 듣는 동안 관우가 냄새의 발생 위치뿐만 아
니라 근원까지 분간할 수 있다는 것을 알고 관우가 가진 능력
의 정도까지 함께 알아보기 위해서였다.

고기를 굽는 강변이 있는 곳까지의 거리는 자그마치 오 리.

그 정도 거리에서 풍겨난 냄새의 위치를 정확히 파악한다는
것은 결코 쉬운 일이 아니었다. 거리가 멀어질수록 바람에 실

려 도착하는 냄새의 양이 적어지는 것은 물론이거니와, 중간에 다른 냄새가 섞일 가능성이 커지기 때문에 그중에서 냄새의 근원을 골라낸다는 것은 지난한 일이었다.

환무길조차도 화풍술을 익히고 취풍술을 배우는 단계에 이르러서야 비로소 오 리 밖의 냄새를 분간할 수 있었던 것이다.

그런데 관우는 그 방향을 단번에 알아챘다. 뿐만 아니라 냄새의 근원이 무엇인지조차 정확히 맞히기까지 했다.

'과연 풍령이구나! 이 정도면 이미 화풍술의 단계는 한참을 벗어난 상태다. 그렇다면 혹시……?'

환무길은 기대를 가지고 관우를 향해 말했다.

"이미 네가 가진 능력으로 볼 때 화풍술은 가르칠 필요가 없을 것 같구나. 다만 더욱 능숙한 감각을 기르기 위해서는 꾸준히 노력해야 할 것이다."

"예, 사부님. 명심하겠습니다."

"한 가지 더 묻겠다."

"……?"

"너는 바람이 보이느냐?"

"……!"

관우는 마치 무엇을 들킨 사람처럼 흠칫거렸다.

"바람을 볼 수 있느냐고 물었다."

"그것이… 바람의 형체가 보이는 것은 아니지만, 어디서 오고 어디로 가는지는 알 수가… 음, 죄송합니다. 사실 저도 무엇인지 몰라 확실히 말씀드리기가 어렵습니다."

곤란한 듯 관우는 고개를 숙였으나 환무길은 두 눈을 반짝거렸다.

"육안으로 보이지는 않으나 네 마음이 읽는 대로 바람이 실제 흐르고 있음을 말하는 것이 아니냐?"

"…그렇습니다."

"허! 그렇다면 이미 모든 능력을 갖추고 있단 말인가!"

환무길은 홀로 중얼거리며 말했으나 이를 관우가 못 들었을 리 없었다.

"제가 이미 바람을 다루는 기술을 모두 터득하고 있다는 말씀이십니까?"

확인하듯 묻는 관우를 보며 환무길은 고개를 끄덕였다.

"그런 것 같구나. 마음으로 바람을 볼 수 있다면 이미 의지로써 바람을 다스리는 섭풍술의 단계에 이르렀다고 할 수 있으니, 아마도 모든 것이 네가 지닌 풍령으로 인해 그리된 듯싶구나."

뜻밖에도 그의 음성은 미미하게 떨리고 있었다. 뿐만 아니라 눈빛과 표정에선 뭐라 말할 수 없는 벅찬 감정마저 떠올라 있었다.

'정녕 선대의 염원이 헛되지 않았구나! 하늘은 과연 세상을 위해 이 아이를 안배해 놓으셨구나!'

비록 관우를 만났지만 아직 풍령의 진가를 알 수 없었던 환무길은 차근히 관우를 가르칠 생각이었다.

하지만 문득 관우가 풍령을 지녔다면 뭔가 다르지 않을까

하는 생각이 들게 되었다. 풍령이라면 바람, 그 자체이니 무언가 특별한 능력을 가지고 있을 수도 있겠다 싶었던 것이다.

그래서 확인해 보았던 것인데, 그 결과는 정녕 기대 이상이었다.

바람을 다루는 풍술을 익히는 데는 그 기본을 다지는 것만 해도 적어도 십 년은 잡아야 했다.

환무길 자신만 해도 화풍술을 익히는 데 삼 년, 취풍술로서 섭풍술을 익히기 위한 풍기를 얻는 데만도 팔 년이란 세월이 걸렸다.

그런데 관우는 이미 두 단계를 뛰어넘어 섭풍술의 단계에 이르러 있는 상태였으니, 그러한 긴 세월을 요할 필요가 없게 된 것이다.

이처럼 관우가 풍령문의 절기를 이어받기 위한 시간이 단축되었다는 것은 매우 큰 의미가 있었다.

그것은 그만큼 관우의 성취가 빠를 것이란 뜻이었고, 그렇게 되면 관우가 풍령문의 문주 직을 이어받는 시일이 빨리 올 것이란 의미이며, 이는 곧 관우가 더욱 빨리 저들 세 문파를 상대할 수 있다는 뜻이기 때문이었다.

사실 환무길이 관우의 능력을 확인코자 한 가장 큰 이유는 바로 이 시간에 있었다. 때가 얼마 남지 않은 것이다.

안 그래도 때가 코앞에 닥쳤음에도 연자가 나타나지 않아 내심 염려하고 있던 그였기에 관우의 능력이 어떠한지 여부는 매우 중요한 일이었다.

그러나 하늘은 자신의 염려나 걱정을 비웃듯, 그 모든 것을 계산하고 관우를 자신에게 인도했던 것이다.

환무길은 새삼 자신이 풍령을 지닌 자를 가르칠 수 있는 사람으로 택함을 받았다는 사실에 뿌듯함을 느꼈다.

마음을 가라앉힌 그는 관우를 보며 말했다.

"나는 본래 삼 년 동안 네게 풍술을 가르치고자 했었다. 네가 비록 풍령을 지녔다곤 하나 본 문의 풍술을 제대로 익히는 데엔 적어도 그 정도의 시간이 필요할 거라 생각했기 때문이다. 지금까지 본 문의 조사님 중 그 어느 분도 삼 년 이내에 풍술의 기초를 모두 닦으신 분이 없었다는 것도 그 이유 중 하나라고 할 수 있다. 하지만 이제 보니 내 생각이 너무나 짧았다는 것을 알겠구나. 풍령을 지닌 너는 이미 풍술의 기초가 모두 닦여 있고, 다만 구체적인 섭풍술만 터득하면 되는 상태다. 물론 그 성취야 어찌 될지 알 수 없지만 바람을 다스리는 구체적인 방법들을 익히는 데엔 그리 긴 시간을 요하지 않을 것이다. 하여 나는 처음에 가졌던 계획을 바꾸려고 한다."

"계획을 바꾼다 하심은⋯⋯?"

"나는 먼저 내가 곧 있을 저들 세 문파의 발흥을 막아보고 네게 본 문의 사명을 넘겨줄 생각이었다. 네가 그때까지 저들을 막을 만한 힘을 얻지 못할 거라 생각했기 때문이다. 그러나 이제 나는 그러지 않고 처음부터 네게 그들의 발흥을 막을 사명을 넘겨줄 생각이다. 그것이 진정한 하늘의 뜻임을 이제야 알겠구나."

관우는 갑작스런 말에 의아한 표정을 지었다.

자신이 언젠간 환무길로부터 문주 직을 이어받을 것은 그도 잘 알고 있었다. 한데 지금 환무길의 말을 들어보니 그 '언젠간'이 매우 가까운 것처럼 들리지 않는가?

관우는 조심스럽게 물었다.

"저들이 발흥할 날이 얼마 남지 않은 것입니까?"

환무길의 고개가 무겁게 끄덕여졌다.

"지금으로부터 삼 년 뒤, 세 기운의 조화가 어그러지는 바로 그날에 저들이 세상에 모습을 드러낼 것이다."

"삼 년이라니!"

예상보다 남은 기간이 너무나 짧다는 사실에 크게 놀란 관우는 솟구치는 궁금함을 참지 못하고 환무길을 향해 묻기 시작했다.

"그럼 저들 세 문파가 삼 년 뒤 동시에 홀연히 나타나는 것입니까?"

"그럴 수도, 아닐 수도 있다. 저들의 등장은 매번 그 방법이 달랐기 때문이다."

"그렇다면 저들을 찾아낼 수 있는 방법은 무엇인지요? 어디서 어떻게 나타날지를 알아야 저들의 움직임을 막을 수 있지 않겠습니까?"

환무길은 여전한 어조로 대답했다.

"그렇긴 하지만, 굳이 그것을 미리 걱정할 필요는 없다. 때가 되면 저들이 어디에 있는지, 또 누구인지 저절로 알게 될 것이기 때문이다."

"저절로 알게 된다 하심은……?"

관우는 한껏 의문스런 눈길로 환무길을 쳐다봤다.

"본래 조화를 이루고 있는 세 기운은 상호 교통하며 서로를 인지하고 있다. 그렇기에 풍술을 익혀 그러한 조화의 결정체인 바람의 기운을 지니게 된다면 저들을 알아볼 수 있는 능력을 얻게 되는 것이다. 아마도 네게는 이미 그러한 능력이 존재하고 있을 것 같구나."

"으음."

알겠다는 듯 고개를 끄덕인 관우는 다시 말했다.

"하면 저들도 우리가 풍령문의 사람임을 알아볼 수 있는 겁니까?"

"그건 그렇지 않다. 세 기운은 각기 고유의 성질이 있으나 바람은 무성(無性)이기 때문이다. 네가 정체를 드러내지 않는 한 저들이 먼저 네가 누군지 알아차릴 수는 없다."

"그렇군요. 한데 본 문은 저들이 먼저 세상에 모습을 드러낼 때까지 기다려야 하는 겁니까? 제 생각으로는 그 후에야 비로소 저들을 찾아 나서게 된다면, 빠른 시일 내에 저들을 찾지 못할 경우 그동안에 저들이 무슨 일을 저지른다고 해도 막을 방도가 없지 않을까 싶은데……."

관우의 염려스런 말에 환무길은 고개를 저어 보였다.

"그것 역시 걱정하지 않아도 된다. 우리가 찾아가지 않아도 저들이 먼저 우리를 찾기 위해 혈안이 될 것이기 때문이다. 그러니 우리가 할 일은 오히려 저들이 찾아올 것에 대한 대비를 하는 것이다."

"저들이 먼저 찾아온다 함은 어떤 까닭인지요?"

"저들의 목적은 세상을 혼란에 빠뜨려 자신들이 원하는 세상을 만들고자 함이나, 이를 위해서 반드시 제거해야 할 대상이 바로 본 문이다. 따라서 저들의 가장 중요한 목표는 우리가 될 수밖에 없는 것이다."

"즉, 본 문을 제거하기 전에는 다른 어떤 행동도 취하지 않는다는 뜻이군요?"

환무길은 고개를 끄덕였다.

"처음에는 모든 준비만 갖추어놓을 뿐, 오로지 우리에게만 초점을 맞출 게다. 아무런 유익이 없는 일에 시간을 낭비할 필요가 저들에겐 없기 때문이다."

"하지만 세 문파가 연합하여 보다 치밀하게 계책을 세운다면 먼저 어떠한 일을 도모할 수도 있지 않습니까?"

관우의 말에 환무길은 희미한 미소를 머금었다. 이것저것 물어오는 관우의 적극적인 태도를 보니 확실히 마음을 굳힌 것 같아 흡족했다.

"물론 가능한 일이다. 하나 저들은 절대 그러한 일을 행하지 못할 것이다. 그럴 거라면 처음부터 저들은 각각 자신들만의 세력을 만들지 않고 하나의 세력을 만들었을 게다. 하지만 저들은 결코 하나가 될 수 없다. 저들은 시작부터가 조화와는 역행되었기 때문이다. 비록 잠시 힘을 합치는 듯 보이더라도 그것은 본 문에 대항하기 위한 눈가림일 뿐이지."

관우는 지금까지 환무길이 해준 말의 의미를 모두 알아들을 수 있었다.

공동의 적을 위해 뭉친 모임은 그 공동의 적이 사라지면 언제든지 와해될 수 있다. 또한 각자가 추구하는 것이 동일하며, 그 추구하는 바가 절대 누군가와 나눠 가질 수 없는 것이라면 언제든지 서로를 향해 칼을 겨눠도 이상할 것이 없었다.

이런 상황이라면 서로가 서로를 신뢰하는 것은 불가능한 일이다. 신뢰없는 곳에서 온전한 협력이란 있을 수 없는 것이기 때문이다. 오로지 자신의 이익에 따라 잠시 비수를 등 뒤에 감추고 있을 뿐인 것이다.

'그렇다면 결국 서둘러 섭풍술을 익혀 사부님께 도움을 드리는 수밖에는 없겠구나.'

모든 의문이 해소된 관우는 내심 생각하며 마음을 다잡았다.

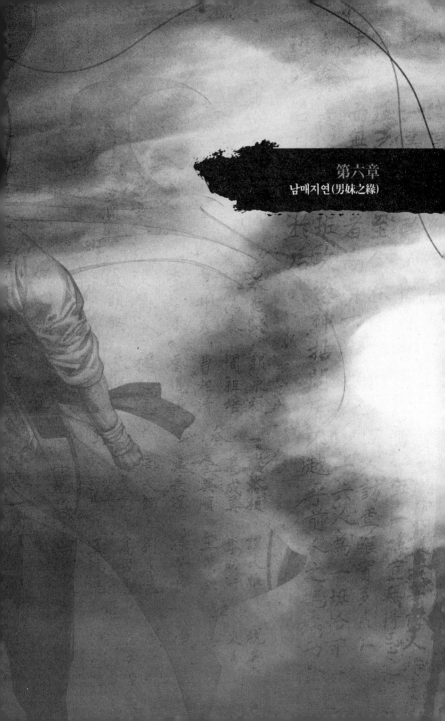

第六章

남매지연(男妹之緣)

風神遺事

풍신유사

사아아아…….

관우는 눈을 감고 슬며시 한 손을 앞으로 내밀었다.

손끝으로 공간을 흐르는 바람이 느껴졌다.

—정신을 한곳에 모으거라. 손끝의 감각을 의지해서는 안된다. 마음으로 보거라. 마음으로 보아야 마음으로 다스릴 수가 있다.

뇌리에는 환무길의 엄중한 음성이 계속해서 들려오고 있었다. 섭풍술을 익힌 자들만이 펼칠 수 있다는 감응(感應)이었다. 감응은 무림인들이 사용하는 전음과는 달랐다. 전음은 그

종류와 방법이 어떻든지 결국 소리를 매개로 전달되는 반면, 감응은 소리를 매개로 하지 않고 단순히 정신적인 교감으로 의사를 전달한다.

굳이 매개를 들자면 바람이라 할 것이다. 어느 공간이든 바람은 존재하며 그것은 사람의 몸속도 마찬가지다. 감응은 바로 이 바람을 이용하여 자신의 뜻을 상대에게 그대로 전달하는 방법이었다.

─바람이 보이느냐?

관우의 고개가 천천히 끄덕여졌다. 관우는 아직 감응을 펼칠 수 없었다. 섭풍술이 극에 다다라 바람과 정신이 합치되어야만 비로소 펼칠 수 있는 것이 감응이었다.

─그럼 이제 바람을 네 손안으로 끌어들여 보거라.

환무길의 지시에 따라 관우는 마음속으로 거듭 읊조리기 시작했다.

'이리로! 손 안으로……! 어서 이쪽으로……!'

그러나 바람은 꿈쩍도 하지 않았다.

관우의 미간에 절로 깊은 주름이 파였다.

─서두르지 말거라. 천천히… 네가 먼저 바람의 흐름을 따

라야 바람이 네 의지를 따를 것이니, 바람의 흐름을 거스르면
바람은 결코 네 의지대로 움직이지 않을 것이다.

'바람의 흐름을 따른다⋯⋯?'

관우는 알 듯 모를 듯한 환무길의 말을 곱씹으며 바람의 흐
름을 쫓기 위해 애썼다.

—바람이 어디로 흐르느냐?

"⋯⋯."

관우는 대답하지 못했다.

알 수가 없었다. 분명 바람은 흐르고 있었으나 그 방향은 일
정치가 않았다.

'처음부터 정해진 방향 같은 건 없는 것이 아닐까? 그저 제
맘대로 흐르는 게 아닐까?'

이런 식이라면 흐름을 쫓을 수도 읽을 수도 없었다.

관우는 자신도 모르게 조금씩 조급해졌다.

이때 다시금 환무길의 음성이 들렸다. 이번엔 뇌리가 아닌
귓전에 또렷하게 들려왔다.

"그만 됐다. 오늘은 이만 하자꾸나."

"후우!"

그 말에 관우는 한차례 길게 숨을 내쉬며 감았던 눈을 떴다.

잠시 몸을 추스른 관우는 곧 환무길을 향해 고개를 숙여 보

였다.

"죄송합니다, 사부님. 제가 불민하여 가르침을 제대로 따르질 못하고 있습니다."

그런 관우를 보며 환무길은 고개를 저었다.

"아니다. 겨우 열흘째가 아니더냐. 네가 아무리 풍령을 지녔다 한들 섭풍술의 묘리를 단번에 깨우치기는 쉽지 않을 것이다. 그러니 조급함을 버리도록 해라. 바람을 다스리기 전에 먼저 네 마음을 다스리는 것이 순서가 아니겠느냐?"

"명심하겠습니다, 사부님."

'음……'

관우를 위해 말은 그렇게 했지만, 묵묵히 관우를 바라보는 환무길은 내심 고개를 갸웃거렸다.

'분명 하루 이틀 사이에 섭풍술을 바로 익히기는 불가능하다. 하나 그것은 평범한 사람에게 해당되는 말일 뿐, 이 아이는 다를 거라 생각했거늘. 으음… 내가 잘못 생각한 것인가?'

환무길은 관우라면 금세 섭풍술의 묘리를 깨우치고 구체적으로 바람을 다스리는 법을 배워 나갈 줄로만 알았다. 처음 시험에서 분명 관우는 그럴 만한 재질을 보여주었던 것이다.

그런데 이상하게도 열흘이 지나도록 관우는 섭풍술의 묘리에 대하여 전혀 감을 잡지 못하고 있었다. 마치 무언가에 막혀버린 것처럼 답답한 모습이었다.

'어떤 다른 까닭이 있는 것인가?'

홀로 생각하던 그는 아직은 섣부른 판단을 내릴 때가 아니란 걸 인정하고 생각을 접었다. 조금 더 지켜보기로 한 것이다.

그때 잠시 머뭇거리던 관우가 그를 향해 입을 열었다.

"사부님께 드릴 말씀이 있습니다."

"말해보거라."

"사부님께서 허락하시면 잠시 성도에 좀 다녀왔으면 합니다."

"성도에? 갑자기 무슨 일로 그러는 것이냐?"

"일전에 말씀드렸던 저를 구하고 보살펴 주신 분께 떠난다는 인사라도 드려야 함이 도리일 듯하여 마지막으로 한 번 그분을 만나 뵈었으면 합니다. 또한 그 당가의 여인에게 돌려받을 돈도 있고 해서……."

"음……."

잠시 침묵하던 환무길은 이내 고개를 끄덕이며 말했다.

"좋다. 계속 그것이 마음에 걸린다면 수련에도 오히려 좋지 않을 것이니 다녀오도록 해라. 단, 가더라도 되도록 오래 지체치는 말아야 한다."

이에 관우는 그를 향해 허리를 접어 보였다.

"고맙습니다, 사부님. 이틀이면 될 것입니다. 내일 아침에 떠나 이튿날 안으로 돌아오겠습니다."

"그리하도록 해라. 그리고 본 문에 관하여는 어느 누구에게도 발설치 말아야 함도 거듭 명심하거라."

"예, 명심하고 있습니다."

"그럼 이만 거처로 돌아가자꾸나."

"예, 사부님."

환무길이 먼저 신형을 돌렸고, 관우도 곧 그 뒤를 따랐다.

하지만 환무길과는 달리 그의 뒤를 따르는 관우의 발걸음은 무거웠다.

열흘이 지나도록 아직까지 아무런 진보가 없는 자신을 생각하니 마음이 무거웠던 것이다.

*　　　*　　　*

"자아! 자! 이 사람으로 말할 것 같으면, 희대의 영물을 찾아 머리털 나고 지금까지 중원 천지를 주유하며 온갖 영물이란 영물은 모조리 잡아 연구에 연구를 거듭한 사람이라! 그 연구의 결과 바로 이 영약이 탄생했으니! 그 이름하야 만년활명대라불사청명정기심단(萬年活命大羅不死淸明正氣心丹)! 자아! 이 약 한 번만 잡숴봐!"

관불귀는 연신 목에 핏대를 세워가며 사람들을 향해 외치고 있었다.

하지만 안타깝게도 그의 주위에 몰려드는 사람은 좀처럼 없었다.

한참을 서서 온몸을 불사르던 관불귀는 이내 어깨를 축 늘어뜨린 채 긴 한숨을 내쉬었다.

"에휴, 이러다간 오늘도 공치겠구나."

이게 다 멋대로 도망간 관우 때문이었다. 재주 부리던 곰이 없으니 장사가 제대로 될 리가 없었다.

기껏 목숨을 살려주고 기억도 없이 오갈 데 없는 놈을 보살펴 줬더니만 결국 이렇게 한마디 말도 없이 떠나 버렸다.

"괘씸한 놈! 은혜를 원수로 갚다니! 에이, 나쁜 놈!"

관우를 향해 실컷 욕을 해댄 그는 다시 풀이 죽어버렸다.

"휴우, 떠나고 싶으면 그렇다고 말이나 하고 갈 것이지, 그렇다고 내가 못 가게 붙잡을 줄 알았나? 기억도 없는 처지에 어디서 밥은 얻어먹고 다니는 것인지……."

육 개월.

비록 길지 않은 세월이었으나, 그간에 든 정은 결코 얕은 것이 아니었다.

관우의 특이한 능력을 이용해 약장사를 하긴 했지만, 단 한 번도 관우에게 사심을 가지고 대한 적은 없었다. 모든 언행에 진심을 담았다.

물론 그것은 관우도 마찬가지였다. 그렇기에 서로 외로운 처지에 동고동락한 두 사람이 쌓은 정은 깊다면 깊을 수 있었다.

그런 중에 관우가 갑작스레 자신의 곁을 떠나 버렸으니 관불귀는 괘씸함이나 배신감보다는 오히려 허전한 마음과 그리운 마음이 더 크게 들 수밖에 없었다.

한숨을 푹푹 내쉬던 관불귀는 그만 장사를 접기 위해 펼쳐 놓은 짐을 꾸리기 시작했다.

그때 누군가 다가와 그를 불렀다.

"관 대인."

이에 관불귀는 고개를 들지도 않고 힘없이 말했다.

"오늘 장사는 끝이오. 미안하오."

"그게 아니라, 저어… 관우입니다."

"아, 글쎄 관우고 뭐고 장사 끝… 응? 관우?"

고개를 번쩍 쳐든 관불귀는 눈앞에 있는 낯익은 얼굴을 보며 튀어나올 듯 눈을 크게 떴다.

"저, 정말 관우 자네 맞는가?"

"예, 관 대인. 관우입니다……."

말끝을 흐리며 고개를 숙인 관우는 그를 향해 어색한 미소를 지어 보였다.

"아니, 이 사람! 도대체 어딜 갔다가 이제야 온 겐가! 나는 자네가 말도 없이 날 떠난 줄 알고……!"

관불귀 또한 목이 메는지 말을 다 끝맺지 못하고 그저 자신의 손으로 관우의 손을 꼭 감싸 줄 뿐이었다.

이에 관우는 더욱 미안한 마음이 들어 어찌할 바를 몰랐다.

"정말 죄송합니다, 관 대인. 사정이 있어서 그만……. 심려를 끼쳐 드려 송구스러울 뿐입니다."

"아닐세, 아니야! 죄송할 게 뭐가 있나! 이렇게 돌아왔으면 됐지! 그래, 몸은 괜찮은 건가?"

"예, 저는 잘 지냈습니다."

"그래, 그래야지! 그나저나 지난 보름 동안 대체 어디에서 무얼 하고 있었던 겐가?"

관불귀의 질문에 관우는 약간 난감한 표정을 지으며 말했다.

"…그것은 나중에 말씀드리기로 하겠습니다. 일단 챙기시던 짐들을 정리하고 묵고 계신 곳으로 옮기시지요."

"아, 그렇지! 여기서 이럴 때가 아니지! 암! 여태 밥도 제대로 챙겨 먹지 못했을 텐데 먼저 든든하게 먹어야 할 것 아닌가! 자, 어서 대충 꾸려서 가기로 하세!"

"……."

고인 눈물을 슬쩍 훔치고 황급히 나머지 짐을 꾸리는 관불귀를 보며 관우는 가슴이 답답해져 옴을 느꼈다.

'이리도 나를 생각해 주시는 관 대인에게 대체 뭐라고 말을 해야 할지…….'

그와 함께 짐을 챙기면서도 관우의 머릿속은 관불귀에게 둘러댈 말을 생각하느라 복잡하기만 했다.

성도 외곽의 주루 한 켠에 있는 객실에 들어선 두 사람은 탁자에 마주 앉았다.

"그, 그러면 이제 영영 가야 한다는 말인가?"

관불귀는 놀란 표정으로 관우의 얼굴을 쳐다봤다.

"그렇습니다. 이렇게 떠나게 되어 관 대인께는 죄송한 마음 금할 길이 없습니다."

"아, 아닐세. 기억을 되찾아 가족들한테 돌아가겠다는데 내게 죄송할 게 뭐가 있겠나. 오히려 축하할 일이지……."

그렇게 말하면서도 관불귀는 그늘진 표정과 함께 말끝을 흐렸다.

이를 보며 관우는 내심 마음을 두드렸으나 뭐라 더 할 말이 떠오르지 않았다.

"…죄송합니다."

관우는 결국 고개를 떨어뜨리고 말았다. 관불귀와 더 이상 눈을 마주칠 수 없을 것 같았다.

고민 끝에 둘러댈 말로 떠올린 것이 기억을 되찾아 가족들에게 돌아가겠다는 것이었다.

아무리 생각해도 그것밖에는 떠오르는 것이 없었다.

생각 같아서는 관불귀에게만은 자신이 풍령문의 제자가 되었음을 감추고 싶지 않았지만, 풍령문의 제자가 된 이상 사감(私感)에 의해 규율을 깰 수도 없었다.

결국 다른 방도는 없었다. 이렇게 죄스런 마음에 고개를 숙일 수밖에는…….

잠시 침묵의 시간이 흐르고 먼저 말을 꺼낸 사람은 관불귀였다.

그는 조금 진정이 되었는지 아까보다 한층 차분한 어조로 말했다.

"그래, 자네의 집은 어디에 있는가? 내 장사로 전전하다 종종 들러 자넬 만나러 가고 싶구먼."

이에 관우는 더욱 난색을 표했다.

"그것은 제 집의 사정상 알려 드릴 수가… 죄송합니다."

"으음… 그런가? 아쉽지만 사정이 그렇다면야. 그럼 가끔 자네와 연락을 취할 곳이라도 알려줄 순 없겠는가?"

"그것도……."

"그렇구먼. 그렇다면 어쩔 수 없겠군."

관불귀는 맥이 빠진 듯 앞에 놓인 찻물을 홀짝거렸다.

그 모습을 보며 어찌할 바를 몰라 하던 관우는 이내 관불귀의 손을 덥석 잡았다.

"관 대인, 관 대인의 구명지은(救命之恩)에 제대로 보답도 하지 못하고 떠나는 저를 용서해 주십시오. 하지만 삼 년 뒤 바로 오늘, 지금 이 자리에서 꼭 관 대인을 다시 뵙고 두고두고 은혜를 갚고 싶습니다. 저를 용서해 주시고, 그날 이 자리에 찾아와 주시겠습니까?"

축축해진 관우의 눈망울을 보며 관불귀 또한 힘주어 관우의 손을 덥석 움켜쥐었다.

"용서라니? 당치 않네. 나는 이대로 영영 자네를 못 보는 줄 알았네만, 자네가 이렇게 말을 해주니 고마울 따름이네. 찾아와야지. 암, 찾아오고말고."

"관 대인……."

관불귀의 눈에도 어느새 잔뜩 눈물이 고여 있었다.

그렇게 두 사람은 한동안 서로를 부여잡은 채 움직일 줄을 몰랐다.

다음날 아침.

관불귀와 함께 마지막 밤을 지새운 관우는 그와 함께 아침을 먹고 객실을 나섰다.

마지막까지 관불귀는 그의 손을 놓지 못하고 연신 눈물을 훔치며 삼 년 뒤의 약속을 거듭 확인하다가 한참 뒤에야 그를 보내줬다.

관우 또한 쉽게 발길이 떨어지지 않는 것을 억지로 옮길 수밖에 없었다.

당가에 들러 당하연을 만나고 오늘 내로 환무길에게 돌아가려면 넉넉히 출발해야 되었기 때문이다.

기실 관우는 어젯밤이라도 당하연을 찾아가서 돈을 돌려받으려고 했다. 하지만 관불귀가 자신에게 들려준 말은 매우 놀라운 것이었다.

"자네가 사라지고 며칠 후, 그러니까 바로 어제 오후였지 아마? 그 당가의 여식이 나를 찾아와서는 대뜸 자네 소식을 묻는 것이 아닌가? 내가 모른다고 했더니, 아, 글쎄, 내 손에 돈을 쥐어주고 가는 것이 아니겠는가! 정말 놀라 펄쩍 뛸 일이었지. 그 한한화 당하연이 제 발로 찾아와서 돈을 돌려주다니. 허허!"

관우로서도 쉽게 믿기지 않는 이야기였지만, 어쨌든 관불귀가 돈을 되찾았으니 조금은 덜 미안할 수 있어 다행이었다.

'곱게 돌려줄 것 같지 않더니 의아한 일이군.'

특히 관불귀가 그녀에 대해 덧붙인 한마디가 더욱 관우의 고개를 갸웃거리게 만들었다.

"한데 당가 여식의 몰골이 영 아니더군. 어디서 맞았는지 울었는지 눈은 퉁퉁 부은데다가… 아무튼 희한하게도 그 말괄량이가 그날은 기운이 하나도 없어 보였네."

'무슨 이유인지는 모르겠지만, 본 문파의 인연도 있고 하니 찾아가서 고맙다는 말 정도는 하는 것이 도리겠지.'

그렇게 관불귀와 헤어지고 당가로 향한 관우였지만 결국 헛걸음을 해야 했다. 당하연이 그곳에 없었기 때문이다. 어디로 갔는지는 수문하는 자들도 모른다고 했다.

관우는 당하연의 행방을 찾을까 하다가 그만두었다. 시간도 많지 않은데다가 그럴 필요까진 못 느꼈기 때문이다.

어쩔 수 없다고 생각한 관우는 그 길로 성도를 빠져나와 초당이 있는 곳으로 발걸음을 옮겼다.

조금 지나자 작은 야산 자락에 들어섰다. 그곳은 바로 며칠 전 당하연의 뒤를 쫓아 올랐던 야산이다. 문득 그날의 일이 떠오른 관우는 잠시 걸음을 멈춰 세웠다.

'혹시 그때 그곳에 있는 것은 아닐까?'

관우는 확인할 겸 정신을 집중했다.

있었다. 당하연의 체향이 그곳에 남아 있었다. 그리고 그것은 매우 강하게 느껴졌다. 즉, 그녀가 이곳을 지난 지 오래되지 않다는 증거였다.

'어차피 가는 길이니 한번 가보도록 하자.'

그렇게 마음을 정한 관우는 그날 그녀와 함께 올랐던 야산의 중턱을 향해 오르기 시작했다. 오르는 길을 따라 그녀의 체향이 계속 이어졌다. 그리고 마침내 그곳에 다다랐을 때, 관우는 짐작대로 당하연의 모습을 볼 수 있었다.

그녀는 느티나무 아래 등을 기댄 채 앉아 있었다. 다리를 가슴을 향해 접고 양손으로 접은 다리를 감싸 안은 그녀의 모습은 왠지 힘이 없어 보였다.

"이보……."

관우는 당하연을 부르려다 말고 입을 닫았다. 그녀가 갑자기 무릎 사이로 얼굴을 파묻었기 때문이다. 관우는 그녀의 등이 작게 들썩이는 것을 확인할 수 있었다.

'우는 것인가?'

의아해진 관우는 어찌해야 할지 모른 채 잠시 망설였다.

당하연이 울다니?

비록 안 지는 얼마 되지 않았지만, 당하연이 우는 모습은 상상조차 해본 일이 없었다. 그만큼 우는 것과는 거리가 먼 그녀였다.

그런데 울고 있었다. 그것도 아무도 없는 곳에서 혼자 외로이…….

그녀의 모습을 가만히 보고 있자니 관우는 절로 측은한 마음이 일었다. 그리고 그럴수록 그냥 가야 하는지, 아니면 말이라도 건네고 가야 하는지 갈등되었다.

'그냥 가는 것이 좋겠어.'

그렇게 고민 끝에 마음의 결정을 내린 관우가 조심스레 신형을 돌리려고 할 때였다.

"뭐야, 아저씨?"

"……!"

당하연의 음성이 관우의 귓전에 파고들었다. 관우의 기척을 느낀 그녀가 울다 말고 이쪽을 쳐다보았던 것이다.

주춤한 관우는 그녀를 향해 어색한 표정으로 입을 열었다.

"사실 소저를 만나기 위해 이곳에 올라왔는데……."

"훌쩍, 그런데?"

얼굴 위로 흐른 눈물과 콧물을 열심히 소매로 훔치는 당하연.

그런 그녀의 모습에 관우는 내심 실소를 머금었다.

'이렇게 보면 영락없는 어린 소녀로구나.'

관우는 새삼 그녀의 나이가 열아홉이란 것을 상기했다.

"뭐야? 훌쩍, 왜 말을 하다가 말아?"

"아, 그러니까… 이곳에 올라와 보니 그냥 돌아가는 것이 좋을 듯하여 돌아가려던 차였소."

"내가 울어서? 훌쩍."

"그렇소."

"흥! 여인이 혼자 울고 있으면 와서 위로를 해줘야지, 도망갈 궁리를 하다니!"

금세 표독스런 눈으로 관우를 흘겨보는 당하연. 하지만 여전히 두 눈엔 눈물이 그렁그렁하다.

"도망이라니, 그런 것은 아니었소."

"쳇, 됐어! 아저씨가 본래 재미없는 사람인 줄은 알고 있으니까. 근데 무슨 일로 날 찾아온 건데? 아참, 그날 어떻게 된 거야? 대체 환 노하고 거기 들어가서 무얼 하다가 나온 거야?"

"한 것은 딱히 없소. 그저 이런저런 이야기를 나누다가 나왔소."

당하연은 관우가 그곳에서 있었던 일을 밝히지 않으려 한다는 걸 알아챌 수 있었다.

"칫, 말하기 싫다, 이거지? 뭐, 아무튼 그건 됐고, 그럼 찾아온 용건이나 말해봐. 혹시 그 돈 얘기라면 내가 이미 아저씨 동료라는 사람한테 가져다줬으니까 그만두고."

"사실 그것 때문에 소저에게 고맙다는 말을 전하려 했소."

"고맙다고? 후후."

당하연은 한참을 맥없이 웃었다.

돈을 강제로 가져간 사람이 단순히 그 돈을 돌려줬을 뿐인데 고맙다니? 당하연은 역시 관우란 생각을 했다.

"아저씬 정말 재밌는 사람이야."

"……?"

관우는 약간 의문 섞인 눈으로 당하연을 바라봤다. 그녀는 시선을 돌려 성도의 전경을 내려다보고 있었다. 관우는 그녀의 옆모습에 드리워진 슬픔을 느낄 수 있었다.

"외람되지만 무슨 좋지 않은 일이 있었던 것 같소."

"훗, 그렇게 보여?"

"그렇소."

"아닌데? 사실 좋은 일이 있었어. 잔소리꾼이 드디어 사라졌거든."

당하연이 그렇게 말했지만 관우는 그 말을 반만 믿었다.

'가까운 사람이 떠났나 보군. 죽은 것인가?

또다시 당장에라도 눈물을 떨어뜨릴 듯한 당하연을 일별하며 관우는 한마디를 던짐과 동시에 인사를 건넸다.

"떠나신 분이 누구인지는 모르지만, 속히 마음을 추스르길 빌겠소. 그럼 이만……."

하지만 관우는 발길을 돌리지 못했다. 당하연의 격한 음성이 터져 나왔기 때문이다.

"아니라고 했잖아! 아니라는데 왜 그따위 말로 위로를 하는 거야! 나쁜 일 아니라고! 좋은 일이라고! 흑!"

그대로 주저앉아 울기 시작하는 당하연.

"……."

그 모습을 보며 관우는 뭐라 입을 열지 못하고 가만히 서 있을 수밖에 없었다. 난감한 상황이었지만, 차마 울고 있는 당하연을 혼자 두고 발길이 떨어지지 않았다. 처음부터 몰랐으면 모르되, 알게 된 이상 나 몰라라 하기도 어려웠다. 게다가 이곳엔 자신 말고는 아무도 없었다.

어쩔 수 없이 관우는 당하연이 울음을 그칠 때까지 그 자리에 서 있을 수밖에 없었다.

일각 정도가 흘렀다.

관우와 당하연 두 사람은 느티나무 줄기를 사이에 두고 앉았다.

둘은 한동안 말이 없었다.

관우는 뭐라 말을 꺼내기가 애매하여 그런 것이고, 당하연 또한 몇 번 눈치를 볼 뿐, 입을 열길 주저했다.

사실 놀랍게도 당하연은 지금 약간의 부끄러움을 느끼고 있었다. 막살기 시작한 이래로 자신의 우는 모습을 보인 것은 유모와 환 노 앞에서뿐이었다.

그런데 오늘 생판 모른다고 해도 무방할 사내 앞에서 오열을 하고 말았다. 제아무리 괄괄한 그녀라고 해도 여인은 여인이었다. 조금은 부끄러울 수밖에 없는 것이다.

결국 관우가 던진 위로의 한마디가 화근이었다. 그 말을 들으니 왜 그리도 마음이 북받쳐 오르던지…….

유모 왕향이 죽었다.

관우가 환무길과 함께 풍벽진 안으로 들어가고 홀로 남게 된 바로 그날, 밤늦도록 관우가 나오길 기다리다 집에 가보니 왕향은 이미 숨을 거둔 상태였다.

왕향이 당하연을 딸로 여겼듯, 당하연 또한 왕향을 엄마로 여겼다. 그녀가 왕향 앞에서 보인 거친 행동과 말투는 윗사람이 아랫사람에게 으레 보이는 것과는 달랐다. 그것은 딸이 어미에게 하는 어리광이었다. 왕향 또한 어미로서 딸을 달래고 보듬으며 훈계했다. 서로 말은 하지 않았지만, 그렇게 친모녀 지간이나 다름없는 정을 나눈 두 사람이었다.

그런 왕향이 죽었다.

이미 의원들한테 한 달을 버티기 어렵다는 말은 들었지만, 이렇게 허망하게 갈 줄은 몰랐다. 왕향의 죽음 후엔 어떻게 될까 생각해 본 적도 있었다. 나름대로 마음의 준비를 해보기 위해서였다.

하지만 그런 것 따위는 다 소용없었다. 죽으면 모든 것이 끝이었다. 더 이상 왕향에게 투정을 부릴 수도, 왕향의 살 냄새를 맡을 수도, 왕향의 따스한 잔소리를 들을 수도 없었다. 그게 바로 죽음이었다.

이틀을 굶고 사흘째 되는 날 왕향을 묘에 묻었다. 따르던 시비들과 생전에 왕향이 챙겨주던 몇몇 무인들만이 묘소까지 동행했다. 비록 피붙이라곤 하나 없는 시비 출신이었지만 쓸쓸하기 그지없는 마지막이었다.

그렇게 왕향을 묻고 멍하니 방 안에 틀어박혀 있던 때에 문득 왕향이 마지막으로 자신에게 부탁했던 것이 생각났다. 돈을 돌려주라는.

그것이 생각나자 돌려주겠다고 약속을 하고도 왕향의 생전에 돌려주지 못한 것이 마음을 아프게 찔러왔다. 그래서 그 길로 관불귀를 찾아가 돈을 돌려준 그녀였다.

"유모가 죽었어."

"……?"

망설이던 당하연이 결국 먼저 입을 열었다.

"병으로 죽었어. 고치지도 못하는……. 내가 좀 속을 썩였어야지. 훗."

관우는 그녀의 말을 묵묵히 듣고만 있었다.

"난 엄마 얼굴이 기억이 잘 안 나거든? 그래서 유모가 내 엄마야."

"……."

그제야 관우는 당하연의 심정을 어느 정도 헤아릴 수 있게 되었다. 엄마였던 유모가 죽었단다. 그에 대해 당하연은 슬픔과 상심과 미안함을 동시에 안고 있는 것이리라. 더불어 당하연이란 여인에 대해서도 조금은 알게 된 관우였다.

"위로가 될지는 모르겠지만, 나도 부모님의 얼굴이 기억나지 않소."

"……?"

당하연은 약간 놀란 눈초리로 관우를 쳐다봤다.

"아저씨… 고아야?"

조심스럽게 묻는 당하연.

하지만 관우는 고개를 젓는다.

"그것도 모르오. 모든 기억을 잃었으니까."

"……?"

예상치도 못한 말이었다. 당하연은 놀람 반, 호기심 반인 표정으로 재차 물었다.

"정말 그럼 아무것도 기억이 나질 않는단 말이야?"

"그렇소. 난 내가 누구인지조차 모르고 있소."

"그… 어떻게 그럴 수가 있지?"

여전히 믿기지 않는 당하연이었다. 어떻게 사람이 그렇게까지 기억을 잃을 수 있단 말인가? 하지만 관우가 지금 자신 앞에서 거짓말을 할 리는 더욱 없었다.

"아저씨도 참… 딱한 인생이구나."

"훗."

그녀의 말에 관우는 말없이 웃었다. 씁쓸한 미소였다.

그렇게 다시 두 사람은 한동안 말이 없었다.

각자 자신의 신세를 생각하고, 또 서로의 신세를 생각하는 가운데 시간은 흘렀다.

"이만 가봐야겠소."

"……?"

이번엔 관우가 먼저 입을 열었다.

몸을 일으키는 관우를 보며 당하연도 자리를 털고 일어섰다.

"어디로 가는데? 그 약장수 아저씨한테?"

"아니오. 다른 곳으로 가오."

"다른 곳? 혹시… 환 노한테 가는 거야?"

관우는 잠시 꾸물거리다가 대답했다.

"…그렇소."

관우가 곤란해하는 것을 눈치 챈 당하연은 무언가가 있음을 알아차렸다.

"왜 가느냐고 물으면 대답 안 해줄 거지?"

새침하게 묻는 당하연을 보며 관우는 대답 대신 돌연 옅은 미소를 머금는다.

"어라? 왜 웃어? 지금 나 놀리는 거야?"

"그런 건 아니오. 그저……."

"그저 뭐?"

관우를 빤히 쳐다보며 다음 말을 기다리는 당하연.

어쩔 수 없이 관우는 그녀에 대한 자신의 생각을 밝힐 수밖에 없었다.

"지금 보니 소저는 그리 나쁜 여인은 아닌 것 같소."

"뭐? 뜬금없이 그게 무슨 소리야?"

"사람들이 말하는 것만큼 나쁘지는 않다는 말이오."

"흐음, 그러니까 말인즉, 나쁘긴 나쁜데 사람들이 말하는 것만큼 나쁘진 않다, 이거야?"

"하하!"

"어어? 아저씨, 자꾸 웃어? 슬슬 기분 나빠지려고 하네? 지금 나 꼬이게 하는 거야?"

"하, 그런 건 아니오. 그저……."

"또 그저… 뭐?"

"소저의 말과 표정이 귀여워서 웃은 것뿐이오."

"오호, 이 아저씨 봐라? 나한테 그런 말 하다가 골로 간 남자가 몇 명이나 되는지, 아저씨 알아?"

"아, 기분이 나빴다면 사과하겠소. 미안하오."

당하연은 도끼눈을 뜨고 관우를 노려봤다. 하지만 관우는 여전히 얼굴에서 미소를 지우지 않았다. 당하연의 태도가 전혀 위협적으로 느껴지지 않았기 때문이다.

그리고 그런 관우의 느낌은 틀리지 않았다. 습관적으로 표정만 화난 것처럼 지었을 뿐, 실제로는 전혀 기분이 나쁘지 않은 당하연이었다.

오히려 그녀는 자신을 향해 웃는 관우의 얼굴을 보며 묘한 기분이 드는 것을 느꼈다.

관우 앞에서 펑펑 울어서일까?

아니면 속에 담고 있던 말들을 조금이나마 내비쳐서일까?

그것도 아니면 관우의 딱한 사연을 알게 돼서일까?

아무튼 딱히 뭐라 말하긴 어렵지만, 관우가 조금은 가깝게 느껴지는 그녀였다.

"아저씨, 몇 살이야?"

"음… 나이 역시 모르오."

"아차! 다 모른다고 했지?"

"한데 그건 왜 묻는 거요?"

"나한테 귀엽다고 할 정도로 나이가 많은가 궁금해서."

"하하… 모르긴 해도 소저보단 한참 많을 거요."

"지금 날 애 취급하는 거야?"

"하하, 그럴 리가!"

"근데, 그만 좀 웃지? 실성한 사람처럼 왜 그래?"

당하연은 조금씩 관우의 미소가 부담스럽게 느껴졌다. 기분이 나쁘다는 게 아니다. 그냥 왠지 모르게 마음이 이상했다.

관우도 그제야 자신의 상태를 깨달았는지 황급히 얼굴에서 미소를 지우며 태도를 단정히 했다.

"음, 미안하오. 나도 모르게 그만. 그럼 이제 정말 가봐야겠소. 돈을 돌려준 것은 다시 한 번 감사하오."

그렇게 관우는 신형을 돌리려 했다.

하지만 이번에도 당하연의 음성이 관우를 붙잡았다.

"벌써 나한테 인사할 필요 없어."

"……?"

"나도 같이 갈 거니까."

"같이 가다니? 어딜……?"

"어디긴 어디야, 아저씨 가는 데지."

관우는 움찔하며 확인하듯 물었다.

"초당… 에 말이오?"

"그래. 나도 환 노한테 볼일이 있거든."

"으음……."

곤란한 기색을 보이는 관우.

그것을 보며 당하연은 내심 고개를 끄덕였다.

'확실히 뭔가가 있어.'

당하연은 그것이 무엇인지 알아내고자 마음먹었다.

그러니까 자신은 관우를 따라가는 게 아니라, 궁금증을 풀기 위해 초당으로 가는 것이란 뜻이다. 그렇게 스스로에게 확인하며 관우의 앞을 태연히 지나가는 그녀였다.

"후."

관우는 짧은 한숨을 내쉬었다.

당하연이 이런 식으로 나올 줄은 몰랐다. 관우는 당하연이 말하는 것처럼 바보가 아니었다. 환 노에게 볼일이 있어서 가는 것이라곤 했지만, 그녀가 환무길과 자신 사이에 있었던 일이 무엇인지 알아내고자 한다는 것쯤은 관우도 알고 있었다.

'하지만 딱히 저 여인을 말릴 명분과 방도도 없으니……'

어쩔 수 없다고 생각한 관우는 일단 환무길에게 가보기로 했다. 이후의 일은 가서 생각해야 할 것 같았다. 물론 가능하면 자신의 사부인 환무길이 잘 해결해 주기를 바라는 관우였다.

야산의 중턱을 떠난 두 사람은 줄곧 일정한 거리를 두고 걸었다. 당하연이 두어 걸음 앞서서 걸었고, 때문에 관우가 그 뒤를 따라가는 듯한 모습이 연출되고 있었다.

하지만 관우는 굳이 그녀와 보조를 맞추려고 애쓰지 않았다. 그리고 그것은 당하연도 마찬가지였다. 그녀 역시 걷는 속도를 줄이거나 빨리 하지 않고 일정한 속도를 유지했다.

능선으로 나 있는 숲길을 따라 서쪽으로 방향을 잡은 둘 사이엔 어색한 침묵이 흐르고 있었다.

딱히 할 말이 없는 두 사람이다.

이미 나눌 말은 다 나눴기 때문이다.

여기서 더 대화를 나누려면 일상적인 일들을 말하거나 서로에게 궁금한 것들을 묻는 식의 말들이 오가야 할 터인데, 그런 것들은 두 사람 모두에게 익숙하지 않았다.

특히 관우는 혹여나 말에 실수가 있을까 더욱 조심하느라 아예 입을 열지 않고 있었다. 풍령문의 풍 자라도 나오면 큰일이기 때문이다.

"감추려니까 힘들지? 입도 열기 무섭고."

"……!"

침묵을 지키던 당하연이 돌연 한마디를 내뱉으며 정곡을 찔렀다. 그녀는 뒤도 돌아보지 않고 여전히 걷고 있었다.

'독심술을 하는 것도 아니고…….'

관우는 그냥 대꾸없이 침묵을 지키기로 했다. 당하연 앞에서는 잠자코 있는 게 상책임을 어느새 깨우친 관우였다.

그러자 당하연은 계속해서 입을 열었다. 관우가 대꾸를 하거나 말거나 상관없다는 투였다.

"도대체 뭘 감추려는 것이지? 그 진 안에 무슨 보물이라도 숨겨져 있는 걸까? 흐음… 아무튼 환 노가 지금껏 거기에 꼭꼭 숨어 지낸 걸 보면 뭔가 굉장한 비밀이 있는 것만은 분명해."

그러더니 그녀는 뭔가 이상한 듯 고개를 갸웃거렸다.

"흐음, 내가 예전에 거기 있는 진을 파훼하려고 기관진식에 능한 전문가란 전문가는 다 데리고 갔었거든? 그런데 아무도 파훼법을 찾지 못했어. 심지어 그 진이 무슨 진인지 알아낸 사람도 없었어. 그렇다는 건 그걸 설치한 환 노가 정말 대단한 사람이라는 증거지. 분명 환 노는 강호의 전대 기인이거나 지금껏 세상이 모르는 매우 신비한 곳에서 온 사람일 거야. 그렇지 않아?"

"……!"

마지막 말에 관우는 뜨끔했다.

사실 당하연의 추측은 멀쩡한 사람이라면 누구나 한 번쯤 생각할 수 있는 수준이었다. 놀라울 것이 없다는 말이다. 하지만 도둑이 제 발 저린다고, 비슷한 말만 나와도 찔릴 수밖에 없는 관우였다.

"그런데 말이야, 정말 이상하지 않아?"

"……?"

관우는 이번엔 당하연의 입에서 무슨 말이 나올까 촉각을 곤두세웠다.

"그렇게 들어가게 해달라고 떼를 쓰던 나한테는 절대 안 된다고 하던 환 노가 어째서 아저씨는 처음 보자마자 그렇게 쉽게 들어가게 해줬을까?"

"……."

"게다가 환 노는 아저씨가 진 안이 보인다고 하니까 크게 놀랐었지? 내가 환 노를 안 이후로 그렇게 놀란 환 노의 표정을 본 적이 없어."

"……."

"이런 것들을 종합해 봤을 때, 환 노가 아저씨를 진 안으로 데리고 간 것은 혹시……."

우뚝!

"……!"

당하연이 갑자기 걷다 말고 멈춰 서며 신형을 돌렸다.

이에 내색하지 않으면서도 내심 다음에 나올 말에 바싹 긴장한 관우. 그런 관우의 얼굴을 게슴츠레한 눈으로 쳐다보던 당하연이 말을 이었다.

"제자로 삼기 위해서가 아닐까?"

"……!"

"아니면… 원수의 자식이라서? 아니야, 그렇다면 이렇게 살아서 돌아왔을 리가 없지."

어쩌다 보니 당하연의 추측이 여기까지 왔다.

관우는 더 이상 듣고만 있어서는 안 되겠다고 생각했다. 더이상은 표정 관리가 힘들었다.

"크흠… 미안하지만 의미없는 이야기로 이렇게 지체할 시간이 없소. 이미 그분과 약속한 시각보다 늦은 상태라서……."

그렇게 관우는 미안함을 표하곤 그녀를 지나쳐 앞서 걷기 시작했다. 말이 앞서 걷는 것이지, 사실은 피하는 것이나 진배없었다. 행여나 당하연이 붙잡을까 불안해하면서 말이다.

하지만 불안은 곧 현실이 되었다.

"오라버니."

"……!"

관우는 자신의 귀를 의심하며 뒤를 돌아봤다. 기이한 미소를 떠올리고 있는 당하연의 얼굴이 보였다. 그녀의 도톰한 입술이 다시 한 번 나풀거렸다.

"오라버니."

"뭐, 뭐라고 했소?"

당황한 관우는 말을 더듬기까지 했다. 그런 관우를 보며 놀리듯 웃는 당하연.

"에이, 뭐 그리 놀라고 그래? 나보다 몇 살 많은 거 같으니까 오라버니라고 부르는 게 당연하잖아?"

"그건… 그렇지만 갑자기 그렇게 부르니 당황스러워서……."

"그럼 계속 아저씨라고 부를까?"

"하하!"

돌발적인 상황에 적응이 쉽지 않은 관우는 차라리 웃는 걸 택했다. 하지만 그렇다고 당하연이 자신을 오라버니라고 부르는 것이 딱히 싫은 것도 아니었다.

사람 사이에 말이 어떻게 오가냐는 매우 중요하다. 호칭 또한 그러했다. 그것으로 두 사람의 관계가 한계 지어지기 때문이다.

당하연에게서 오라버니라는 말을 듣는 순간 놀라긴 했지만, 그리 큰 어색함이나 거부감이 들지는 않았다. 어쩌면 기분으로는 이미 당하연을 동생처럼 여기고 있는지도 모를 일이었다. 그것은 두 사람이 어떤 식으로든 서로 마음의 일부를 드러내 보였기에 가능한 일이었다.

그러나 이 일을 당하연을 알고 있는 누군가가 지켜봤다면 놀라서 뒤로 자빠질 노릇이었다. 그녀가 사내에게 오라버니라고 부르는 일은 결단코 단 한 번도 없었기 때문이다. 그녀에게 있어 사내란 누구를 막론하고, 야, 너, 아저씨, 영감으로 통했기 때문이다.

그걸 강조라도 하듯 당하연이 팔짱을 끼면서 입을 연다.

"진작 그렇게 좋아했어야지. 나한테 오라버니 소리 듣는 건 관우 오라버니가 처음이니까 영광으로 알라고."

관우는 그녀의 새침한 표정을 보면서 희미한 미소를 머금었다. 새침함 속에서 언뜻 비치는 부끄러움을 볼 수 있었기 때문이다.

"그렇소? 그렇다면 정말 영광이오."

"그게 뭐야?"

"……?"

"그게 오라버니가 동생한테 할 말투야?"

"아차! 그렇군. 음… 그럼 일단 소저를 뭐라 부르는 게 좋겠소?"

"그냥 연 매라고 불러."

"연 매… 그래, 연 매. 고맙구나."

입에서 내뱉기가 쉽지 않았다. 하지만 차차 익숙해질 거라고 관우는 생각했다.

'차차……? 하지만 난 이미 본 문에 매인 몸.'

당하연과의 만남이 계속 이어질 수 있을지 확신할 수 없는 상황이다.

관우는 다시 한 번 자신의 처지를 깨닫고는 더욱 서두르려 했다.

"그럼 이제 다시 가볼까?"

"응, 오라버니!"

의외로 순순히 따라오는 당하연이었다.

두 사람은 이제 떨어져 걷지 않고 나란히 걸었다.

걷는 중에 당하연은 슬쩍슬쩍 관우의 눈치를 보며 입을 열었다.

"근데 오라버니……."

"응?"

"오누이 사이엔 비밀 따윈 없어야 한다는 것 정도는 알고 있지?"

관우는 내심 올 것이 왔다고 생각했다. 당하연이 오라버니라 부를 때부터 이런 상황이 올 줄 이미 예상하고 있었던 것이다.

"그래? 그래야 하는 건가?"

"물론이지. 그런 것도 몰랐단 말이야?"

"몰랐어. 하지만 이건 알고 있지. 오누이지간에는 서로가 원하지 않는 것은 강요하지 않는 게 예의라는 것을."

당하연은 관우의 얼굴을 대놓고 흘겨보았다. 자신의 꼼수를 알아차리고 꼼수로 맞대응하는 관우가 못마땅한 그녀였다.

"그렇게 나오시겠다, 이거야?"

"후……."

관우는 말없이 미소를 지어 보였다.

"쳇, 얼마나 대단한 비밀이기에 그렇게까지 감추려는지. 정말 환 노랑 무슨 일이 있었는지 말 안 해줄 거야?"

"미안하다, 연 매."

"미안하면 말해주던가."

투덜거리던 당하연은 그래도 포기가 안 되는지 슬쩍 얼굴을 들이밀며 재차 물었다.

"진짜 안 돼?"

"응."

"죽어도?"

"죽기 전엔……."

"쳇! 그렇다고 오라버닐 죽일 수도 없고."

누가 들으면 섬뜩한 말투였으나 관우는 그저 미소를 그릴 뿐이다.

다시 관우와 나란히 걷기 시작한 당하연의 표정은 매우 좋지 않았다. 나름대로 머리를 쓴다고 애교(?)까지 동원해 봤지만 관우는 요지부동이었다. 물론 꼭 비밀을 알아낼 목적으로만 관우를 오라버니라고 부른 것은 아니지만 말이다.

아무튼 하는 수 없이 관우에게서 비밀을 캐내는 것을 잠시 중단한 당하연이었다. 그녀 말대로 관우를 죽이겠다고 협박할 수도 없었으니 말이다. 하지만 포기한 것은 아니었다. 일단 목적지인 초당에서 다시 방법을 강구해 볼 심산이었다.

그렇게 두 사람이 다시 숲길을 걸은 지 얼마 되지 않았을 때다.

'어?'

앞을 바라보는 당하연의 두 눈에 무언가가 들어왔다. 숲길 반대편에서 두 사람이 이쪽을 향해 걸어오고 있었다.

아직 거리가 삼십 장 정도 떨어져 있어 누군지 얼굴을 확실히 알 순 없었지만, 얼핏 보기에도 두 사람은 특이한 모습을 하고 있었다.

우선 두 사람의 키가 크게 차이 났다. 한 사람은 매우 크고 또 한 사람은 너무나 작았다. 그러나 두 사람은 사뭇 닮은 구석이 있었다. 머리 모양이 그랬다. 둘 다 대머리였다. 원래 대머리가 아니라 일부러 깎은 듯이 보였다.

복장은 대머리에 매우 잘 어울리는 승복(僧服)을 입고 있었는데, 닳고 닳은 승복 위엔 붉게 수놓은 글자들이 여기저기 그려져 있었다.

당하연은 두 괴인의 모습을 확인하곤 고개를 갸웃거렸다. 분명 어디서 많이 듣던 자들의 행색인데, 정확히 기억이 나지 않아서였다.

그 와중에도 걸음을 멈추지 않던 네 사람은 결국 어느 한 지점에서 마주치게 되었다. 두 괴인이 삼 장 앞에 이를 때까지 그들에게서 시선을 거두지 않던 당하연은 쓸데없는 시비가 붙는 것을 피하기 위해 곧 시선을 거뒀다. 자신 혼자였으면 모르되 지금은 관우와 함께였기 때문이다.

하지만 상황은 그녀의 뜻대로 되지 않았다.

"못된 계집이구나. 어찌 빈승들을 지나가는 개를 쳐다보듯 한단 말이냐?"

"뭐?"

당하연은 그 자리에서 멈춰 서며 음성을 발한 괴인 중 한 명을 노려봤다. 그는 두 괴인 중에서 키가 작은 자였다. 당하연의 반응에 다소 놀란 그는 비릿한 웃음을 흘렸다.

"못된 계집이 성깔 또한 사납군. 흐흐."

"이봐, 땅딸이 중, 방금 뭐라 그랬어? 뭐? 못된 계집?"

"땅… 땅딸이?"

키 작은 괴인의 얼굴이 순식간에 붉게 물들었다. 그때 곁에 있던 키가 큰 괴인에게서 큰 웃음소리가 들려왔다.

"하하하하! 잔살(殘煞), 네가 오늘 임자를 제대로 만난 듯하구나!"

그는 뭐가 그리도 즐거운지 얼굴 가득 환한 웃음을 짓고 있었다. 그 웃음소리에 더욱 화가 치밀었는지 잔살이라 불린 괴인이 이를 악물며 말했다.

"소살(笑煞), 오늘처럼 네놈의 웃음소리가 귀에 거슬린 적이 없는 것 같구나. 아무래도 오늘 이 계집을 살려 보내지 못할 것 같다."

"그렇겠지. 잔살 네놈의 가장 아픈 부분을 건드렸으니 말이다. 땅딸이 중이라……. 후후."

두 괴인의 대화를 듣고 있던 당하연은 그제야 이들의 정체를 알 수 있었다.

"잔살과 소살… 이제 보니 짐승만도 못한 짓만 골라서 하고 다닌다는 흉도쌍살(凶徒雙煞)이었군!"

"크! 못된 계집이 주워들은 것은 많은가 보구나!"

흉도쌍살은 그 이름만큼이나 귀주 일대에서 악명이 자자한 인물들이었다. 특히 자신들보다 힘이 약한 자들을 괴롭히기를 즐겨하였고, 지난바 실력 또한 무시하지 못할 정도여서 함부로 상대하려는 자가 드물었다.

혹자들은 이들이 승려 행세를 하고 다니는 것을 보고 소림사의 파계승들이 아닐까 추측하고 있었지만, 확인할 길은 없었다. 다만 이들이 승려의 복색을 하고 살육을 일삼음으로 인해서 사람들에게 더욱 두려움을 주고 있는 것은 사실이었다.

게다가 이들은 자신들이 죽인 자들의 이름을 승복에 붉은 글씨로 새겨 넣는 것으로도 유명했다. 지금 이들이 입은 옷에 새겨진 글자들이 바로 그 증거였다.

'이 짐승들이 성도엔 무슨 일이지?'

당하연은 잔뜩 경계의 눈초리로 쌍쌀을 바라봤다. 상대가 누구인지 안 이상 대비를 해야 했다. 하지만 그녀에게 쌍살을 상대할 수 있다는 확실한 자신감은 없었다. 왜냐면 쌍살의 정확한 실력을 모르기 때문이었다.

흉도쌍살은 비록 악행을 일삼고 있긴 했지만, 평소 자신들보다 강한 상대는 철저하게 피하고 보는 것이 이들의 행동 방식이었다. 때문에 이들의 정확한 실력이 드러난 때는 거의 없었다.

한편, 지금까지 돌아가는 상황을 지켜보던 관우는 분위기가 심상치 않자 당하연의 앞으로 한 발 나서며 말했다.

"제 누이가 저 때문에 기분이 좋지 않은 상태에서 두 분께 잠시 실례를 범한 것 같습니다. 제가 대신 사죄드릴 터이니 노여움을 푸시고 아량을 베풀어주시길 부탁드립니다."

관우가 정중하게 고개를 숙이는 것을 본 소살이 흡족한 미소를 머금었다.

"후후, 꽤나 예의가 바른 아이로구나. 오라비라니… 어찌 저런 계집에게 네놈 같은 오라비가 있는지 궁금하구나. 후후."

그의 말은 거기서 끝이었다. 관우의 말에 대한 대답은 잔살에게서 나왔다.

"크흐흐! 대신 사죄를 드린다고? 그렇다면 이년 대신에 네놈의 목이라도 내놓겠다는 것이냐?"

"……!"

잔살은 흉흉한 살기를 띠며 관우를 노려봤다. 이에 관우는 이미 상황이 돌이킬 수 없게 되었음을 직감했다. 이들은 당하연을, 아니, 자신까지 죽이려고 벌써 마음을 굳힌 상태였다.

'이런 일을 다 당하다니!'

관우는 난감했다. 전혀 예상치도 못한 일이 일어났다. 사부인 환무길이 이 자리에 있다면 안심했을 터이지만 상황은 그렇지 않았다.

싸움이 벌어진다면 자신은 아무런 힘도 쓸 수 없다. 당하연

혼자 쌍살을 상대해야 했다. 그렇다고 도움을 청할 자도 주위
엔 없다. 이곳은 산중의 좁은 숲길이었다. 지나가는 행인조차
드문 곳이었다.

"오라버니는 물러서. 그런 말이 통할 자들이 아니니까."

당하연은 야무진 표정으로 관우의 앞을 막아섰다.

"연 매……."

관우는 걱정스럽게 당하연을 불러보지만 막상 해줄 수 있는
말이 없었다.

그러나 그런 관우의 마음을 짐작한 당하연은 관우를 안심시
켰다.

"걱정하지 마. 나 혼자 상대할 수 있으니까."

그렇게 말하는 그녀의 표정엔 일말의 두려움도 떠올라 있지
않았다. 그 모습을 보며 조금은 안심하는 관우지만, 그렇다고
마냥 마음을 놓을 수만은 없었다.

'섭풍술! 섭풍술을 펼칠 수만 있다면……!'

관우는 눈을 감았다. 환무길이 가르쳐 준 것들을 떠올리며
조금씩 정신을 집중하기 시작했다.

이처럼 관우가 아무도 모르게 정신을 집중하는 사이, 잔살
이 등 뒤에 꽂혀 있던 도를 꺼내 들며 당하연을 위협했다.

"뭐라고 했느냐? 혼자 상대할 수 있다고? 크흐흐, 어린년이
간이 배 밖으로 나왔구나! 어디, 이 칼에 몸이 찢긴 뒤에도 그
런 말이 입에서 나올지 두고 보겠다!"

잔살의 눈에서 한광이 폭사되었다. 싸늘한 기운이 피부로

전해져 왔다. 하지만 당하연은 눈 하나 깜짝하지 않고 그 기운을 담담히 받아내었다.

"땅딸보 중이 말이 많네. 그나저나 둘이 같이 덤빌 거야? 하긴 짐승들이 비겁한 게 뭔지 알기나 하겠어?"

"크웃! 뭐, 뭐라고 지껄이는 거냐! 내 이년을 당장 요절을 내야겠다! 이봐, 소살! 이 계집은 내가 맡겠다! 절대 나서지 마라!"

잔뜩 흥분한 잔살을 보며 소살은 혀를 찼다.

"쯧쯧, 저 성질머리하고는. 결국 어린 계집의 도발에 넘어가고 마는군."

그러더니 그는 이번엔 당하연을 바라보며 히죽거렸다.

"계집아, 너무 좋아하진 말거라. 그런다고 네가 잔살의 손에 죽는 것이 바뀌진 않을 터이니. 후후."

그 순간,

섬뜩한 파공성이 당하연의 귀전을 때렸다.

쉐잉!

더 이상 참지 못한 잔살이 그대로 도를 떨쳐 낸 것이다.

갑작스런 일격에 적지 않게 당황한 당하연은 재빨리 두 발을 움직였다. 그러자 그녀의 신형이 삼 촌가량 허공으로 떠오르는가 싶더니 그 상태로 스르륵 뒤로 물러섰다.

잔살의 도는 허공을 갈랐고, 그것을 지켜본 소살의 눈에 이채가 감돌았다.

"부운보(浮雲步)? 설마 저 계집이 당가의……?"

소살은 믿기지가 않아 다시 한 번 당하연의 움직임을 머릿속에 그려봤으나 역시나 결론은 마찬가지였다.

구름 위에 뜬 채 걷는 듯한 부드럽고도 쾌속한 움직임.

바로 당가의 독문보법인 부운보가 틀림없었다.

"잔살, 조심해라! 저 계집은 당가의 식솔이다!"

"뭐라고?"

안 그래도 당하연이 자신의 일도를 피해낸 것이 분하던 차에 소살에게서 뜻밖의 이야기를 듣게 되자 더욱 흥분한 잔살이었다.

"과연, 어린 계집치곤 몸이 날래다 했더니 당가의 계집이었군!"

겉으로는 그러려니 넘어가는 잔살이었다. 하지만 속은 그렇지 않았다.

당가가 어디인가? 강호에 적을 둔 자라면 모르는 사람이 없는 삼대세가 중 한 곳이었다. 명성은 그냥 얻어지는 게 아니었다. 그만한 힘이 있어야만 얻어지는 것이다. 그 힘이 무력이든 재력이든 권력이든 말이다.

또한 명성은 자연스럽게 사람들로 하여금 그 명성에 걸맞은 대우를 하게끔 만든다. 그것이 명성이 가진 힘이었다. 그리고 그 힘 중엔 그곳을 섣불리 건드리지 못하게 만드는 것도 포함된다. 그런데 지금 잔살은 그만 그 명성에 도전을 하고 말았다. 물론 모르고 한 것이지만, 알고 모르고는 중요하지 않았다. 건드린 것은 건드린 것이기 때문이다.

자신들보다 강한 상대는 무조건 피하는 것이 쌍살이 가진 철칙이었다. 그 덕에 악행을 일삼으면서도 지금까지 목숨을 부지할 수 있었다. 때문에 잔살은 고민하지 않을 수 없었다. 그리고 이는 소살도 마찬가지였다.

'일이 고약하게 됐군. 저런 막돼먹은 계집이 당가의 식솔이 었다니? 가만, 당가에서 저만한 나이에 저 정도의 실력을 갖췄 다면……? 음, 당가주 당정효에게 골칫거리 딸이 하나 있다고 하더니 바로 저 계집이었구나. 크으! 어떻게 해야 한단 말인 가?'

당하연의 정체를 알게 된 소살은 더욱 곤혹스러웠다.

만일 당하연이 자신들의 손에 어찌 된 것을 알게 되면 당가 전체가 나서서 자신들을 척살하려 들 것은 자명한 일.

'그만 멈춰야겠군.'

판단을 내린 그는 잔살을 향해 전음을 날렸다.

[잔살, 그만두는 게 좋겠어. 그 계집은 당가주의 여식이다.]

[뭐라고?]

잔살은 놀란 표정으로 당하연을 쏘아봤다.

한편 잔살의 일도를 피해낸 당하연은 자세를 고쳐 잡은 채 틈을 노리고 있었다. 잔살도 놀랐지만 그녀 또한 잔살의 무위 에 놀라긴 마찬가지였다. 기습적인 공격이긴 했으나, 잔살의 내친 일도의 위력이 그녀의 예상보다 대단했기 때문이다.

조금만 대응이 늦었으면 심각한 상처를 입었을 터이다. 그 녀가 입은 경장의 앞섶이 살짝 베여져 나간 것이 바로 그 증거였다.

그런데 그때 그녀의 눈에 틈이 보였다.

잔살이 그녀의 정체를 알고 놀라는 순간이었다.

'지금이야!'

그녀는 재빨리 우수를 앞으로 내뻗었다.

"잔살! 조심!"

"엇!"

본능적으로 위협을 느낀 잔살은 기겁을 하며 자신의 도를 황급히 옆으로 쳐올렸다.

까강!

예리한 금속성과 함께 무언가 그의 도에 의해 튕겨져 나갔다.

"크읏!"

잔살은 왼쪽 옆구리를 부여잡으며 신음을 토했다.

잘려 나간 승복 사이에서 가느다란 혈선이 비치고 있었다.

"크윽! 요망한 년! 감히 암수를 쓰다니!"

이미 이성을 상실한 그의 두 눈에선 흉흉한 한광이 번뜩였다.

"흥! 역시 땅딸보라 쥐새끼처럼 몸은 날래군. 접비(蝶飛)를 피해내다니."

"뭐, 뭐라? 이 갈아 먹어도 시원치 않을!"

당하연은 겉으로는 태연하게 맞받아쳤으나, 내심 크게 낙심하지 않을 수 없었다.

접비는 당가의 암기 중에 빠르기로는 둘째가라 하면 서러워할 정도로 쾌속함을 자랑했다. 또한 날아가는 도중 날이 두 개로 분리되는 특성으로 인해 상대를 당황시켜 단번에 죽일 수도 있는 예리한 암기였다.

방금 전 그녀는 잔살이 다른 생각을 하고 있는 틈을 노려 그를 향해 접비를 날렸던 것인데, 안타깝게도 경미한 상처를 입히는 것에 그치고 말았다.

그녀는 실망감을 뒤로하고 자세를 갖췄다.

이렇게 된 이상 이제는 정면승부밖에는 방법이 없었다.

'이럴 줄 알았으면 철편이라도 가지고 오는 건데……'

커다란 도를 든 상대를 맨손으로 상대하려니 부담이 이만저만이 아니었다. 그녀는 본래 철편을 썼으나, 오늘은 울적한 기분에 무작정 집을 나온 터라 가지고 나오지 않은 것이다.

잔살은 당하연이 싸울 태세를 갖추자 거친 콧바람을 뿜어대며 고성을 내질렀다.

"정녕 네년은 관을 봐야만 눈물을 흘릴 년이로구나!"

발갛게 충혈된 그의 두 눈에선 살기 외엔 다른 것은 읽을 수 없었다. 앞에 있는 상대가 당가주의 여식이란 사실도, 소살의 충고도 이미 그의 머릿속에서 지워진 상태였다.

쉬엥!

그의 도가 다시 한 번 허공을 쪼개왔다.

도가 가까이 이르지 않았음에도 거센 도풍이 당하연을 압박했다.

당하연은 본능적으로 이를 악물며 옆으로 신형을 날렸다.

잔살의 도가 방향을 바꾼 것은 바로 그때였다.

종으로 베어가던 잔살의 도가 순식간에 방향을 꺾어 횡으로 쓸어오기 시작했다.

'엇!'

갑작스런 변용에 당황한 당하연은 옆으로 피하던 것을 그만 두고 부운보를 밟아 황급히 공세 밖으로 물러섰다.

삭!

"읍!"

그녀의 입에서 나직한 신음이 흘러나왔다. 완벽하게 피하지 못해 왼쪽 허리 부근을 베이고 만 것이다. 비록 깊지 않은 상처였으나, 그녀는 등골이 오싹해지는 것을 느껴야만 했다.

제아무리 사람들로부터 손가락질 받아가며 온갖 나쁜 일을 저질러 온 그녀였지만, 이런 식의 싸움은 처음이었다. 목숨을 놓고 싸워본 적이 없다는 말이다. 싸움이라고 해봐야 거의가 다 힘만 믿고 덤비던 사내들을 흠씬 두들겨 주는 정도에 불과했으니까.

하지만 지금의 상황은 그런 때와는 완전히 달랐다.

기세에서부터 눌리고 있었다. 당하연으로선 잔살이 내뿜는 살기를 온전히 감당하기 어려웠다.

막사는 동안에도 나름대로 무공 수련은 게을리하지 않은 그녀였다. 아니, 오히려 밖으로만 나돈 탓에 여느 무가의 여인들 보다는 무공 수련에 더욱 힘을 쓸 수 있었다.

그런데 이건 그런 수련과는 차원이 달랐다. 당하연은 처음으로 싸움에 대한 두려움을 느끼고 있었다.

그러나 그런 그녀의 기분은 잔살에게 전혀 고려의 대상이 될 수 없었다. 당하연의 몸에 상처를 입혀 설욕을 한 잔살은 조금의 쉴 틈도 없이 연이어 그녀를 몰아쳤다.

쉐엥!

도풍이 더욱 거세졌다.

더불어 당하연이 느끼는 중압감도 더욱 커졌다.

그녀가 할 수 있는 것이라곤 재빨리 부운보를 밟아 도세를 피하는 것뿐이었다.

"어떠냐, 쥐새끼가 된 기분이? 크흐흐!"

잔살의 음흉한 웃음소리엔 자신감이 가득 묻어났다.

실제로도 잔살은 당하연을 계속해서 몰아붙이고 있었다. 당하연은 가까스로 칼날을 피해내곤 있었으나, 이미 몸 여기저기엔 긁힌 상흔들이 생겨나고 있었다.

그 모습을 지켜보고 있던 소살은 어쩔 수 없이 잔살의 행동을 그냥 두고 보기로 했다. 이렇게까지 된 이상 이젠 무를 수도 없었다. 무엇보다 극도로 흥분한 잔살을 막을 방도가 없었다.

이제 방법은 하나였다.

'숨통을 끊는 수밖에는 도리가 없겠어.'

당하연은 물론이고 함께 있던 관우까지 모두 죽이고 서둘러 이곳을 떠야 했다. 은폐할 수 있는 것은 모두 은폐하고 말이다.

그리고 상황은 서서히 그가 원하는 대로 흘러가고 있었다.
당하연이 거의 궁지에 몰리게 된 것이다.

"헉! 헉!"

어느새 당하연은 거친 숨을 몰아쉬고 있었다.

병장기가 없으니 제대로 된 방어 한 번 할 수도 없었고, 피
하기만 하느라 기운을 모두 소진한 것이다.

그녀는 지쳐 갔지만, 잔살의 공격은 오히려 조금씩 강맹해
졌다. 어쩔 수 없는 공력의 차이였다.

"건방진 계집! 함부로 주둥이를 놀리더니, 꼴좋구나! 흐흐!
그만 죽어라!"

잔살의 도가 어깨 위로 들려졌다.

'치잇!'

그것을 보며 당하연은 입술을 깨물었다. 아무리 그래도 이
렇게 당할 수는 없었다.

쉐엥!

위로 들려진 도가 사선으로 내리그어지는 순간,

당하연은 잔살의 가슴을 향해 일장을 내질렀다.

파앙!

"크윽!"

"아악!"

신음이 동시에 터져 나왔고, 당하연은 그 자리에 쓰러졌다.
그녀의 어깨는 피로 얼룩져 있었다. 살이 벌어질 정도로 깊게
베인 상처였다.

가슴에 일장을 얻어맞고 세 걸음이나 물러선 잔살은 잔뜩 일그러진 표정으로 당하연을 노려봤다.

　"크으! 아직까지 이런 힘이 남아 있었다니!"

　그런 그에게 소살의 책망 섞인 음성이 들려왔다.

　"잔살! 방심을 하다니! 급소를 맞았다면 쓰러진 것은 잔살, 너였을 거다!"

　"으으!"

　잔살은 화가 치밀었지만 뭐라 대꾸할 수 없었다. 소살의 말이 맞았기 때문이다.

　마지막 일격을 준비하면서 틈을 준 것이 화근이었다. 그냥 몰아붙이던 기세 그대로 끝을 냈어야 했다.

　저벅저벅.

　쓰러진 당하연에게로 걸어가는 잔살.

　당하연은 그때까지 일어서지 못하고 있었다.

　조금 전 그녀가 잔살을 공격한 것은 비서장(飛絮掌)이었다. 부운보와 마찬가지로 유함을 담은 것이라 여인이 익히기에 수월한 장법이었다.

　당하연은 그 일장에 남은 진기를 모두 담았었다. 이제 더 이상 저항하고 싶어도 할 수가 없는 상황이었다.

　"소살의 말대로 하마터면 내가 당할 뻔했다. 그래도 당가의 여식을 내 손으로 죽이는 희열을 맛보게 되었으니 오늘 운이 그리 나쁜 것만은 아니구나. 크흐흐! 이제는 정말 끝이다!"

　그녀에게 다가온 잔살의 도가 다시 한 번 아래로 떨어져 내렸다.

  '이렇게 나도 죽는 건가?'

  절망과 동시에 허망함이 밀려들었다. 죽음이란 것이 이런 것이구나 싶었다.

  어머니의 죽음, 불과 며칠 전 죽은 유모, 그리고 이제 자신이 죽는다.

  '오라버니도 결국 죽겠지……'

  마지막으로 자신의 뒤에 서 있을 관우에게까지 생각이 미쳤을 때 그녀는 스륵 눈을 감았다.

  잔살의 도가 그녀의 목을 사정없이 그어버렸다.

  그리고 그와 동시에 바람이 불었다.

  모든 것을 날려 버릴 큰 광풍(狂風)이.

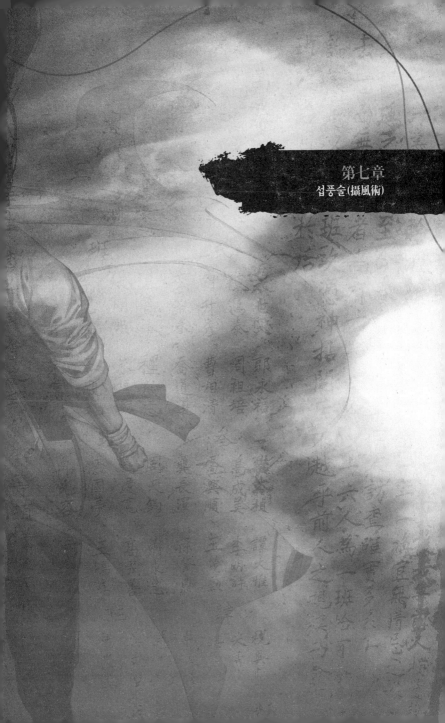

第七章
섭풍술(攝風術)

風神遺事

정신을 집중하던 관우는 어떻게든 바람을 이끌어보려고 애썼다. 하지만 역시나 잘되지 않았다.

바람의 흐름을 조금 따라잡는다 싶으면 이내 정신이 흐트러지기를 반복했다. 마치 무언가가 자꾸만 방해를 하는 것만 같았다.

조금씩 마음이 초조해지던 어느 순간, 외마디 비명을 듣게되었다. 그 비명은 당하연의 것이었다. 그와 동시에 코끝으로 비릿한 내음이 전해져 왔다. 피였다.

본능적으로 상황이 급박해졌음을 느낀 관우는 바람을 끌어모으기 위해 사력을 다하기 시작했다.

이대로라면 당하연이 죽는다.

잔살이 뿜어내는 살기가 자신에게까지 전해져 왔다.

그렇게 잔살의 도가 쓰러진 당하연의 목을 내리그을 찰나,

'안 돼!'

관우는 의식 속에서 큰 소리로 외치며 눈을 번쩍 떴다.

그리고 바로 그 순간 누구도 생각지 못한 일이 벌어졌다.

사방에서 갑자기 바람이 불어닥쳤다. 그리고 그 바람은 순식간에 당하연의 몸을 감싸며 무섭게 회전하기 시작했다.

쉬쉬쉬쉬쉿!

"으! 으악!"

바람은 곧 거대한 폭풍이 되어 도를 휘두르던 잔살의 신형을 허공으로 날려 버렸다.

"이, 이게 대체 무슨?! 윽! 으으아!"

삼 장 정도 떨어진 곳에서 경악에 찬 얼굴로 이를 바라보던 소살도 결국 폭풍에 휩쓸려 튕겨져 나갔다.

위이이이이잉!

폭풍은 더욱 거세졌다. 관우와 당하연을 중심으로 사방으로 팽창되기 시작했다.

주변의 모든 수목이 뿌리째 뽑혀 날아가 버렸다.

비산한 흙먼지가 허공을 가득 메우며 오십 장 밖에까지 퍼져 나갔다.

잔살의 도가 자신의 목에 떨어지기만을 기다리던 당하연은 갑작스런 소란에 감았던 눈을 떴다.

'엇? 이, 이건……?'

그녀의 눈앞에서 투명한 바람이 회오리치고 있었다. 한데 기이하게도 그녀 자신은 전혀 바람의 영향을 받지 않고 있었다.

넋이 나간 그녀가 할 말을 잃고 있는 사이,

쉬쉬쉿! 슈우우욱!

마치 거짓말처럼 바람이 멎었다.

사방은 순식간에 죽은 듯이 고요한 적막에 휩싸였다.

주위엔 아무것도 남아 있지 않았고, 당하연을 중심으로는 십 장이 넘는 거대한 구덩이가 형성되어 있었다.

"으윽!"

정적을 깨고 들려온 신음 소리에 정신을 차린 당하연은 황급히 관우가 서 있던 곳으로 고개를 돌렸다.

거기엔 그녀를 향해 오른손을 뻗은 관우가 잔뜩 얼굴을 일그러뜨린 채 서 있었다.

"설마 오라버니가 그 바람을……?"

당하연이 믿기지 않는 표정으로 잠시 관우를 쳐다보고 있는 사이 돌연 관우가 머리를 감싸 쥐며 쓰러졌다.

"크, 크흐윽!"

관우는 고통에 몸부림치며 바닥을 뒹굴기 시작했다.

이에 크게 놀란 당하연은 간신히 몸을 일으켜 기어가듯 관우에게 다가갔다.

"오라버니, 갑자기 왜 이러는 거야? 정신 차려!"

"크아아악!"

하지만 관우는 괴성을 지르며 자신의 머리를 쥐어뜯기 시작했다. 얼굴은 붉게 변하고 온몸엔 굵은 힘줄이 돋아났다. 두 눈은 위로 돌아가 하얗게 변해 있는 것이 이미 정상이 아닌 듯 보였다.

'위험하다!'

의술에 조예가 깊은 당가의 여식답게 당하연은 단번에 관우의 상태를 짐작했다. 이대로 두면 전신의 기혈이 뒤틀리는 것은 물론이고, 자칫 완전히 이지를 상실해 버릴 수도 있었다.

하지만 그뿐이었다. 그녀는 실제로 어찌해야 할지 방도를 생각해 내지 못했다.

무엇보다 관우가 이런 행동을 보이는 이유를 알 수도 없을 뿐더러, 자신의 몸조차 제대로 가누지 못하는 상태라 도무지 방법이 떠오르지 않았던 것이다.

내심 발을 동동 구르던 그녀는 급한 대로 관우의 명문혈에 손을 가져다 대었다.

진기를 주입시켜 경련이라도 진정시켜 보려 한 것이었으나, 그녀의 몸에 남아 있는 진기라곤 근원지기(根源之氣)를 감싸고 있는 극히 미미한 양뿐이었다.

만일 이 상태에서 무리하게 진기를 끌어올리다간 자칫 근원지기가 상할 수도 있으리라. 근원지기가 상한다는 것은 무림인에게 있어 생명이 끝난다는 것과 같았다.

'치잇!'

잠시 갈등하던 그녀는 점점 심해져 가는 관우의 상태를 보며 곧 마음을 굳혔다.

'어쨌든 이 사람 때문에 아직까지 살아 있는 것이니……'

당하연은 서둘러 장심으로 진기를 끌어모았다. 모인 양은 매우 적었으나 그녀는 일단 그것을 관우의 명문혈에 주입시켰다.

관우가 계속해서 경련을 일으키는 통에 정신을 집중하기가 어려웠으나, 그녀는 침착하게 자신이 주입한 진기를 관우의 몸속에서 운용하기 시작했다.

그런데 바로 그때였다.

한줄기 부드러운 바람이 관우와 당하연이 있는 곳을 스치고 지나갔다. 그리고 곧 익숙한 음성이 들려왔다.

"그만두고 그 아이에게서 물러서거라."

"……!"

돌연한 음성에 깜짝 놀란 그녀는 황급히 진기를 거두며 음성의 주인공을 확인했다.

"환 노?"

언제 나타났는지 그녀의 눈앞엔 환무길이 서 있었다. 환무길은 관우를 내려다보고 있었는데, 그의 표정에는 심각함과 의아함이 동시에 떠올라 있었다.

"환 노가 어떻게 여기를……?"

당하연은 놀란 마음을 숨기지 못하고 물었다.

하지만 환무길은 여전히 관우에게 시선을 고정시킨 채 알 수 없는 말을 내뱉을 뿐이었다.

"음… 분명 멀리서 본 것은 섭풍술로 불러낸 바람이 틀림없었다. 그토록 애써서 시도할 때는 되지 않던 것을 갑자기 펼쳐 보이다니. 그리고 또 이처럼 고통스러워하는 까닭은 무엇인가? 아직까지 내가 풍령에 대해 모르는 것이 있는 것인가?'

기실 그는 관우에 대한 염려스런 마음을 떨치지 못해 관우가 돌아올 때에 맞춰 성도 주변을 살피고 있었다.

그런데 그때 돌연 거대한 회오리바람이 이는 것을 보고 황급히 이곳으로 날아온 것이었다.

환무길은 큰 의문을 품은 채 허리를 굽혀 자신의 손으로 관우의 머리를 감싸 쥐었다.

"지금 뭘 하려는… 음?"

행여나 관우가 잘못되기라도 할까 걱정한 당하연은 묻다 말고 이어서 일어난 일에 눈을 크게 뜨며 입을 다물었다.

파락!

환무길의 소맷자락이 한차례 펄럭인다 싶은 순간, 놀랍게도 그토록 심하게 몸부림치던 관우가 순식간에 움직임을 멈추었다.

고통으로 일그러졌던 관우의 얼굴도 차차 본래의 평온한 모습을 회복하고 있었다.

"이럴 수가……!"

놀란 당하연이 입을 다물지 못하고 있는 사이, 관우를 자신의 품에 안아 든 환무길이 그제야 그녀를 바라보며 입을 열었다.

"이 아이가 네 목숨을 구하였느냐?"

"그, 그런 것 같아."

당하연은 그녀답지 않게 말을 더듬거렸다. 온후한 환무길의 음성에서 알 수 없는 현묘한 기운을 느꼈기 때문이다.

'둘의 인연이 끝나지 않은 게로구나.'

내심 생각한 환무길은 그녀의 눈을 가만히 들여다보고는 말을 이었다.

"네가 이 아이에게 은혜를 입었다면 이 아이를 위해 한 가지 부탁을 들어주어야겠다."

당하연은 무언가에 홀린 듯 환무길의 눈에서 시선을 떼지 못하며 고개를 끄덕였다.

계속되는 기이한 일들로 인해 그녀는 이미 온전한 정신이 아니었다. 지금 또다시 환무길과 관우를 감싼 바람의 무리가 그녀의 눈앞에서 넘실거리고 있었던 것이다.

"오늘 네가 보았던 것을 아무에게도 발설치 말거라. 들어줄 수 있겠느냐?"

당하연은 고개를 끄덕였다.

그것은 그렇게 어려운 부탁이 아니었던 것이다.

"그런데 환 노랑 이 사람… 도대체 정체가 뭐야?"

"그것은 네가 알 필요가 없느니라."

그것이 마지막이었다.

쉬쉬쉿!

환무길과 관우를 감싼 바람은 눈 깜짝할 사이에 허공으로 솟구쳐 오르며 당하연의 눈앞에서 사라져 버렸다.

"자, 잠깐만⋯⋯!"

당하연이 황급히 손을 내뻗으며 외쳐 보았으나 허사였다.

잠시 멍하니 허공을 올려다보고 있던 그녀의 표정은 마치 허깨비라도 본 듯했다.

'대체 지금까지 무슨 일이 있었던 거야?'

적어도 이 순간만큼은 뭐든 제멋대로였던 한한화 당하연이 아니었다. 그저 채 성숙하지 못한 열아홉의 어린 여인에 불과했다.

콰과과과과아아!

높이 이십 장, 폭 오 장에 달하는 거대한 물줄기가 내뿜는 굉음이 지축을 울렸다.

"으음⋯⋯."

정신을 잃고 반 시진이 지난 후 관우는 짧은 신음과 함께 눈을 떴다.

머리에 미미한 통증이 남아 있었지만 크게 신경 쓰일 정도는 아니었다.

"깨었느냐?"

폭포 소리를 뚫고 귀에 익숙한 환무길의 음성이 들려왔다.

이에 황급히 몸을 일으킨 관우는 단정한 자세로 시립했다.

"사부님께서 어떻게⋯⋯? 음, 근데 이곳은⋯⋯?"

관우는 뭔가에 홀린 듯한 표정이 되어 주변을 두리번거렸다.

"염려스런 마음에 밖으로 나왔다가 너를 발견하여 이곳으로 데리고 왔다. 너는 아무것도 기억이 나지 않는 것이냐?"

"제가 정신을 잃었던 겁니까?"

"그렇다. 정신을 잃기 전의 상황을 떠올려 보거라."

"으음……."

시선을 아래로 한 관우는 미간을 좁히며 기억을 더듬었다.

"…사실 연 매, 아니, 전에 만났던 당가의 여인과 함께 사부님께 돌아오고 있는 길이었는데, 중간에 흉악한 자들을 만나 싸움이 벌어졌습니다. 하지만 그 여인을 해치려던 자들은 무공이란 것을 익혀 저로선 어찌해 볼 도리가 없었습니다. 섭풍술을 펼쳐 보려 했으나 뜻대로 되지 않았습니다. 그런 와중에 여인의 목숨이 경각에 달린 것을 보고 안타까움과 다급한 심정으로 손을 뻗쳤는데……."

"그때 바람을 불러낸 것이냐?"

묻는 환무길의 표정이 자못 신중해졌다.

"예, 분명 바람이었습니다. 하지만 제가 그것을 불러낸 것인지는 잘……. 아무튼 그 뒤로 갑자기 머리가 깨지듯 아파왔습니다. 그리고 그 후의 일은 기억이 나질 않습니다."

"음……."

관우의 설명이 끝나자 묵묵히 고개를 끄덕인 환무길이 입을 열었다.

"확실치는 않지만 지금까지 네가 섭풍술을 펼치지 못한 까닭을 짐작할 수 있을 것 같구나."

"그게 무엇입니까?"

"네 스스로가 그것을 막고 있는 듯하다."

"……?"

관우는 환무길의 말이 선뜻 이해가 가지 않았다.

"제 스스로 말입니까? 제가 섭풍술을 익히기 위해 애를 썼다는 것을 사부님께서도 잘 알고 계시지 않습니까?"

환무길은 고개를 끄덕였다.

"물론이다. 하나 그것이 네 의지라고 한다면, 섭풍술을 펼치지 않으려 하는 것 또한 네 의지라고 해야 할 것이다."

관우의 표정도 환무길 못지않게 심각해졌다.

"으음… 사부님께서 하신 말씀대로라면 제 의식 중 무언가가 섭풍술을 기피하고 있다는 것인데, 그렇다면 그 이유가 무엇일지……?"

"그것은 아마도 네가 조금 전 바람을 불러낸 후 크게 고통스러워한 것과 관련이 있을 것이다."

"그럼 저는 무의식중에 이미 섭풍술을 펼치고 난 뒤 그러한 고통이 찾아오리란 것을 알고 있었다는 뜻이군요."

"그렇다. 하지만 네가 어떻게 그것을 예지하고 있었는지, 또 왜 그러한 고통이 찾아오게 되는 것인지는 정확히 알 길이 없구나."

"으음……."

관우의 표정이 더욱 심각하게 변했다.

지금까지의 추측이 모두 사실이라면 큰 문제가 아닐 수 없었다.

하루빨리 섭풍술을 익혀 제세의 사명을 완수해야 하는 처지에서 커다란 장벽을 맞닥뜨린 기분이었다.

원인도 모르고 까닭도 몰랐다.

무엇보다 자신에게 전에 무슨 일이 있었는지 전혀 기억이 없으니 답답할 노릇이었다. 이래서는 해결책을 찾아내는 것도 불가능하다.

그때 다시 관우의 머리에 한 가지 의문이 떠올랐다.

"그런데 그 여인 앞에서는 어떻게 제자가 바람을 불러낼 수 있었을까요?"

그 말에 잠시 묵묵히 관우를 바라보던 환무길이 대답했다.

"그 또한 정확한 이유를 알 수 없다. 하나 한 가지 짐작 가는 것이 있는데, 나는 지금 그것을 시험해 보려고 한다."

"시험이라면?"

환무길은 대답 대신 관우를 향해 눈짓을 했다.

"가까이 오너라."

관우는 의문을 품으며 일단 시키는 대로 그의 곁에 가서 섰다.

환무길이 관우의 손을 잡자 바람이 두 사람을 감싸며 허공으로 솟구쳤다.

그대로 수십 장을 치솟은 두 사람.

까마득한 허공에 멈추어 서자 환무길이 관우를 물끄러미 바라보며 말했다.

"단지 시험일 뿐이니 나를 원망하지는 말거라."

"예? 그게 무슨……? 어엇!"

의아한 표정으로 묻는 관우가 돌연 눈을 크게 뜨며 양팔을 휘저었다. 환무길이 돌연 관우의 손을 놓아버렸던 것이다.

"사, 사부니임!"

안타까운 긴 외침과 동시에 관우의 신형이 급전직하하기 시작했다.

"……."

하지만 그 모습을 보는 환무길의 표정은 약간 심각하기만 할 뿐, 냉정하기 그지없었다.

'내 추측이 맞는다면 곧 풍령이 반응을 일으킬 것이다.'

떨어져 내리는 관우를 주시하는 그의 두 눈이 반짝거렸다.

관우의 신형은 이미 허공을 격하여 거대한 폭포가 있는 곳으로 추락하고 있었다.

이대로 가다간 비록 아래에 물이 고여 있다 하더라도 충격 때문에 목숨을 부지할 수 없는 상황이었다.

'자, 이제 반응이……!'

환무길은 관우에게서 뭔가 변화가 일어나기를 기다렸다.

하지만 관우의 신형이 거의 바닥에 닿을 때까지도 그가 기다리던 변화는 일어나지 않았다.

'설마 내 추측이 잘못된 것이란 말인가? 음… 더는 안 되겠군.'

당황한 그는 서둘러 관우가 있는 곳으로 신형을 이동하려

하였다.

그런데 바로 그때였다.

퍼엉! 츄학!

강렬한 폭음이 들려옴과 동시에 거대한 수벽(水壁)이 원을 그리며 허공으로 치솟아올랐다.

삼십 장 가까이 치솟던 수벽이 곧 무수한 물방울을 일으키며 사방으로 떨어져 내리는 장면은 그야말로 장관이었다.

그러한 광경을 위에서 지켜본 환무길은 그 위력에 놀라워하면서도 흡족한 표정을 감추지 못했다.

"과연 내 추측이 틀리지 않았구나!"

고개를 끄덕인 그는 곧 살처럼 아래로 떨어져 내리기 시작했다. 고통에 몸부림치고 있을 관우를 서둘러 진정시켜야 했기 때문이다.

*　　　*　　　*

당가의 규모는 대단하다.

얼마나 대단하냐 하면 성도 일대에서 관청이나 장원, 그 어떤 대상단의 규모보다도 컸다. 성도가 강남과 강북의 몇몇 큰 성들과 함께 중원에서 손꼽히는 대도시임을 감안할 때 그 크기가 어느 정도인지 알고도 남음이 있었다.

이처럼 당가의 규모와 세력이 클 수 있었던 것은 모두 상거래 덕분이었다. 물론 의술과 무공만으로도 이름이 높았지만,

실질적으로 당가를 지금의 삼대세가의 반열에 올려놓은 일등 공신은 바로 상거래에 있었다.

당가는 주로 중개무역에 힘을 기울였다. 천축은 물론이고 안남과 토번에 이르기까지, 알게 모르게 당가가 이들 나라의 상인들과 거래하는 양은 실로 막대했다. 이런 까닭에 당가는 강남제일상인 남경상단(南京商團), 강북제일상인 만전장(萬錢莊)과 더불어 천하삼대거상(天下三大巨商)으로도 불리고 있었다.

때문에 당가의 정문 앞은 언제나 각색의 사람들로 붐볐고, 넘치는 물품을 운반하고 관리하는 자들만으로도 하루 종일 시끌벅적했다.

하지만 당가 안에서도 정문에서 멀리 떨어진 내원은 마치 딴 세상처럼 조용했다. 그리고 그곳 가장 중심에는 당가의 가주가 머무는 거처가 있었다.

"그래, 연아는 지금 어찌하고 있느냐?"

당정효는 의자에 앉은 채 오른편에 앉은 중년인을 향해 물었다.

녹의(綠衣)를 걸친 중년인은 당정효의 동생이자 당가의 총관을 맡고 있는 당인효(唐絪效)였다. 그의 얼굴은 형인 당정효와 닮은 듯했으나 다른 구석이 있었다. 눈매는 닮았으나 하관이 당정효와는 다르게 갸름한 것이 호남형보다는 미남형에 가까웠다. 하지만 그와 달리 당정효는 이목구비가 뚜렷하고 입술이 두툼한 것이 전형적인 호남형의 인물이었다.

당인효는 약간 걱정스런 표정으로 대답했다.

"아직까지는 마음을 다 추스르지 못한 모양입니다. 몸의 상처는 그리 심한 것 같지는 않으나 마음의 상처가 문제겠지요."

"그렇겠지. 녀석이 유일하게 마음을 터놓던 유모가 그리됐으니……."

짧은 한숨을 내쉬는 당정효의 얼굴에 깊은 수심이 드리워졌다. 그 모습을 보기가 안타까운지 당인효 또한 안색이 어두워졌다.

"그 아이도 방년(芳年)에 이른 지가 오래입니다. 이제 형님께서 그 아이와 마음을 터보실 때도 된 듯합니다만."

"음……."

"언제까지 이렇게 지내실 수만은 없지 않습니까?"

"하지만 나와는 도통 말을 섞으려 하질 않으니……."

"지금 찾아가 보시지요. 그 아이… 많이 외로울 겁니다. 형님께서 가서서 달래주셔야 합니다."

거듭된 당인효의 말에도 당정효는 쉽게 고개를 끄덕이지 못했다.

생긴 것만큼이나 호방하고 결단력이 있는 당정효였지만, 딸 당하연에게만은 언제나 적극적이지 못했다.

그러나 그가 처음부터 그랬던 것은 아니다.

그 일이 있기 전에는 누구보다 자상한 아버지였다. 딸이라면 사족을 못 쓰고 집무를 볼 때도 늘 무릎에 앉혀놓을 정도였다.

하지만 그 일이 있은 뒤엔 그렇지 않았다. 그렇게 할 수가 없었다. 당시엔 그도 옳은 판단을 내리기엔 아직 미숙한 젊은 이였기 때문이다. 나중에 뒤늦게 후회를 했지만, 그땐 이미 당하연의 마음이 굳게 닫혀 버린 상태였다.

"난 아비로서 그 아이에게 씻을 수 없는 상처를 주고 말았어."

지난날을 떠올리던 당정효가 힘없이 말했다.

"그땐 형님께서도 경황이 없으셨을 때입니다. 형수님께서 그렇게 되시고, 형님께서 얼마나 마음 아파하셨는지 저는 알고 있습니다. 또 연아, 그 아이를 보시면서 얼마나 괴로워하셨는지도요. 세상 어느 아비라도 그런 일을 당했다면 그럴 수밖엔 없었을 겁니다."

"으음……"

짧은 한숨과 동시에 자리에서 일어선 당정효는 활짝 열린 문가로 걸어가 섰다.

"하지만 인효야, 나 스스로 내 지난날의 과오를 이해할 수는 있어도 절대 내 자신이 용서가 되지는 않을 것 같구나. 그리고 설혹 내가 나를 용서할 수 있다고 해도 그것으론 연아의 닫힌 마음이 열리지는 않을 것이다. 연아가 마음을 닫은 것은 자기로 인해 제 어미가 그리된 것이란 걸 알고서부터니까 말이다."

당정효는 당하연이 어미의 죽음에 얽힌 사연을 알게 된 그날을 머릿속에 떠올렸다. 모든 식솔들에게 그렇게 입단속을 시켰던 당정효였지만, 결국은 알아버렸던 것이다.

그 후로 몇 날 며칠을 울던 당하연은 완전히 다른 아이가 되어버렸다. 밝고 명랑하고 지혜롭던 아이가 어둡고 냉소적이며 영악하게 변했던 것이다.

'불쌍한 녀석……'

당하연을 생각하자 당정효는 마음이 쓰려왔다. 하지만 그러한 마음을 딸에게 제대로 표현할 수 없는 그였다. 아니, 표현은 쉬지 않고 했지만 언제나 딸에게 외면받았다. 당하연은 아비인 그를 피했고, 어쩌다 마주쳐도 형식적인 인사만 하며 도무지 말을 섞으려 하지 않았다.

그러면서 언제나 밖에 나가 하루가 멀다 하고 사고를 치고 다녔다. 어린 나이에 술을 배운 것은 물론이고, 어린 여인의 몸으로 외박이 비일비재하였다.

차라리 사내였다면 걱정이 조금 덜했을지도 모른다. 하지만 당하연은 딸아이였다. 그것도 그의 단 하나밖에 없는 귀한 딸 말이다.

당정효의 안색이 좋지 않음을 본 당인효는 그에 대한 이야기를 잠시 접기로 했다. 지금은 당정효의 마음을 더욱 심란하게 할 뿐이라는 걸 잘 알고 있었기 때문이다.

"제가 형님과 연아의 심정을 어찌 다 헤아릴 수 있겠습니까. 잠시 다른 이야기를 드려도 될는지요?"

"그리하는 것이 좋겠구나."

"그날 연아가 있었던 곳에서 일어난 일에 대한 이야깁니다."

"큰 폭발이 있었다고 했지?"

"음… 그것이 단순한 폭발이라고 보기엔 무리가 있는 것 같습니다. 폭약 따위의 흔적이 전혀 발견되지 않고 있습니다."

"그렇다면 무림인들끼리의 충돌일 가능성은?"

"그렇게 보기에도 역시 석연치 않은 구석이 많습니다. 관하고는 별도로 저희가 현장을 살펴본 바에 의하면, 그곳 일대는 이미 본래의 지형이 어떠했는지 모를 정도로 황폐해진 상태였습니다. 반경 사십 장 내에 있는 수풀은 모조리 뽑혀 날아갔고, 폭발의 시작점으로 보이는 곳에 있는 구덩이의 크기만도 무려 십 장이 넘습니다. 과연 이만한 위력을 보일 수 있는 고수가 당금 무림에 몇이나 존재하겠습니까?"

당인효의 설명을 듣고 당정효도 동감하듯 고개를 끄덕였다.

"단순한 무공 실력으로 그만한 위력을 낼 수 있는 자라면 강호를 통틀어도 몇 되지 않겠지. 구대문파와 세가 전체에서도 손가락으로 꼽을 수 있을 정도일 것이다. 물론 드러난 고수들만 고려했을 때지만."

"바로 그것입니다. 그 정도의 고수가 그런 야산에서 한낮에, 그것도 보란 듯이 싸움을 벌였다는 것은 납득하기 어렵습니다. 하물며 그 상대가 흉도쌍살이라면 더욱 그렇지요."

"흉도쌍살? 그들이 그곳에 있었단 말인가?"

"확실치는 않습니다. 다만 그곳에서 오십 장 정도 떨어진 곳에 그들의 시신이 발견된 것으로 볼 때 그럴 가능성이 큽니다."

"으음, 흉도쌍살이라……."

턱을 매만지며 생각에 잠기는 당정효.

그들의 악명은 그도 익히 들어 알고 있었다. 하지만 그뿐이었다. 당가에서 크게 신경 쓸 만한 자들이 아니었다는 말이다. 다시 말해, 특별히 관심을 기울일 만큼 흉도쌍살의 실력이 뛰어나지 못하다는 뜻이었다.

그런데 그만한 고수가 그런 흉도쌍살을 상대로 일부러 위력을 뽐낼 가능성은 거의 없었다.

"흉도쌍살이라면 원한을 가진 자가 적지 않을 터. 그래, 사인이 뭐라고 하더냐?"

"관에서 시신을 살펴본 바에 따르면, 순간적으로 무언가에 큰 타격을 받아 온몸의 근골이 으스러졌다고 합니다."

"그 외 외상의 흔적은?"

"그중 한 명의 옆구리에 작은 자상이 있었지만, 상처가 깊지 않아 직접적인 사인은 아니라고 했습니다."

"전신의 뼈가 으스러질 정도의 큰 타격이 있었는데 별다른 외상이 없다……?"

중얼거리며 다시 한 번 생각을 해보는 당정효이지만 쉽게 이해되지 않았다.

분명 커다란 폭발이 있었고, 그러한 폭발의 흔적이 고스란히 남아 있다. 그리고 그 정도의 폭발력이라면 몸 안의 공력을 진기로 응축하여 한순간에 외부로 방출시킨다고 할 때, 산술적으로 적어도 삼 갑자 이상의 공력이 필요했다.

삼 갑자의 공력.

강호삼대세가 중 하나를 이끄는 위치에 있는 당정효조차도 삼 갑자 이상의 공력을 지닌 자가 과연 살아서 존재하는지 의심스러울 정도로 삼 갑자의 공력은 가히 상상하기 힘든 공력이었다.

당정효가 그러한 생각들로 잠시 침묵을 지키고 있자 당인효가 조심스럽게 다시 말을 꺼냈다.

"지금까지 말씀드린 사항도 이해할 수 없는 부분이 많지만, 역시 가장 큰 의문점은 연아 그 아이가 어떻게 그 폭발 속에서도 무사할 수 있었는가 하는 것입니다."

"음……."

"연아가 상처를 입은 것으로 볼 때, 일단 그곳에서 누군가와 싸움을 벌인 것은 확실합니다. 그런데 그런 연아가 그러한 폭발 속에서 살아남았다는 것은 그 폭발을 일으킨 자가 일부러 연아를 해치지 않았다고밖에는 설명할 수 없습니다."

당인효의 말은 매우 일리가 있었다. 무엇이 진실인지는 당하연에게 직접 들어보면 확실하겠지만, 그녀는 웬일인지 아무에게도 그날 있었던 일에 대하여 입을 열지 않았다. 때문에 두 사람조차 이처럼 추측으로 그날의 자초지종을 따져 볼 수밖에 없었던 것이다.

"연아가 싸웠다면 그 상대는 아마도 홍도쌍살일 가능성이 크겠구나."

"저도 그렇게 생각합니다."

"그리고 폭발을 일으킨 인물이 의도적으로 연아를 해치지 않았다면……."

"그자가 연아를 도와준 것이라는 게 제 추측입니다."

"도와줬다……?"

"그렇습니다. 연아의 실력이 뛰어나긴 하나, 아직 흉도쌍살 정도의 인물들을 상대할 만한 수준까진 이르지 못했습니다. 게다가 흉도쌍살은 그 손속이 잔혹하여 연아가 크게 애를 먹었을 겁니다. 그런 상황을 고려한다면 그자가 연아를 위기에서 구해주었을 가능성이 충분하다고 봅니다."

당정효는 이번에도 당인효의 말에 수긍했다. 그 외엔 달리 생각나는 것이 없었기 때문이다.

"그자가 연아를 도와주었다면, 도와준 까닭은… 길을 가다가 우연히 보고 도와주었거나 아니면……."

"연아와 처음부터 아는 사이이거나 둘 중 하나겠지요."

"둘 중 어느 것이라고 보느냐?"

"후자입니다."

"나 역시 그렇다."

그렇게 두 사람이 일에 대한 대충의 실마리를 찾았을 때였다.

"가주님, 안남에서 온 진무영(陳茂永)이란 상인이 뵙길 청하고 있습니다."

한 장년인이 집무실 밖에서 당정효를 향해 고했다.

장년인은 상의 위에 검은 띠를 교차로 맨 당가 무인 특유의 백색 무복을 입고 있었는데, 그가 바로 당가의 실질적인 경비를 담당하고 있는 웅혼대의 대장 당일문(唐佚文)이었다.

문 자 항렬인 그는 효 자 항렬인 가주 당정효 등에게는 조카뻘이 된다.

"진무영?"

당정효가 눈짓을 하자 당인효는 고개를 저었다.

"저도 모르는 자입니다. 아마도 본가와 새로 거래를 트고자 형님을 뵙길 청하는 것 같습니다."

그리곤 당인효는 밖에 시립한 당일문을 향해 시선을 던졌다.

"한데 가주를 찾아온 손님이라면 먼저 휴심각(休心閣)에 머물게 하는 것이 순서이거늘, 너는 어째서 곧 바로 이리 달려온 것이냐?"

"예, 다름이 아니오라 그자가 가져왔다는 물품이 범상치 아니한데다가, 특별히 가주님과의 독대를 청하여 이렇게 직접 제가 가주님을 찾아뵌 것입니다."

"물품이 범상치 않다니? 무슨 물건이기에 그러느냐?"

"상아(象牙)입니다."

"상아?"

"예, 견식이 짧은 제 눈에도 최상품이 틀림없어 보였습니다."

"음, 최상품의 상아라……."

상아란 말에 당인효는 물론이고, 당정효 또한 자못 큰 반응을 보였다.

상아는 중원에선 생산될 수 없는 희귀품이었다. 서역의 상인들로부터 육로를 통해 들여오거나, 안남이나 강남의 큰 항구들을 통해 들여오는 게 전부였다. 그러나 그 들여오는 양이 극히 적었기에 황실이나 일부 고관대작의 전유물로 취급되어질 정도였다.

수요는 많되 공급은 극히 적은 이러한 희귀성 때문에 상아는 웬만한 보석과 맘먹는 가치를 지니고 있었다.

특히 담황백색을 띤 상아는 최고의 품질로, 부르는 게 값일 정도였다.

게다가 요 근래 변방에 도적이 들끓는 통에 상아의 공급이 평소보다도 줄어든 상태였다. 때문에 상아의 가치가 더욱 올라간 것은 불문가지.

그렇기에 두 사람이 관심을 보이는 것은 당연한 일이었다.

"진무영이라고? 안남의 상인 중 그런 물품을 가져올 만한 자가 있었던가? 아우의 의견은 어떠냐?"

"본 가에서 모르는 자라면 크게 기대를 가질 만한 자가 아닐 수도 있습니다만, 웅혼대장이 이처럼 직접 달려온 것을 보면 한번 만나보시는 것도 좋을 듯합니다."

"으음."

상인은 이(利)를 따라 판단하고 결정한다. 비록 당정효가 뼛속까지 상인이라 할 수는 없지만, 상거래에 관한 일만큼은 무인의 기준을 버리고 철저히 상인의 입장에서 판단하려 애썼다.

그런 이유로 주로 장사에 관하여는 동생 당인효의 의견을 따르는 편이었다. 당인효야말로 무인보다는 상인에 더욱 가까운 인물이었기 때문이다.

"가서 그자를 접견실로 모셔오너라."

＊　　　　＊　　　　＊

폭포에 떨어졌던 관우가 다시 정신을 차린 것은 그로부터 꼬박 하루가 지나서였다.

눈을 떠보니 그때 그 석실이었고, 환무길의 모습은 보이지 않았다. 다만 그가 써놓은 글이 옆에 놓여 있을 뿐이었다.

잠시 다녀올 곳이 있다. 내가 올 때까지 탁자 위에 놓은 것들을 읽어보도록 하여라.

탁자 위에는 천으로 된 두루마리가 몇 개 놓여 있었다. 두루마리는 비단으로 된 것이었는데, 지금은 거의 생산되지 않는 경금(經錦)이었다. 색이 퇴색되고 질감이 떨어진 것이, 그 세월을 느끼기에 충분했다.

두루마리를 펼치자 거기엔 깨알 같은 글자들이 정연하게 쓰여 있었다. 광령문을 비롯한 세 문파에 대한 자세한 설명과 그들이 발흥을 위해 준비했던 갖가지 방법과 술수들이 소상하게 적혀 있었다.

관우는 당하연과 함께 있었던 날 자신에게 일어났던 일들에 관하여 많은 궁금증이 있었다. 하지만 당장 환무길이 없으니 그에 대해 알 수가 없었다.

하는 수 없이 환무길의 말에 따라 두루마리로 관심을 돌린 관우는 이후 몇 시진이 지나도록 그것을 탐독했다.

일단 풍령문의 제자가 되어 그 사명을 받아들이게 되자 그에 관련된 모든 것들이 흥미로웠다. 특히 세 문파에 대한 상세한 설명은 관우를 사로잡기에 충분했다.

광령문의 진정한 힘은 가히 추측할 수 없을 정도다. 빛을 숭앙하며 빛을 다루는 그들의 능력은 불가사의함, 그 자체이다. 빛은 그 자체로 하늘과 통하는 것인 바, 나머지 두 문파가 숭앙하는 땅과 물과는 근본적으로 성질이 다르다.

빛은 그 속성을 모두 파악하기가 불가능하고, 그것을 다루는 것 또한 매우 어렵다. 광령문의 진정한 힘을 추측할 수 없다고 한 이유가 바로 여기에 있다.

그들은 아직까지 빛의 힘을 제대로 이용하고 있지 못하다. 그러나 그들이 마침내 빛의 힘을 온전히 이용하는 때가 온다면, 나머지 두 문파가 가진 힘과는 비교할 수 없을 만큼의 위력을 떨치게 될 것이다. 저들의 힘이 주기가 거듭될수록 점점 강해지는 바, 머지않아 그때가 올 것이다……

이후의 내용은 광령문의 대표적인 술법인 광파(光波)를 비롯한 여러 가지 술수들에 대하여 적혀 있었다.

그것들을 보면서 관우는 여러 번 놀라움을 금치 못했다. 과연 글의 내용만으로도 신묘하다고밖에 할 수 없는 술법들이 즐비했기 때문이다.

광령문 다음으로 나온 곳은 수령문이었다.

수령문에 대한 설명은 다음과 같은 글귀로 시작하고 있었다.

수령문이 물을 숭상한다고 하여 그들을 물하고만 연관 짓는 것은 어리석은 일이다. 그들이 물을 다루며 물을 이용한 술수를 부리는 것은 맞지만, 그렇다고 물이 없는 곳에서 그들이 힘을 발휘하지 못하는 것은 아니다.

물은 모든 생명의 근원이다. 따라서 모든 만물은 물을 지니고 있다. 그것의 많고 적음은 문제가 되지 않는다 할 것이다. 수령문이 이용하는 물은 눈에 보이는 호수나 강과 바다만이 아니라 바로 이러한 것도 포함한다.

즉, 물을 지닌 것이 존재하는 한 그들은 언제 어디에서든지 그들이 원하는 술수를 부릴 수 있다는 뜻이다. 그것은 물을 지닌 인간에게도 마찬가지이며, 그들의 술수는 잔혹하기 그지없으니……

그 뒤에 언급된 수령문의 술법들은 절로 관우의 눈살을 찌푸리게 하기에 충분했다. 물은 곧 생명을 의미한다는 설명처럼 수령문의 술법들은 철저하게 생명을 좌우하는 것에만 초점이 맞춰져 있었다. 그렇기에 자연스럽게 그 방법들이 잔인할 수밖에 없었던 것이다.

좋지 못한 기분으로 그 부분을 읽어 내려간 관우는 서둘러 다음 내용으로 시선을 옮겼다. 거기엔 마지막으로 지령문에 대한 설명이 쓰여 있었다.

하지만 그 순간 관우는 의아함을 느껴야만 했다. 뜻밖에도 그 내용이 앞선 두 문파에 대한 것들과 비교하여 매우 적었던 것이다.

지령문은 세 문파 중 그 정체가 가장 드러나지 않은 곳이다. 그들은 발흥의 주기 때마다 항상 다른 두 문파의 배후에서 움직였다. 그들이 그런 행동을 하는 이유에 대해서는 아직 정확히 아는 바가 없다. 그러나 그렇다고 그들의 힘이 다른 두 문파에 비해 떨어진다고는 확언할 수 없다.

유일하게 그들과 직접 대면한 이십오대 조사께선 그들에 대해, '술수가 매우 까다로워 대처하기가 쉽지 않다'고 기록해 놓으셨다. 여기 미흡하나마 그때 그들이 사용했던 술법에 대한 설명과 의견을 적어놓으니……

그렇게 이어진 뒷부분에는 지령문의 몇 가지 술법들이 적혀 있었지만, 고작 세 가지뿐이었다. 그것도 다른 문파의 것들과 비교하면 설명이 매우 초라한 수준이었다.

하지만 앞서 두 문파의 술법들을 살펴본 바 있는 관우이기에 그 정도로도 지령문의 술법들이 가진 특징을 조금이나마 이해할 수 있었다.

그중 모든 술법의 근간으로 보이는 육조력(陸操力)이 그 까다로움을 단적으로 보여주는 예였다.

순식간에 땅을 일으켜 산을 만드는 것이나, 반대로 순식간에 땅을 꺼지게 만드는 것, 또는 큰 진동을 일으키는 것 따위는 예사였다.

풍령문의 입장에서 이들이 까다로울 수밖에 없는 이유는 바로 이들이 육조력을 통해 바람을 제한하고 통제한다는 것이었다.

바람은 어디서든 지형에 영향을 받을 수밖에 없다. 지형의 고저(高低), 광협(廣狹)에 따라 바람의 향방과 그 세기가 결정되는 것이다.

육조력은 바로 이 점을 이용하여 풍령문의 섭풍술을 방해할 수 있었다. 바람을 가두고 바람을 소멸시킬 수 있는 능력이 이들에겐 있었다. 때문에 두루마리에서는 이들을 만난다면 처음부터 육조력을 고려하여 섭풍술을 펼치라 충고하고 있었다. 그렇지 않으면 모든 공격이 수포로 돌아갈 위험이 있기에…….

"으음, 정말 놀랍도록 대단하구나. 우리 풍령문이 이런 자들을 지금껏 제압해 왔단 말인가!"

마침내 탁자에 놓인 두루마리를 모두 읽은 관우는 손에서 그것들을 내려놓으며 탄성을 발했다.

마치 환상과도 같은 일들이 지금껏 있어왔으며, 이제 곧 그일이 자신에게 닥친다고 생각하니 한편으론 마음이 설레고, 또 한편으론 두려운 마음도 들었다.

그러나 자신이 온전한 능력을 발휘할 수 있게 되면 지금 느끼는 두려움 따위는 저절로 사라질 거라 자위하는 관우였다.

"몸은 좀 어떠하냐?"

상념에 잠겨 있던 관우는 등 뒤에서 들려온 환무길의 음성에 서둘러 자리에서 일어서며 자세를 단정히 했다.

"사부님, 오셨습니까. 몸은 괜찮습니다."

갑자기 나타난 환무길이지만, 이제는 익숙해진 탓에 더 이상 놀랍지는 않았다.

"다행이구나. 그래, 읽어보라 한 것은 모두 읽어보았느냐?"

"예, 조금 전에 모두 읽어보았습니다."

환무길은 묵묵히 고개를 한차례 끄덕이더니 석실의 문을 열었다.

"따라오너라. 이제부터 네가 해야 할 것이 있다."

"……?"

관우의 대답을 기다리지도 않고 환무길은 석실을 빠져나갔다. 이에 관우는 어쩔 수 없이 의문을 품고 그를 따라나설 수밖에 없었다.

석실을 빠져나온 환무길은 동굴 밖으로 향하지 않고 오히려 더욱 안쪽으로 깊숙이 걸어 들어갔다.

말없이 한동안 걷던 환무길이 멈춰 선 것은 동굴의 길이 끝났을 때였다. 하지만 그곳에 이른 관우는 저절로 탄성을 발했다.

"아, 여기에 이런 곳이 있었다니!"

동굴의 좁은 길은 분명 거기서 그쳤다. 그러나 관우의 발아래는 또 다른 넓은 공간이 펼쳐져 있었다.

넓이는 족히 백 보(百步:약 400㎡)나 되었고, 높이 또한 십 장이 훨씬 넘었다. 말이 동굴이지 공터라고 해도 무방할 정도로 평탄한 곳이었다.

관우를 데리고 그곳 한가운데로 내려간 환무길이 대뜸 말했다.

"이제부터 여기가 네가 지낼 곳이다."

"예?"

관우는 자기도 모르게 눈을 크게 뜨며 반문했다.

"여기서 지내란 말씀입니까?"

"그렇다. 침식(寢食) 일체를 이곳에서 해결해야 한다."

환무길의 말이 쉽게 납득되지 않았지만 관우는 이내 고개를 끄덕였다. 사부가 시킨 이상 일단 따르고 보는 게 순서였기 때문이다.

"그럼 저는 이곳에서 무엇을 하는 것입니까?"

"오늘부터 너는 여기서 신체를 단련할 것이다."

이해가 되지 않는 듯한 표정으로 관우는 환무길을 쳐다봤다.

"섭풍술의 수련은 어찌하고 신체를 단련하라는 말씀이신지……?"

"너는 섭풍술을 수련할 필요가 없다."

"……?"

"이미 너는 섭풍술을 깨우치고 있느니라. 다만 네가 섭풍술을 임의대로 펼치지 못하는 까닭은 네 안에서 스스로 풍령을 억제하고 있기 때문이다."

"제가 일부러 섭풍술을 펼치려 하지 않는다는 말씀입니까?"

놀란 관우가 되묻자 환무길은 고개를 저었다.

"일부러 그런다고 볼 수는 없다. 내가 스스로라고 한 것은 네가 의식적으로 섭풍술을 펼치지 않는다기보다는 섭풍술을 펼치지 말아야 한다는 의지가 네 안에 잠재되어 있다고 보았기 때문이다."

"무슨 말씀이신지 더 자세히 설명하여 주실 수는 없는지요?"

"너는 내가 폭포 위에서 너를 떨어뜨리며 그것이 시험이라고 말했던 것을 기억하고 있을 게다."

"예, 기억하고 있습니다."

"그때 너는 매우 위태로운 지경이었다. 폭포 바닥에 떨어졌다면 그대로 목숨을 잃게 되어 있었지. 하지만 너는 죽지 않고 살았다. 어떻게 네가 살 수 있었는지 기억하고 있느냐?"

"자세히는 모르지만… 사부님께서 저를 구하신 것이 아닙니까?"

"아니다. 나는 너를 구하지 않았다. 네 스스로 너를 구한 것이다."

"제가… 말입니까?"

관우는 선뜻 믿기지가 않았다. 그 높이에서 떨어졌는데 자신이 무슨 방법을 써서 살아났단 말인가?

"그럼 혹시 그때 제가 섭풍술을 펼쳐서……?"

환무길의 고개가 끄덕여졌다.

"맞다. 마지막 순간에 네 스스로 섭풍술을 펼치더구나."

"으음……."

그제야 관우는 환무길이 시험을 한다는 것이 무엇이었는지 알 수 있었다.

"극한의 상황에서는 저절로 섭풍술을 펼치게 된다는 뜻이로군요."

"잠재된 의식이 제아무리 강하다고 해도 생의 의지보다 강할 수는 없을 터, 풍령의 능력이 발휘되는 것은 당연하다 할 것이다."

"그렇다면 당가의 여인이 위기에 처했을 때도 역시 그런 까닭으로 섭풍술을 펼칠 수 있었던 것이군요."

"네 스스로 그만큼 급박한 상황이라 여겼던 것이겠지."

'급박한 상황…….'

그때의 일을 떠올린 관우의 머릿속에 죽음을 앞에 둔 당하연의 모습이 떠올랐다. 그때 자신이 가졌던 감정이 어떤 것이었는지 정확히는 모른다. 하지만 그녀가 죽는 것을 두고 볼 수는 없었다. 그것뿐이었다.

'연 매는 별일없이 잘 지내고 있을까?'

유모를 잃고 울적해하던 당하연의 모습이 교차되며 그녀가 조금은 걱정되는 관우였다.

　그러나 곧 상념에서 벗어난 관우는 환무길을 향해 입을 열었다.

　"하면 사부님, 섭풍술을 펼치고 난 후에 큰 고통이 찾아오는 것은 어떻게 설명이 되겠습니까?"

　관우의 물음에 환무길의 얼굴이 약간 굳어졌다.

　"가장 큰 의문이 바로 그것이다. 하나 아무리 생각을 해봐도 명확한 답을 내놓을 수가 없구나. 무엇보다 풍령의 속성에 대하여는 나 역시 아는 바가 없기에 뭐라 속단할 수가 없다. 다만 한 가지 분명한 것은 네 몸이 풍령의 능력을 감당하지 못한다는 사실이다. 그렇기 때문에 고통이 찾아오고, 결국 정신을 잃게 되는 것이다."

　"그러면 어찌해야 합니까? 평상시엔 섭풍술을 펼칠 수도 없을뿐더러 어찌어찌 섭풍술을 펼친다고 해도 결국 스스로 고통에 빠져 버리니, 이런 상태로 본 문의 사명을 어찌 감당할 수 있겠습니까?"

　"물론 그 상태로는 본 문의 사명대로 저들을 제압할 수 없을 것이다. 하나 나는 풍령을 예비하고 너를 본 문으로 보낸 하늘의 뜻을 믿는다. 비록 지금은 네 상태가 그러할지 몰라도 후에는 어떻게 될지 알 수 없는 일이다."

　"하지만 그렇다고 하늘의 뜻만을 기다리며 이대로 가만히 있을 수만은 없질 않습니까?"

"물론이다. 그래서 나는 너를 위해 두 가지 방도를 준비했다. 궁극적으로는 네 스스로 꾸준히 그 원인을 찾아 온전히 풍령의 힘을 사용할 수 있도록 애써야 할 것이나, 그전까지는 그것 말고도 다른 방도를 강구해 보는 것이 현명한 일이라는 판단을 내렸기 때문이다."

다른 방도라는 말에 관우는 문득 떠오르는 것이 있었다.

"그럼… 이곳에서 몸을 단련하라고 하신 것은 바로 그 방도 중 하나입니까?"

"그렇다. 본래 나를 비롯한 본 문의 조사들께선 일부러 신체를 단련하지 않았다. 풍기를 몸 안에 쌓게 되면 섭풍술을 펼치더라도 몸에 전혀 무리가 생기지 않기 때문이다. 하지만 너는 우리와 다르다. 네가 섭풍술을 펼친 뒤 고통스러워하는 것은 네 몸이 그것을 감당하지 못하기 때문인 바, 어떻게든 섭풍술을 감당할 수 있도록 네 몸을 단련하는 것이 필요하다. 언제 어디서 네가 위급한 상황을 만나 섭풍술을 사용하게 될지 알 수 없으니 미리 대비를 해놓아야 한다는 뜻이다. 물론 이것은 방금 전에도 말했듯이 고식지책에 불과하다."

관우는 약간 상기된 얼굴로 환무길에게 물었다.

"정말 몸을 단련하면 섭풍술을 사용한 뒤에도 고통을 느끼지 않을 수 있을까요?"

환무길은 관우의 두 눈에 떠오른 약간의 기대를 엿보았다. 거기엔 어떻게든 문제를 해결해 보려는 의지가 담겨 있었다. 이를 흡족하게 여긴 환무길은 최대한 희망적인 어조로 대답해

주었다.

"확실한 것은 아무것도 없다. 그러나 몸을 단련한다는 것은 체력뿐만 아니라 심력(心力) 또한 강하게 만드는 것, 이 둘이 강해지면 완전하진 않을지라도 분명 고통을 줄일 수는 있을 것이다. 그러니 너는 지금부터 내가 일러주는 것을 명심하고 쉬지 말고 정진해야 한다."

"알겠습니다, 사부님."

대답하는 관우의 태도가 그 어느 때보다 진지했다.

다른 방도가 없었다. 그렇다면 단 일 할의 가능성이라도 붙잡는 것이 현명한 일이리라. 또한 사부인 환무길과 함께라면 해볼 만한 일이었다.

"하면 이제부터 무엇을 하면 되는 겁니까?"

관우가 묻자마자 환무길은 기다렸다는 듯 품속에서 무언가를 꺼냈다.

"그것은 서책이 아닙니까?"

"그렇다. 앞으로 네가 익혀야 할 것이다."

환무길에게서 서책을 받아 든 관우의 시선이 저절로 겉표지를 향했다.

무계심결(無界心訣).

'무계… 한계가 없다는 뜻인가?

표지에 적힌 네 글자를 곱씹어본 관우가 다시 환무길에게로 시선을 옮겼다.

"이것이 무엇입니까, 사부님?"

"무공 서적이다. 정확히는 무공을 익히기 위한 심법이다."

관우는 무공에 대해선 문외한이었다. 그것을 알고 있는 환무길은 간단한 설명을 곁들였다.

"무공이란 것은 신체를 단련하고 그 한계를 극복하기 위해 사람들이 만들어낸 수법이다. 기본적으로 우리가 보기에 쓸모없는 하등한 것들이 대부분이지만, 개중에는 제법 뛰어난 발전을 이룬 것도 간혹 있긴 하다. 이러한 무공은 외가(外家)와 내가(內家)로 나뉘는데, 외가는 단순히 피부와 근골만을 단련하는 것이고, 내가는 호흡을 통해 기혈과 심맥을 조절하고 이를 단련하여 종국에는 일정한 경지를 이뤄 신체의 전반을 강하게 만드는 것을 말한다. 이 중 외가의 무공은 범부들의 잡술을 정리해 놓은 것일 뿐, 눈을 돌릴 만한 가치가 없는 것들이다."

"그렇다면 내가무공의 위력은 어느 정도입니까?"

"내가무공, 즉 내공심법이 가진 힘의 정도는 그 종류에 따라 다르고, 또한 같은 것을 익혔다고 해도 그 익히는 자의 역량에 따라 천차만별의 위력을 보이게 된다. 하여 내가무공의 위력이 어떠한지 한마디로 답해줄 수는 없지만, 본 문의 술법과 비교하여 말해줄 수는 있다."

내가무공과 섭풍술을 비교하여 준다는 말에 관우는 어느 때보다 관심을 보였다.

왜냐하면 이미 내가무공을 익힌 강호의 무인들과 대면한 경험이 있기 때문이었다.

당하연과 홍도쌍살의 싸움을 바로 옆에서 목도한 관우로서
는 과연 섭풍술 등과 비교하여 무공의 위력이 어느 정도나 되
는지 궁금하지 않을 수 없었다.

"내가무공은 기를 이용하여 위력을 발휘한다. 이 점에 있어
서는 본 문의 섭풍술과 크게 다르지 않다고 할 것이다. 그러나
본 문의 섭풍술이 자연의 기, 즉 바람의 기 자체를 이용하는 것
인 데 반하여 내가무공은 자연에 존재하는 기를 일단 몸 안으
로 받아들인 후 그것을 진기로 만들어 사용하는 점에서 다르
다. 사람은 누구나 나면서부터 기를 지니고 있으니 이것을 선
천지기라 하고, 호흡을 통해 몸 안으로 들어온 자연의 기를 후
천지기라 한다. 내가무공은 바로 이 선천지기를 후천지기를
통해 보(保)하고 강화시켜 주는 도구라고 할 수 있다. 그리고
이러한 작용을 통해 만들어진 것이 앞서 언급한 진기라는 것
이다. 따라서 진기는 순수한 자연의 기 자체가 아니라 사람이
필요에 따라 만들어낸 기운이기 때문에 자연히 그 기운이 탁
할 수밖에 없고, 본래 자연의 기가 지닌 위력의 채 일 할도 발
휘하지 못하게 되는 것이 상례다."

'음, 일 할이라……. 차이가 그 정도일 줄이야!'

관우는 새삼 섭풍술의 위력에 감탄하면서도 한편으론 염려
가 되었다.

"그렇다면 사부님, 그 정도의 위력을 가진 무공을 익힌다고
하여 제 몸이 섭풍술을 감당할 수 있을 정도로 단련될 수 있을

지 의문입니다."

관우가 걱정스럽게 말하자 환무길은 가볍게 고개를 저어 보였다.

"그것은 꼭 그렇지만은 않다. 내가 말한 것은 본 문의 술법과 내가무공 사이의 기본적인 위력의 차이에 대한 것일 뿐, 모든 내가무공이 그렇다는 것은 아니다."

"그럼 더 큰 위력을 지닌 무공이 있다는 말씀입니까?"

"너는 구대문파와 같은 큰 명성을 얻은 무공 지파에 대해 들어보았느냐?"

"예, 구대문파라면 저도 사람들에게서 들어본 적이 있습니다."

아무리 관우가 기억을 잃었다곤 해도 관불귀와 다니면서 사람들을 통해 전해 들은 것은 적지 않았다.

그중에서도 강호의 이름난 문파들에 관한 이야기는 어딜 가나 빠지지 않는 화젯거리였다.

"바로 그러한 문파들의 무공이 여타의 무공들과는 확실히 다른 위력을 지니고 있다. 저들은 오랜 세월 동안 발전되어 온 무공들을 섭렵하여 가장 정심(精深)한 호흡법과 운기법을 찾아내었다. 저들의 것은 내가무공으로 도달할 수 있는 가장 높은 경지를 이뤄낸 것들이라 말할 수 있을 것이다."

"그렇다면 저들이 가진 무공의 위력은 섭풍술과 비교하여 어느 정도입니까?"

"조금씩은 차이가 있으나 무공이 극에 달한 것을 기준으로 삼을 경우 대체로 오 할 안팎이라 할 것이다."

"으음……."

앞서 일반적인 무공이 일 할 정도라고 한 것에 비하면 매우 큰 차이였다.

하지만 관우에겐 여전히 실망스런 수치였다.

환무길은 그러한 관우의 반응을 알고 있으면서도 계속해서 말을 이어나갔다.

"무공의 위력을 따지기 전에 네가 먼저 알아야 할 것이 있다. 바로 본 문의 섭풍술이 지닌 위력에는 단순한 힘의 크기로는 가늠할 수 없는 것이 담겨져 있다는 사실이다. 그것은 사람의 정신을 지배하는 힘, 곧 영력(靈力)이란 것이다."

"……?"

"영력은 하늘이 만물 중에서 오직 사람에게만 부여한 것이다. 영력은 사람이 하늘과 소통하는 길인 동시에 만물을 온전히 지배하는 힘이다. 그러나 이러한 영력을 발휘할 수 있는 사람은 전무하다. 사람 스스로 오래전 이미 그 방도를 잃어버렸기 때문이다. 그러나 본 문의 섭풍술엔 이러한 영력을 일깨워 발전시키는 방도가 담겨 있다. 따라서 본 문의 사람은 영력을 이용할 수 있으며, 이는 광령문 등 다른 세 문파 역시 마찬가지다."

뜻밖의 말을 들은 관우는 고개를 끄덕이면서도 의문스러운 점을 즉각 이야기했다.

"다른 세 문파도 영력을 사용할 수 있다면, 제가 아무리 뛰어난 무공을 익혔다고 해도 별 소용이 없질 않겠습니까?"

환무길은 관우가 자신의 말을 바로 이해한 것에 만족하며 고개를 끄덕였다.

"내가 말하고자 한 것이 바로 그것이다. 본 문이 지금까지 저들을 제압할 수 있었던 것은 섭풍술의 위력 때문만이 아니라, 영력이 저들보다 훨씬 앞서 있었기 때문이다. 그리고 저들이 주기가 더해질수록 강해지는 것 또한 영력과 무관하지 않다. 따라서 네가 익힐 무공은 반드시 영력을 일깨울 수 있는 것이라야만 한다. 그러한 무공은 앞서 언급한 문파 중에서도 소수만이 지니고 있다."

"그곳이 어디입니까?"

"소림사나 무당파 등 불도와 선도에 기반을 둔 문파들이 바로 그곳들이다. 영력이란 것은 정신에 기초한 것인 바, 정신의 수양을 강조하는 그들 문파들의 무공에는 영력을 일깨울 수 있는 길이 내재되어 있다."

"그럼… 이 무계심결이란 것이 바로 영력을 일깨울 수 있는 무공이로군요?"

"그렇다. 비록 극히 기초적이기는 하나 저들의 영력에 대응할 수 있을 만큼의 수준은 될 것이다."

"그런데 이 무공은 어느 문파의 것입니까? 소림입니까, 아니면 무당……?"

환무길은 고개를 가로저었다.

"둘 다 아니다. 그들의 무공이 뛰어나긴 하지만 네게는 적합하지 않다."

"그럼 이것은 어느 문파의 무공입니까?"

"천문(天門)이란 곳의 무공이다."

"천문? 음… 그곳에 대하여는 들어본 적이 없는 것 같습니다."

"당연한 일이다. 천문은 범인은 물론이고 강호인들에게조차 알려지지 않은 문파이기 때문이다. 천문의 존재를 알고 있는 자들은 극히 소수뿐이다."

"그렇다면 천문이란 곳은 강호인들이 말하는 신비 문파인가 보군요."

"그렇다고 볼 수 있다."

"하면 왜 굳이 그 문파의 무공을 제게 주신 겁니까?"

환무길은 관우의 물음에 답을 하지 않고 오히려 질문을 던졌다.

"너는 일전에 내가 바람의 속성이 무성이라고 한 것을 기억하고 있느냐?"

"예, 기억하고 있습니다. 그 때문에 저들 세 문파에서 제가 정체를 드러내기 전에는 제가 본 문의 사람인지 알아보지 못한다고 하셨지 않습니까?"

"맞다. 내가 불도와 선도의 무공을 택하지 않은 것이 바로 그 때문이다. 내가의 심법은 기본적으로 취하는 바에 따라 각각 특유의 성질을 가지고 있다. 때문에 각각의 심법은 서로 융화되기가 어렵다. 한 사람이 두 개의 심법을 익히지 못하는 까닭 중 하나도 바로 거기에 있지. 본 문의 섭풍술은 아무런 성질이 없는 바람을 이용하는 바, 특유의 성질을 가진 무공을 익히는 것은 바람직한 일이 아니다. 소림이나 무당과 같은 곳의 무공 역시 자연스레 불도와 선도의 고유 속성을 그 무공에 담고 있기에 택하지 않은 것이다."

"사부님의 말씀대로라면 그러한 무공과는 다르게 이 무계심결은 특유의 성질을 갖고 있지 않다는 것이로군요?"

"그렇다. 무계심결은 희귀하게도 무성을 띠고 있는 무공이다."

"한데 사부님께선 이것을 어떻게 가지고 계신 겁니까? 제가 알기로는 이러한 것들은 비급이라 아무에게나 보여주지 않는다고 들었습니다만……."

"잠시 빌려온 것이다."

"……?"

관우는 환무길의 얼굴을 새삼스레 쳐다봤다.

문파에서 가장 귀하다고 할 수 있는 무공 비급을 남에게 빌려준다는 것은 딱 한 가지 경우밖에 없다. 빌려주는 자와 빌리는 자가 이미 잘 알고 있는 사이라는 것.

그것도 그냥 잘 아는 사이가 아니라, 가장 귀한 것을 함께 나눌 수 있을 정도의 관계라는 뜻이다.

"사부님께선 본래 천문을 알고 계셨던 겁니까?"

관우의 추측은 틀리지 않았다.

"본 문과 천문이 인연을 맺은 것은 오래전의 일이다. 저들 세 문파를 빼놓고는 유일하게 본 문에 대하여 알고 있는 곳이기도 하다. 그들은 평시에는 정체를 드러내지 않다가 강호의 질서가 무너질 때 그것을 바로잡는 일을 담당해 왔다. 그런 그들이 본 문의 삼십이대 조사님과 인연을 맺은 것은 하늘의 뜻이라고밖에는 생각할 수 없다. 당시 열일곱 번째 주기를 당한 삼십이대 조사님께서는 역대 조사님들 중에서 그 지닌바 힘이 완벽하지 않은 상태셨다. 전대 조사님과 만난 시기가 너무도 늦었기 때문에 섭풍술을 온전히 익히지 못했기 때문이다. 그로 인해 저들 세 문파를 제압하기가 쉽지 않으셨고. 그렇게 큰 고전을 면치 못하고 있을 때 그들이 나타난 것이다."

"천문이 말입니까?"

"그렇다. 후에 알게 된 일이지만, 그들은 이미 오래전부터 이백 년마다 반복되는 심상치 않은 분위기를 감지해 왔고, 그러던 차에 우연히 본 문의 삼십이대 조사께서 저들 세 문파를 상대하시는 모습을 보게 된 것이다. 그들의 힘은 본 문과 저들 세 문파에 비하면 매우 낮은 수준이었지만, 분명 여타 무공을 사용하는 문파들과는 차원이 다른 힘을 지니고 있었다. 그들의 도움으로 삼십이대 조사께선 마침내 저들을 제압할 수가 있었다."

"음… 그런 일이 있었군요."

이야기를 들으면서 과연 환무길의 말대로 풍령문과 천문이 인연을 맺은 것은 우연이 아닌 하늘의 뜻이었다는 데 동감한 관우였다.

하늘은 삼십이대 조사가 겪을 상황까지 미리 알고 천문을 안배해 놓았던 것이다.

"이후에도 계속해서 그들과 인연을 맺어왔던 것입니까?"

"그건 아니다. 그들과의 직접적인 인연은 그것이 유일하다. 이후엔 전과 같이 본 문의 힘만으로도 저들을 제압할 수 있었기에 천문의 도움을 받을 필요가 없었기 때문이다. 이번 역시 네가 익힐 무공을 빌리기 위해서가 아니었다면 그들을 직접 만날 일은 없었을 것이다."

관우는 환무길이 잠시 다녀올 곳이 있다고 말한 곳이 바로 천문이었음을 알 수 있었다.

지금까지 있었던 긴 설명으로 궁금했던 것 대부분을 해결한 관우는 손에 쥔 무계심결의 겉장을 조심스레 넘겼다. 이제 본격적으로 무계심결의 내용을 살펴볼 마음이 생긴 것이다.

겉장을 넘기자 여백을 빽빽하게 채운 무수한 글자들이 눈에 들어왔다.

거기엔 심결의 특징과 운용 방법이 매우 자세하게 적혀 있었고, 기타 다른 내용도 상당 부분 포함되어 있었다.

하지만 무공에 문외한인 관우였기에 내용이 언뜻 눈에 잘 들어오진 않았다.

다만 한 가지 알 수 있었던 것은 이것이 최근에 누군가가 원본을 기본으로 새롭게 작성했다는 점이었다. 깔끔한 종이의 상태와 선명한 글자가 바로 그 증거였다.

관우의 행동을 가만히 지켜보던 환무길이 입을 열었다.

"천천히 살펴보면 알겠지만, 혼자서 무계심결을 익히는 것은 불가능하다. 그래서 네가 이곳에 있는 동안 너의 수련을 도울 자가 한 명 올 것이다."

"수련을 돕는 자라니요?

조금 놀란 듯 책장을 넘기던 관우의 행동이 그대로 멈췄다.

"천문에서 네 수련을 돕기 위해 사람을 보내주기로 하였다. 아무래도 그들의 무공이니 그들이 직접 가르치는 것이 합당하다 여겼기에 나 역시 흔쾌히 동의했다."

"그럼 그자가 무계심결의 수련을 돕게 되는 것입니까?"

환무길은 고개를 끄덕였다.

"그들에게 듣기로는 무계심결을 익히기 위해서는 먼저 어떠한 조치가 반드시 필요하다고 하더구나. 그가 바로 그 조치를 네게 해줄 것이며, 아울러 다른 수련도 함께 병행하게 될 것이다."

"다른 수련이라면 어떤……?"

"자세한 것은 나도 모른다. 네 신체를 단련하는 일은 이미 모두 그들에게 맡겼으니 그에 관한 일은 내일 천문의 사람이 찾아오거든 그에게 묻도록 하여라."

"알겠습니다, 사부님. 그런데 제가 수련을 하는 동안 사부님께서는 저와 함께 계시지 않는 것입니까?"

"아마도 그럴 것 같구나. 나는 따로 해야 할 일이 있기 때문이다."

"무슨 일인지 여쭤도 되겠습니까?"

"지금으로선 내가 앞서 말한 두 가지 방도 중 나머지 하나를 위한 일이라는 것 외엔 말해줄 수가 없구나. 네가 수련을 마치게 되면 그때 가서 말해주겠다."

환무길이 그렇게 말하자 더욱 궁금증이 일었지만, 관우는 알겠다고 대답하고는 더 이상 묻지 않았다.

"이곳에는 지내는 동안 무엇을 어떻게 먹을지, 또 그 외 다른 생활은 어찌해야 하는지 등은 천문에서 사람이 오면 그자가 지시한 대로 따르도록 하여라. 모든 것이 수련의 연장이 될 것이다."

"그렇게 하겠습니다."

대답하는 관우의 얼굴을 잠시 바라보던 환무길은 이내 진중한 음성으로 말했다.

"자세히는 모르나 수련이 예상보다 고될 수도 있을 게다. 하나 본 문의 사명을 항시 기억하여 견뎌내길 바란다."

"사부님 말씀, 명심하겠습니다."

환무길은 관우의 의지에 찬 두 눈을 보며 묵묵히 고개를 끄덕였다. 그리곤 이내 관우를 남겨두고 그곳을 빠져나갔다.

혼자가 된 관우는 천천히 시선을 옮겨 지하 광장 여기저기를 살피기 시작했다.

"이제 이곳이 내 연무장이 되겠구나."

기분이 묘했다.

무언가에 대한 기대와 염려, 약간의 당황스러움이 뒤섞였다고나 할까?

하지만 내일부터 모든 것이 확실해질 것이다. 자신의 앞에 과연 어떤 일들이 기다리고 있는지.

第八章

무계심결(無界心訣)

風神遺事

풍신유사

"거경상단(巨境商團)의 진무영이라 합니다."

청년은 얼핏 보기에 평범했다.

그는 안남인의 복색이 아닌 전형적인 한족의 복색을 하고 있었다. 유사(儒士)들이 즐겨 입는 사령대금관수삼(斜領大襟寬袖衫)을 걸치고 이마엔 사방평정건(四方平定巾)을 두른 그의 모습은 매우 기품있고 단정해 보였다.

그러나 당정효와 당인효는 다른 이유 때문에 눈앞에 앉은 청년에게서 쉽게 시선을 떼지 못했다.

'분명 사내이거늘, 어찌 용모가 이리도 아름다울 수 있단 말인가!'

웬만한 미녀는 부끄러워 청년 앞에 서지도 못할 것 같았다.

백옥 같은 피부에 갸름한 턱 선, 짙은 두 눈썹 아래 자리한 눈망울을 보고 있자니 가히 보도(寶圖) 안의 미인이 현현(顯顯)한 듯한 착각이 들 정도였다.

　"고명하신 당가주를 뵙는 기회를 얻게 되어 소생에겐 큰 영광입니다."

　진무영이 자리에 앉으며 가볍게 예를 갖추자 당정효는 가볍게 웃었다.

　"사람이 사람을 만나는 일에 어찌 영광이란 말이 어울리겠소. 그저 서로 즐거우면 족한 것 아니겠소?"

　"하하, 과연 듣던 대로 당가주께선 호인이십니다. 그 말씀을 들으니 소생의 마음이 한결 편안해지는군요."

　마주 미소 지은 두 사람은 차가 탁자에 차려지길 기다린 후 다시 입을 열었다.

　"드시오."

　"보이차(普洱茶)로군요."

　"안남에서 오셨다기에 특별히 준비하라 일렀소."

　"배려에 감사합니다."

　보이차는 단차(團茶:덩어리 차)다. 단차는 나라에서 사치를 이유로 생산을 금지시켰다. 그러나 조정의 감시가 비교적 소홀한 남방 지역에서는 여전히 단차가 공공연하게 유통되고 있었다.

　그중 보이차는 운남과 사천, 귀주 일대에서 유명한 차로, 특히 안남에서 재배된 것은 다른 지역의 것보다 그 향이 깊었다.

차를 한 모금 들이켠 진무영은 촉촉해진 입술을 살짝 움직이며 당정효를 응시했다.

"바쁘신 줄 알고 제가 당가주를 찾아뵌 용건을 바로 말씀드리겠습니다. 이미 전해 들으셨겠지만, 저희가 이번에 상아를 조금 들여왔습니다."

말을 마치며 진무영은 뒤에 시립한 수하에게 눈짓했다. 그러자 수하는 손에 들고 있던 천에 싸인 물건을 탁자 위에 올려놓았다.

당정효와 당인효의 시선이 절로 물건으로 향했고, 곧 물건을 싸고 있던 천이 풀어졌다.

"음……!"

두 사람의 입에서 가벼운 탄성이 동시에 터져 나왔다.

진짜 상아였다. 윤기는 물론이고, 조금의 흠도 보이질 않았다.

둘 중 보다 안목이 있는 당인효가 상아를 더욱 유심히 살폈다. 특별히 그가 주목한 곳은 잘린 단면이었다.

상아의 품질은 외양보다는 단면의 모양으로 결정된다. 대부분의 상아는 둥근 호선이 교차된 모양의 단면을 가지고 있다. 그러나 특별한 경우엔 매우 희귀한 모양을 띠는 경우가 있는데, 바로 그러한 것들이 극상품으로 인정되고 있었다.

기대를 가지고 단면을 살핀 당인효의 눈에 다시 한 번 놀람의 빛이 떠올랐다.

일정한 방향으로 꺾인 곡선들.

마치 소용돌이치듯 휘감긴 선들이 기이한 모양을 이루고 있었다.

"뇌문(雷文)이군!"

나직하게 중얼거린 당인효는 곧 당정효를 바라보며 가볍게 고개를 끄덕였다.

"최상품입니다."

"음......."

역시 한차례 고개를 끄덕여 보인 당정효의 시선이 진무영을 향했다. 묵묵히 두 사람의 하는 양을 지켜보던 진무영의 얼굴엔 희미한 미소가 머물고 있었다.

"참으로 진귀한 물건을 가지고 오셨구려. 전체 물량은 어느 정도나 되오?"

"오천 근 정도 됩니다."

"......!"

당정효는 놀라움을 숨기지 않았다. 그리고 이는 당인효도 마찬가지였다.

"오천 근이라면 상단 한 곳에서 구할 수 있는 양이 아닌 듯한데, 혹 실례가 아니라면 그 많은 양을 어찌 구했는지 알 수 있겠소?"

당정효의 말대로였다.

대상(大象) 한 마리에게서 얻을 수 있는 상아가 백오십 근에서 이백 근 정도 된다. 따라서 오천 근이란 말은 어림잡아도 대상 스무 마리 이상에게서 취한 양이라는 소리였다.

상아를 취급하는 대다수의 상단이 중원으로 들여올 수 있는 양이 기껏해야 수백 근인 것을 고려하면 이는 실로 막대한 양이었다. 그렇기에 당정효의 궁금함은 당연한 것이었다.

하지만 이에 대한 진무영의 대답은 예상 밖의 것이었다.

"본 상단에선 이미 오래전부터 이만한 양의 상아를 취급해 왔습니다. 다만 지금까지는 몇몇 소수의 상인들에게 배분하여 중원과 거래를 해왔고, 본 상단의 이름을 내걸고 거래를 하지 않았을 뿐이지요."

그의 말을 들은 당정효의 두 눈에 이채가 어렸다. 진무영의 대답은 간단한 것 같으면서도 제법 많은 의미를 내포하고 있었기 때문이다.

"음… 그 말인즉, 지금까지 중원과 안남 간에 있어온 상아 거래가 실질적으로는 모두 귀 상단의 주관하에 이루어졌다는 뜻이오?"

"그렇습니다. 정확히는 중원과 안남 사이뿐만 아니라 그 외 지역 몇 곳도 포함됩니다."

"……!"

당정효의 놀라움은 극에 달했다. 그 외 지역도 포함된다니.

현재 당가에서 파악하고 있는 바로는 중원에서 거래되는 상아의 전체 물량 중 사 할이 안남으로부터 들어오고 있었다. 그런데 진무영의 말대로라면 거경상단이 그 사 할 전체를 담당하는 것도 모자라 다른 지역에까지 손을 뻗치고 있다는 말이다.

당정효가 지금 놀라는 이유는 단순히 그 막대한 양의 거래를 거경상단 홀로 독식한다는 것 때문이 아니었다. 그러한 사실을 자신을 포함한 당가 전체가 지금껏 까맣게 모르고 있었다는 것 자체가 충격이기 때문이었다.

'전혀 조사된 바가 없는 사실이다!'

새삼 진무영의 얼굴을 다시 한 번 쳐다보는 당정효였다.

거경상단.

진무영이 밝혔듯이 지금까지는 전혀 실체가 드러나지 않은 상단이었다. 그런데 그 실체를 드러낸 지금, 결코 무시할 수 없는 상세(商勢)를 과시하며 당가의 앞에 나타났다.

이제 중요한 것은 이들이 왜 자신의 앞에 나타났느냐 하는 것이었다. 당정효가 그것을 물을 찰나, 잠자코 있던 당인효가 나섰다.

"가주님, 제가 질문을 해도 될는지요?"

아우의 마음 또한 자신과 같음을 알아챈 당정효는 묵묵히 고개를 끄덕임으로써 동의를 표했다. 이에 당인효가 진무영을 응시하며 입을 열었다.

"정말 놀라운 이야기요. 귀 상단의 규모가 그리 대단한지는 미처 예상치 못했소."

진무영을 향해 말을 하는 당인효의 음성에선 어느 때보다 진지함이 묻어났다.

"한데 한 가지 궁금한 것이 있소. 그런 많은 물량의 상아를 가지고 굳이 본 가를 찾아온 이유가 무엇이오?"

"그야 당연히 귀 가문과 거래를 하고 싶어서이지요."

답을 하는 진무영의 표정엔 전혀 변화가 없었다. 그가 짐짓 여유를 부리고 있음을 안 당인효는 약간의 씁쓸한 미소를 보였다.

"그래서 묻는 거요. 중원에는 본 가를 제외하고도 이 정도의 물량을 감당할 수 있을 만한 상단이 몇 곳 더 있질 않소?"

"물론 있지요. 하지만 방금 말씀드렸다시피 소생은 귀 가문과 거래를 하러 온 것입니다. 다른 상단은 의미가 없지요."

'다른 상단은 의미가 없다……?'

당인효는 진무영의 말이 의미하는 바가 무엇인지 잠시 생각했다. 그리고 아직 확실치는 않지만 한 가지는 짐작할 수 있었다. 오늘 진무영이 이곳을 찾아온 것이 결코 단순한 일이 아니라는 것을……

"반드시 본 가와 거래를 해야 한다는 뜻으로 들리는데, 까닭이 있소?"

진무영은 당인효가 질문하자마자 기다렸다는 듯이 대답했다.

"본 상단이 귀 가문을 택한 이유는 다른 곳과 달리 당가는 단순한 상단이 아니기 때문입니다."

"……?"

"귀 가문은 커다란 상단이면서 또한 강호를 지탱하는 명문대파이기도 하지요."

그제야 당인효는 진무영의 말뜻을 확실히 알 수 있었다.

"그 말은 곧, 상단으로서가 아니라 강호문파로서의 본가와 거래를 하고 싶다는 말이오?"

"일단은 그렇습니다."

"⋯⋯?"

진무영의 짧은 대답에 당인효는 물론이고, 당정효의 얼굴이 살짝 굳었다.

약간의 무례함과 알 수 없는 어조가 뒤섞인 애매한 대답이었다. 진무영의 얼굴에 떠오른 옅은 미소 또한 두 사람의 심기를 더욱 불편하게 만들고 있었다.

당인효는 그러한 기색을 숨기지 않았다.

"재밌는 대답이오. 하지만 과연 가져온 물건으로 상단으로서가 아닌 강호문파로서의 본 가와 할 수 있는 거래가 있을지 의문이구려."

"훗."

진무영의 미소가 짙어졌다. 그 미소를 대한 당인효는 하마터면 또다시 그를 여인으로 착각할 뻔했다.

'음⋯ 알 수 없는 자로군.'

장사로 잔뼈가 굵은 그가 봐도 쉽게 마음을 읽을 수가 없다. 많게 봐야 약관을 갓 넘겼을 법한 청년을 상대하며 이런 기분이 드는 것은 그로서도 처음 있는 일이었다.

"소생이 거래를 언급한 것은 사실 가져온 상아를 두고 한 말이 아닙니다."

"상아가 아니라면⋯ 다른 물건이라도 있는 거요?"

"물건은 없습니다. 다만 두 분께 보여 드릴 것은 있지요."

순간,

'음?'

당인효와 당정효는 볼 수 있었다, 찰나지간 진무영의 미간에서 희끄무레한 무언가가 꿈틀거린 것을.

팟!

"크윽!"

둘은 황급히 손을 들어 눈앞을 가렸다.

눈부신 광채가 온 방 안에 조요(照耀)했다.

당정효는 만류귀원신공을 일으키며 어떻게든 눈을 떠보려 했으나 허사였다. 오히려 두 눈엔 더욱 큰 고통이 찾아왔다. 진무영에게서 뿜어져 나오는 광채는 감히 마주할 수 없을 만큼 밝았다.

"쓸데없는 저항은 하지 않는 게 좋을 겁니다. 자칫 실명할 수도 있으니까. 소생도 그것까진 바라지 않습니다."

빛 속에서 들려오는 진무영의 음성은 여전히 차분했다. 그러나 당정효는 그의 말이 단순한 협박이 아님을 알 수 있었다.

뺨을 타고 흐르는 것.

그것은 피였다. 감은 두 눈에선 지금 피가 흘러내리고 있었다.

"으으……!"

한차례 분노의 괴성을 내뱉은 그는 곧 마음을 가라앉혔다.

"네놈의 정체가 무엇이냐?!"

암담한 상황임에도 불구하고 당정효의 음성에선 조금의 위축감도 느낄 수 없었다.

"과연 강호삼대세가의 수장답군요. 호방한 기세가 마음에 듭니다."

"헛소리는 집어치우고 누구인지부터 말해라!"

"훗."

진무영은 나직하게 웃었다.

"소생의 정체를 알 필요는 없습니다. 당가주께서 아셔야 할 것은 소생의 정체가 아니라 소생이 어떤 사람인가입니다. 그럼 지금부터 소생이 어떤 사람인지 설명해 드리지요. 소생은 손가락 하나 움직이지 않고 당가주를 제압할 수 있는 사람이며, 지금 당장 당가주의 숨통을 끊어놓을 수 있는 사람입니다. 뿐만 아니라, 마음만 먹으면 이곳 당가에 있는 식솔들 또한 한순간에 해치울 수 있는 능력을 지니고 있기도 하지요."

실로 광오한 말이었다.

하지만 당정효는 그저 말없이 입술을 깨물어야 했다. 진무영의 말은 과장된 것이 아니었다. 진무영은 자신과 당인효를 단숨에 꼼짝 못하게 만듦으로써 지금 그 증거를 여실히 보여주고 있었던 것이다.

"원하는 것이 무엇이냐?"

당정효의 음성은 한층 누그러져 있었다.

두려워서가 아니었다. 가문을 지키기 위한 가주로서의 대응이었다. 진무영은 자신을 죽일 수 있음에도 죽이지 않고 있었다. 그것은 무얼 말하는가? 바로 원하는 것이 있기 때문이다.

"이제야 대화가 순조롭게 진행될 수 있을 듯하군요. 소생이 특별이 원하는 것은 없습니다. 처음부터 밝힌 대로 그저 거래를 하고 싶을 뿐이지요."

"……."

당정효는 묵묵히 진무영의 다음 말을 기다렸다. 진짜 원하는 것을 밝힐 차례였던 것이다.

"앞으로 소생이 할 일에 당가주께서 힘을 조금 보태주셨으면 합니다."

"알기 쉽게 말해라. 너는 분명 거래라고 했다."

"훗, 맞습니다. 분명 거래라고 했지요. 하여 소생은 오늘 가지고 온 상아는 물론이고, 앞으로도 당가주께 소생을 도와주시는 것에 대한 응분의 보답을 해드릴 겁니다."

"내가 거절하겠다면 어쩌겠느냐?"

"후후."

진무영은 대답 대신 웃음을 머금었다. 하지만 당정효는 그 웃음소릴 들으며 바짝 긴장하지 않을 수 없었다. 진무영에게서 뿜어져 나오는 광채가 순간적으로 더욱 강렬해졌기 때문이다.

"사실 소생은 처음부터 이 거래가 성사되지 않을 거란 생각은 전혀 하질 않았습니다. 왜냐면 당가주께선 절대 손해 보는 장사를 하지 않으실 거라 믿었기 때문입니다. 당가가 가진 모든 것을 잃는 것보다는 소생을 돕는 일이 훨씬 이득이 되겠지요. 그렇지 않습니까, 당가주?"

"크으! 굳이 본 가를 찾아와 이러는 이유가 무엇이냐?"

"아! 깜빡하고 아직 말씀을 드리지 않았군요. 이번에 본 상단에서 찾아간 곳은 당가뿐만이 아닙니다. 소생이 당가주를 만나고 있는 것과 마찬가지로, 구대문파 중 몇 곳에는 이미 본 상단의 사람들이 도착해 있을 겁니다."

"……!"

놀란 당정효는 더 이상 입을 떼지 못했다.

자신뿐만이 아니라 다른 곳, 그것도 구대문파를 찾아갔다니?

구대문파는 상단이 아니었다. 그들은 오로지 무를 중심으로 움직이는 집단이었다. 그런 곳을 찾아가 거래를 한다?

'이자가 할 일이라는 것이 대체 무엇이기에……?'

당정효는 문득 두려운 마음이 들었다. 그는 조심스럽게 입술을 떼었다.

"할 일… 이란 것이 무엇이지?"

하지만 그에 대한 진무영의 대답은 거침이 없었다.

"당가주께도 제법 흥미로운 일이 될 겁니다. 소생은 강호를 하나로 만들려고 합니다. 물론 소생의 발아래 말이지요."

"……!"

*　　　*　　　*

이튿날 관우는 지하 광장에서 처음으로 눈을 떴다.

자의에 의해서가 아니다. 누군가로부터 옆구리를 차여서였다.

"일어나라. 배우겠다는 놈이 자세가 글러먹었구나!"

초로인은 한눈에 보기에도 무서웠다.

게다가 복색이 매우 특이했다. 발목까지 내려오는 통으로 짠 백의에는 그 흔한 깃조차 보이질 않았다.

맨발로 바닥을 딛고 선 초로인의 머리는 온통 백발로 뒤덮여 있었다. 그에 비하여 얼굴은 중년의 나이라 해도 믿을 정도로 적은 주름을 자랑하고 있었다.

"나는 천문의 삼장로 황벽(黃璧)이다."

자신의 이름을 밝힌 그는 다짜고짜 지하 광장의 중앙으로 관우를 끌고 갔다.

관우는 인사라도 하려고 했지만 황벽은 관우에게 잠시의 틈도 주질 않았다.

"귓구멍 뚫고 잘 들어라. 앞으로 네가 배울 것은 두 가지다. 하나는 무계심결이란 심법이고, 또 다른 하나는 천조검(天造劍)이란 검법이다. 무계심결은 이미 받아 보았겠지?"

"예. 그런데……"

"그만!"

"……?"

"묻는 말에만 대답해라! 앞으로 허락없이 입을 열었다간 주둥이부터 단련시켜 줄 것이니 그리 알아라!"

"아, 예……."

움찔하며 무안해진 관우.

하지만 그러거나 말거나 황벽의 말은 계속 이어졌다.

"무공에 대하여는 전혀 모른다고 들었다. 쯧, 기본부터 설명할 것이니 잘 듣거라. 검은 모든 병기의 기본이다. 다른 병기로 취할 수 있는 공방의 방법은 모두 검으로 실현이 가능하나, 검으로 실현할 수 있는 공방의 자세를 모두 취할 수 있는 병기는 존재하지 않는다. 제아무리 뛰어난 병기라 할지라도 기본인 검을 뛰어넘을 수는 없다. 이와 같은 이유로 백병지왕(百兵之王)이라 불리는 검이지만, 유일한 단점이 있다면 그 성취가 더디다는 것이다. 검을 익히는 데 있어 꾸준함과 인내가 필요한 이유가 바로 이 때문이다. 그럼에도 검은 거의 모든 무인을 사로잡는 매력적인 병기다. 검 한 자루에 삶을 거는 놈들이 부지기수지."

거기까지 말한 황벽은 손에 들고 있던 자신의 검을 중단으로 세웠다.

"검은 단순히 근력만으로 휘두를 수도 있고."

후웅!

"내공을 실어 휘두를 수도 있다."

부웅!

"……!"

황벽이 검을 두 차례 휘두르는 것을 지켜보던 관우의 표정이 순간 급변했다. 두 번의 휘두름이 같은 듯하면서도 매우 달랐던 것이다.

"무엇이 다른지 알겠느냐?"

"소리… 소리가 다르군요."

"왜 다른지 알겠느냐?"

관우는 잠시 침묵하더니 입을 열었다.

"음… 검이 무거워진 것이겠지요. 내공이 들어갔으니."

관우의 대답을 들은 황벽의 눈에 언뜻 이채가 떠올랐다.

"놈, 제법 머리는 굴리는구나. 네 말이 맞다. 무엇이든 내공을 받아들일 수 있는 것에 내공을 주입하면 그것을 더욱 강하게 하거나 무겁게 할 수 있다. 하나 내공이 항상 대상을 강하고 무거워지게만 하는 것은 아니다. 때론 연하고 가볍게 만들 수도 있다. 즉, 내력을 운용하는 자의 의지에 따라, 혹은 지닌 내력의 성질에 따라 다를 수 있다는 것이다."

알 듯 말 듯한 황벽의 말을 관우는 일단 잠자코 듣고 있었다. 그러나 황벽은 여전히 관우의 반응은 신경 쓰지 않고 말을 이었다.

"강호인이라면 누구든지 어려서부터 하루도 빠짐없이 심법수련을 게을리하지 않는다. 심법 수련이 바로 내공을 키우는 것이기 때문이다. 어느 무공이든지 이러한 내공이 바탕이 되지 않는다면 적어도 강호에서는 아무런 의미가 없다. 그저 힘만 믿고 활개 치는 왈패 놈들과 다를 바 없는 것이다. 그런데 한 가지 문제는 내공을 키우기엔 네놈 나이가 너무 많다는 것이다. 기경팔맥(奇經八脈)… 아니, 한마디로 너는 이미 내공을 닦을 시기를 놓쳐 버린 상태라고 보면 된다. 몸이 많이 굳었다는 말이다. 대개가 다섯 살 전후부터 내공을 쌓기 시작한다. 물론 나이가 많더라도 내공을 쌓을 수 없는 것은 아니지만, 그 진도가 매우 더딜 뿐만 아니라 일정 수준 이상의 성취를 이루는 것은 거의 불가능에 가깝다고 할 수 있다."

그 말에 약간 안색을 굳히는 관우였다. 일정 수준 이상의 성취를 기대할 수 없다는 것이 맥 빠지게 만든 것이다.

"그렇다고 그렇게 실망할 필요는 없다. 보통의 경우라면 그렇다는 말이다. 지금까지 이처럼 장황하게 이야기를 한 것은 내공의 중요성을 알려주기 위함이었다. 그럼 이제부터는 내공이 무엇인지 알려주도록 하겠다."

황벽은 잠시도 쉬지 않고 말을 이어갔다. 평소 그가 얼마나 말이 많은지 알고도 남음이 있을 정도였다. 마치 실을 뽑듯 술술 흘러나오는 그의 말은 관우로선 처음 듣는 것들이었다.

하지만 최대한 알기 쉽게 설명해 줬기 때문에 대부분 어렵지 않게 이해할 수 있었다.

"내공을 쌓는다는 것은 단전에 진기(眞氣)를 축적하는 것이다. 진기란 본래부터 몸 안에 있던 기와 외부로부터 받아들인 기가 합쳐져 만들어진 것이고, 단전은 바로 여기에 있는 것을 가리킨다."

황벽은 손가락 끝으로 자신의 배꼽 아래를 짚었다.

"내공 수련은 쉽게 말한다면 곧 호흡이다. 범인(凡人)들이 그저 무의식적으로 폐부를 이용해 숨을 들이켜고 내쉬는 그런 호흡이 아니라 의식적으로 진기를 들이고 내뿜는, 마음으로 하는 호흡을 말한다. 이를 가리켜 조식(調息)이라 한다. 조식과 함께 운기를 하면 약해지는 선천지기(先天之氣)를 보호할 수 있을 뿐만 아니라 본래대로 회복시킬 수도 있다."

잠자코 듣고 있던 관우는 내심 의문을 품었다.

'그렇다면 하루 종일 숨 쉬는 것까지 신경을 써야 한다는 것인가?'

그런데 마치 관우의 속을 들여다본 듯 황벽의 다음 말이 이어졌다.

"그렇다고 꼭 하루 종일 조식을 취해야 하는 것은 아니다. 운기조식을 취하는 방법에는 몇 가지가 있다. 물론 하루 종일 시간 가는 줄도 모르고 운기조식을 하는 경우도 있지만 이런 경우는 매우 드물다. 어떤 깨달음이 있기 전에는 억지로 되지 않는다. 대개가 새 기운이 충만해지는 동이 틀 무렵에 운기조식을 취한다. 운기조식은 가부좌를 틀고 앉아서 하는 것이 대부분이지만, 서서 할 수도 있고 누워서 할 수도 있다."

거기까지 말한 황벽이 잠시 말을 멈췄다. 그리곤 관우의 얼굴을 직시했다.

"하지만 지금까지 내가 한 말은 참고만 하고 모두 잊어도 좋다."

"……?"

의외의 말에 관우 또한 눈을 들어 황벽의 시선과 마주했다.

"왜냐하면 네가 익힐 무계심결은 이러한 보통의 심법들과는 그 궤를 달리하기 때문이다. 지금까지는 무계심결의 특성을 설명하기 위해 기본적인 것들을 이야기한 것에 불과하다. 너는 이제 가부좌를 틀고 앉아라."

관우는 약간 황당한 기분이었다. 질문도 하지 말라고 해서 입도 뻥긋하지 않고 열심히 들었건만 다 잊어도 된다고 하더니, 이젠 무계심결의 특성을 설명해 주려나 했더니만 갑자기 가부좌를 틀고 앉으라는 것이다.

'사부님과는 달리 종잡을 수가 없는 분이구나.'

그렇게 내심 고개를 갸웃거리면서도 시키는 대로 하는 관우였다. 괜히 입을 열어 황벽의 심기를 건드리고 싶지는 않았기 때문이다.

관우가 가부좌를 틀고 앉자 그 뒤에 똑같이 가부좌를 틀고 앉은 황벽은 진지한 음성으로 말을 이었다.

"지금부터 내 말대로만 한다면 어렵지 않게 끝날 것이다. 눈을 감아라."

관우는 시키는 대로 눈을 감았다.

황벽은 즉시 관우의 명문혈로 자신의 오른손을 가져갔다.

"나는 지금부터 네 몸의 임독양맥을 뚫을 것이다. 무계심결을 익히기 위해선 양맥의 타통이 필수이다. 여타 심법들이 내공을 일정 수준 쌓은 후 그 내공을 이용하여 스스로 양맥을 타통하거나 외부의 도움을 받아 타통시키는 것과 달리 무계심결은 그 반대다. 먼저 임독양맥을 타통시킨 후에 비로소 내공을 쌓게 되는 것이다. 양맥이 타통되지 않고는 무계심결을 익힐 수 없기 때문이다."

"……"

관우는 눈을 감은 채 묵묵히 듣고만 있었다.

"정도에 차이가 있겠지만 얼마간 고통이 따를 것이다. 참아라. 절대 눈을 뜨거나 몸을 움직여서는 안 된다. 몸 안에서 네 의지와 무관하게 무언가가 움직이려 할지라도 거부하지 말거라. 그것이 움직이는 대로, 흐르는 대로 내버려 두어야 한다. 알겠느냐?"

알았다는 표시로 고개를 끄덕인 관우.

황벽의 진중한 음성만큼 관우도 긴장하지 않을 수 없었다.

"시작하겠다. 방금 전 내가 한 말을 명심하거라."

말을 마치자마자 황벽의 전신에서 우윳빛 빛무리가 스며 나오기 시작했다. 그것은 점차 밝아지기 시작하더니 곧 형체를 분간할 수 없을 정도의 투명한 빛으로 화했다.

파앗!

그때였다, 관우의 명문혈에 대고 있던 황벽의 손이 하얗게 변해 버린 것은.

그와 동시에 관우는 자신의 등 한가운데로부터 정체를 알 수 없는 온후하고 유한 기운이 밀려 들어오는 것을 느낄 수 있었다.

그 기운은 천천히 아래로 내려가 항문 주변을 맴돌더니 다시금 등줄기를 타고 올라가기 시작했다.

'으음!'

명문혈을 지나 목 뒷부분까지 올라가는 과정에서부터 관우는 마치 좁은 구멍을 억지로 빠져나가는 듯한 갑갑함을 느껴야 했다. 그리고 이내 찾아온 불로 지지는 듯한 화끈거림.

'크읏!'

그것은 곧 무수한 송곳에 찔리는 듯한 통증으로 바뀌었고, 이내 극심한 고통으로 이어지기 시작했다.

이쯤 되자 어지간한 고통 따위엔 눈 하나 깜짝하지 않던 관우도 절로 이를 악물 수밖에 없었다. 바로 그때 황벽의 음성이 관우의 뇌리를 파고들었다.

[견뎌라! 그리고 대정기(大正氣)의 흐름을 놓치지 말거라!]

황벽의 도움으로 관우는 고통에만 집중되던 자신의 심기를 다시금 몸속을 헤집는 기운인 대정기로 되돌릴 수 있었다.

마치 무거운 돌을 들어 올리듯 힘겹게 올라가던 대정기는 어느새 정수리 부근까지 도달해 있었다. 그리고 거기서 잠시 멈추는 듯한 기색을 보이더니 갑자기 거침없이 머릿속을 한바탕 휘돌기 시작했다.

'으으으……!'

그렇게 성난 광풍과도 같이 얼마간 정신을 차릴 수 없을 정도로 휘돌던 대정기는 입술 주변에서 길을 트기 시작했다. 그리곤 약간의 틈이 생기자 이제는 아래로 내려가기 시작했다.

한데 그때부터 조금 전과는 달리 상황이 돌변했다.

찌릿한 통증은 계속되었지만, 대정기가 별다른 어려움과 고통없이 순탄하게 진행하였던 것이다.

'이, 이럴 수가!'

돌변한 상황에 크게 놀란 것은 관우가 아니라 황벽이었다. 관우는 오히려 아무것도 모른 채 한결 평온해진 얼굴을 하고 있었다.

기실 황벽은 천문에서 시행하는 방법대로 무계심결의 정수인 대정기를 이용해 관우의 임맥과 독맥을 타통시키고자 했다. 그리고 방금 전 먼저 독맥을 타통시키는 데 성공했다.

그런데 독맥을 타통시키고 이제 남은 임맥을 뚫으려고 대정기의 흐름을 조종하려던 찰나, 그는 하마터면 대정기를 그의 의지에서 놓쳐 버릴 뻔했다. 관우의 내부 어딘가로부터 어떠한 기운이 대정기를 향해 다가오는 것을 느꼈기 때문이다.

'이게 무엇이지? 분명 무공을 익힌 일이 없다고 했거늘!'

황벽은 마음을 가라앉히고 대정기를 향해 다가오는 그 기운에 온 신경을 집중했다. 만약 그것이 대정기를 거스르려 한다면 큰일이기 때문이었다. 자칫 충돌로 인해 관우의 생명이 위태로울 수 있었다.

하지만 다행히도 그가 우려하던 일은 일어나지 않았다. 오히려 그 기운은 대정기의 주변을 감싸더니 앞장서서 그 흐름을 주도하며 임맥의 길을 트기 시작했다.

'허! 어찌 이런… 말도 안 되는!'

난생처음 겪는 상황에 황벽은 경악했다. 그 기운의 움직임 덕분에 독맥을 타통시킬 때와는 전혀 달리 빠르게 임맥이 뚫리고 있었던 것이다.

게다가 그 기운은 대정기가 지나갈 곳에 먼저 도달하여 그곳을 보호함으로써 관우가 느낄 고통을 반감시키는 역할까지 수행하고 있었다.

'문주께서 무언가 변수가 있을 수도 있으니 각별히 유의하라 하시더니 과연 신비한 능력을 지니고 있는 아이로구나!'

그가 그렇게 내심 감탄을 거듭하는 동안 가슴을 지난 대정기는 어느새 임맥의 끝인 항문 앞쪽까지 도달해 있었다.

이미 타통을 모두 마쳤음에도 황벽은 여전히 믿어지지가 않았다. 그래서 그는 항문 주변을 맴돌고 있던 대정기를 다시금 위로 끌어올려 보았다. 확인하기 위해서였다. 정말로 양맥이 이미 타통되어 있는 상태인지를.

황벽의 의지에 이끌린 대정기는 방향을 틀어 그동안 왔던 길을 빠르게 되돌아갔다.

하지만 마찬가지였다. 역시 대정기의 흐름을 막는 것은 아무것도 없었다. 오히려 한 번 대정기가 지나간 관우의 양맥은 처음보다 더욱 유여하게 대정기를 받아들이고 있었다.

'허! 내 칠십 평생에 이런 황당한 경우를 다 겪게 될 줄이야! 허허!'

내심 고개를 젓던 황벽은 곧 관우의 몸에서 대정기를 거둬들였다.

한편 이 모든 상황을 알 길 없는 관우의 얼굴엔 처음의 고통스런 표정 대신 야릇한 미소가 떠올라 있었다. 기실 관우는 지금 난생처음으로 느껴보는 황홀감에 빠져 있는 중이었다.

발끝에서 머리끝까지 시원한 물줄기가 몸속을 적시며 솟구치는 듯한 느낌.

마치 당장에라도 그 자리에서 천장을 뚫고 하늘로 날아오를 것만 같았다.

관우는 눈을 뜨고 싶지 않았다.

눈을 뜨면 이 기분이 날아가 버릴까 두려워서였다.

해를 넘겨 다시 화창한 봄이 찾아왔다.

부우웅! 부웅!

관우는 오늘도 혼자 지하 광장 한가운데 서서 수없이 목검(木劍)을 휘두르고 있었다.

입고 있던 옷은 이미 한쪽 구석에 벗어놓은 지 오래였고, 풀어헤쳐진 머리카락은 어깨 아래까지 흘러내려 와 있었다.

목검을 휘두를 때마다 잘 갈라진 근육들이 꿈틀거렸다.

이미 양맥의 타통으로 관우의 신체는 변해 있었다.

머리부터 발끝까지 근골의 균형이 잡힌 것은 물론이고, 선천적 또는 후천적으로 얻은 작은 장애와 고통 등이 말끔히 사라져 버렸다.

말 그대로 환골탈태.

얼굴의 생김새에도 미세하게나마 변화가 있어, 다른 사람으로도 충분히 오인받을 수 있을 정도였다.

그런 상태에서 수련을 거듭하니, 땀으로 번들거리는 관우의 몸은 벌써 무인의 그것과 다름이 없었다..

벌써 여섯 달째.

관우의 일과는 이러했다.

새벽 묘시 초(卯時初:새벽 5시)에 일어나 반 시진 동안 황벽과 함께 무계심결을 중점적으로 수련하고, 이후 밥 먹고 잠자는 것을 제외한 모든 시간과 노력을 목검을 휘두르는 데에만 쏟아 부었다.

무계심결의 수련은 관우로서는 하나도 어려울 것이 없었다. 그저 가만히 앉아 있기만 하면 황벽이 관우의 몸에 대정기를 주입하여 그것을 몸속 이리저리로 보내기를 끝없이 반복하는 것이 전부였기 때문이다.

무계심결의 요체는 이러했다.

몸속에 흐르고 있는 진기의 흐름을 자의적으로 유도하는 것을 수없이 반복하여 결국에는 진기가 저절로 그 유도된 길과 순서에 따라 흐르게 만든다는 것이 바로 무계심결의 요체였다.

그렇다고 이것이 시전자의 내공을 소진시키는 것은 아니었다. 주입된 내력은 피시전자의 몸 안에 들어가 진기의 흐름만을 유도할 뿐, 시전이 끝나면 다시 거둬들일 수 있는 것이기 때문이었다.

하지만 이것조차도 한 달 전부터는 하질 않았다. 이미 관우 스스로 단전에 생성된 진기를 운용할 수 있었고, 무계심결도 일단계에 접어들어 이미 모든 호흡 자체가 내공 수련으로 연

결되고 있었기 때문이다.

황벽은 제아무리 특별한 무계심결이라도 하루 반 시진 이상 운기조식을 취하는 것이 기본이라는 당부를 남기고는 지금까지 관우의 앞에 나타나지 않고 있었다.

아무튼 나름대로 내공에 대한 염려를 갖고 있던 관우로선 매우 다행스런 일이었다. 이런 식이라면 빠른 시간 안에 내공의 성취를 높일 수 있을 것이기 때문이다.

그러나 문제는 검법 수련이었다.

황벽이 가르쳐 준 것이라고는 검을 잡는 법과 기본적인 보법, 그리고 검으로 치는 격법(擊法), 베는 세법(洗法), 찌르는 척법(刺法) 등 기본적인 것이 전부였다.

"우선 기본 동작을 완전히 네 몸에 배게 하거라. 초식은 그다음이다."

황벽의 간단한 설명이었다.

그렇게 시작된 검법 수련.

하지만 실제는 설명처럼 간단하지 않았다. 하루 종일 폐쇄된 공간에서 같은 동작을 반복하는 일은 결코 녹록하지 않았다. 그 지루함이란 이루 말할 수 없을 정도였다.

그만두고 싶다는 생각이 든 적도 이미 여러 차례.

그럴 때마다 자신의 사명과 환무길의 당부를 떠올리며 버텨 온 관우였다.

그렇게 한 달이 지났을 무렵.

관우는 뭔가가 조금씩 달라져 가는 것을 스스로 느낄 수 있었다. 서서히 수련을 즐기고 있는 자신을 발견하게 된 것이다.

우선 수련 자체가 복잡하지 않고 지극히 단순하다는 것이 장점으로 다가왔다. 머리를 쓰지 않을 수 있어 오히려 집중이 더욱 잘됐던 것이다.

또한 수련이 고됨에도 불구하고 다음날 자고 일어나면 이상할 정도로 몸이 가벼워진다는 점도 관우를 더욱 검법 수련에 몰두하게 만들었다.

하지만 정작 관우의 내면을 변화시킨 가장 큰 이유는 따로 있었으니, 그것은 바로 막혔던 임독양맥의 타통이었다.

관우는 아직 모르고 있지만, 임독양맥의 타통은 그야말로 일반 무인에게 있어 갈망의 대상이었다. 또한 누구나 꿈꾸지만 아무나 이룰 수 없는 것이기도 했다.

양맥의 타통은 이론적으로는 가능하다. 그러나 실제 이것을 이루는 자는 전체 무인의 천분지 일을 넘지 않는다. 그래서 무인들은 양맥 타통을 가리켜 '기연' 이라 했다. 마치 전설의 무공과 보검이 있는 장보도를 발견한 것과 비견될 만한 일로 여긴다는 뜻이었다.

이러한 임독양맥 타통의 효과는 한두 가지가 아니다.

정확히 이 시점부터가 범인과 완전히 다른 능력을 지니게 된다고 볼 수 있었다.

추위와 더위를 쉬이 느끼지 않게 되고, 전신의 모든 감각이 극대화되어 먼 곳의 미약한 변화도 감지할 수 있게 될 뿐만 아니라, 평범한 독 따위에는 전혀 영향을 받지 않게 된다.

그러나 사실 이러한 것들은 부수적으로 얻는 것들에 불과했다. 양맥 타통의 가장 큰 유익은 바로 끊이지 않고 이어지는 진기의 흐름에 있으며, 이로 인하여 전과는 비교할 수 없는 빠른 공력의 성취를 이룰 수 있다는 데에 있었다.

사람이 신체상 이러한 능력을 얻게 되면 과연 마음은 어떻게 변하게 될까?

자신감이 충만해지는 것은 당연지사였다. 무엇이든지 할 수 있다는 생각이 저절로 일어나며, 작은 일에 일희일비하지 않게 된다. 마음이 차분해지는 것은 물론이요, 인내심이 강해질 수밖에 없었다.

바로 관우가 지금 이러한 상태였다.

본래 남달리 인내심이 강하고 뚝심이 있는 관우였다.

하지만 관우가 지금 발휘하고 있는 인내와 집중력은 양맥 타통의 효과가 아니었다면 불가능한 일이었다.

하루 종일이다.

하루 종일 목검을 만 번 휘둘렀다. 그것이 삼만, 오만 번이 되고, 결국 육 개월 만에 십만 번이 되었다.

제아무리 강한 마음을 소유했더라도 체력이 받쳐 주지 않으면 불가능하다. 관우는 그런 체력을 바로 양맥 타통으로부터 얻을 수 있었던 것이다.

"구만 구천구백구십칠! 구만 구천구백……! 후아! 후아!"

마지막 십만 번째 목검을 휘두른 후 바닥에 대자로 누운 관우의 입에서 거친 숨이 새어 나왔다.

목검을 쥔 손이 부들부들 떨렸지만, 관우는 목검을 손에서 놓지 않았다. 아니, 전혀 그럴 생각이 없는 듯했다. 놓으면 안 된다. 놓는 순간 어디선가 황벽의 호통 소리가 들려올 것이기 때문이다.

황벽은 일단 무계심결의 수련을 도운 후엔 전혀 모습을 드러내지 않았다. 하지만 모습만 드러내지 않을 뿐, 어디엔가 숨어 관우를 감시하고 있었다.

처음엔 관우도 그 사실을 몰랐다. 그런데 수련에 들어간 지 사흘째 되던 날, 지친 관우가 잠시 목검을 바닥에 내려놓고 쉬려는 찰나, 갑자기 황벽이 나타나 호되게 꾸중을 한 일이 있었다.

그 후로는 황벽의 지시대로 단 한 번도 손에서 목검을 놓은 적이 없는 관우였다. 밥 먹을 때는 물론이고, 잠을 잘 때나 심지어 볼일을 볼 때도 목검을 손에서 놓지 않았다.

그렇게 몇 달이 지나니 이젠 굳이 의식하지 않아도 늘 목검이 손에 붙어 있게 되었다. 마치 몸의 일부처럼 불편하지도, 거치적거리지도 않았다.

"후욱! 열흘 전보다 반 시진 정도는 단축한 것 같다. 이대로라면 곧 일곱 시진 안에 수련을 마칠 수 있겠어!"

오늘의 목표치를 모두 채운 관우는 흡족한 표정을 지었다.

십만 번을 휘두르는 데 걸리는 시간이 꾸준히 단축되고 있었다. 수련 시간이 단축된다는 것은 무얼 뜻하는가? 바로 쉴 수 있는 시간이 그만큼 늘어난다는 걸 의미했다.

황벽은 목표치를 채우기 전까진 절대 쉬는 것을 용납하지 않았다. 하지만 일단 하루의 목표치를 채우면 그 이후의 시간에 무얼 하든 전혀 간섭하지 않았다.

처음 한 달 동안은 정말 죽을 맛이었다. 잠을 잘 수 있는 시간이 고작 한 시진밖에 되지 않았기 때문이다. 사람이 한 시진을 자고 어떻게 버틸 수 있을까? 게다가 하루 종일 힘든 수련으로 녹초가 된 마당에 말이다.

그러나 기이하게도 자고 일어나면 다시 수련을 할 수 있을 만한 몸 상태가 되었기에 버틸 수는 있었다. 하지만 그렇다고 쌓이는 피로감과 수면에 대한 욕구가 줄어드는 것은 아니었다.

더 많은 시간 잠을 잘 수 있으려면 오로지 수련을 빨리 끝내는 수밖에 없는 상황.

한동안 관우의 머릿속엔 잠에 대한 생각만으로 가득 찬 적도 있었다. 그래서 더욱 필사적으로 노력했고, 수련 시간의 단축에 성공했다.

하지만 기쁨은 잠시였다. 잠을 잘 시간을 조금 벌어놓았다 싶으면 어김없이 황벽이 나타나 횟수를 올려놓길 반복했던 것이다.

"십만 번이 마지막이었으면 좋겠는데… 아음……."

걱정스런 음성이 관우의 입에서 흘러나왔다. 그리고 곧 눈을 감은 관우에게선 고른 숨소리가 규칙적으로 들려오기 시작했다.

햇살이 내리고 있었다.
관우는 격법을 연습하다 말고 천장의 틈으로 스미는 햇살을 우두커니 바라보았다.
"사시구나. 사시에 사만 번이라… 무척 빨라졌어."
지하 광장의 천장에는 작은 틈이 있었다. 그 틈으로 사시부터 오시까지 태양빛이 스며들었다. 물론 매일 그렇지는 않았다. 계절에 따라 그 스미는 각도와 시간이 차이가 났다.
지금은 봄.
관우는 자신이 지하 광장에서 생활한 지도 거의 일 년이 다 되어간다는 것을 알 수 있었다.
천천히 햇살이 비치는 곳으로 걸어간 관우.
햇볕이 귀한 만큼 햇살이 비칠 때면 항상 그곳에 서서 수련하는 것이 어느새 버릇이 되어 있었다.
그런데 오늘은 왠지 금세 목검이 휘둘러지지가 않았다.
볕이 너무도 따뜻했다. 관우는 잠시 고개를 들어 비치는 햇살을 만끽했다. 눈을 뜰 수 없었지만, 태양을 마주할 수 있다는 것만으로도 만족스러웠다. 그렇게 있으니 새로운 생기가 솟구치는 듯한 기분도 들었다.
"이놈, 슬슬 꾀를 부리는구나."
관우는 낮은 음성이 들려온 쪽으로 고개를 돌렸다.

어느새 관우의 곁에 다가와 있는 황벽의 모습이 보였다.

뒷짐을 지고 서 있는 그의 손엔 관우의 것과 동일한 목검 하나가 들려 있었다.

"오셨습니까, 어르신."

관우는 황벽을 어르신이라 불렀다. 무공을 전수하는 황벽의 역할은 분명 사부와 다름이 없었다. 하지만 환무길을 두고 다시 황벽을 사부라 부를 수는 없었다. 황벽 역시 그것을 원치 않았다. 그래서 택한 호칭이 어르신이었다.

"벌써부터 정신이 산만해지는 것이냐? 이제 좀 수련이 몸에 익었다 싶은 것이냐?"

"잠시 잡생각을 한 것 같습니다. 죄송합니다."

잘못을 깨닫고 공손히 읍하는 관우.

행여나 황벽이 횟수를 늘리지나 않을까 내심 염려하고 있었으나, 이에 대한 황벽의 반응은 의외였다.

"잡생각을 떨쳐 내는 데에 수련만큼 좋은 것이 없지. 어디 그간 얼마나 늘었는지 좀 볼까?"

황벽은 가져온 목검을 아래로 슬쩍 늘어뜨렸다.

이를 본 관우의 눈이 약간 커졌다.

"무슨 말씀이신지……?"

관우의 물음에 황벽은 살짝 인상을 썼다.

"놈, 잔말 말고 공격해 보거라."

"어르신을 말입니까?"

"왜? 맞아 죽을까 걱정되느냐? 안심해라. 나는 공격하지 않

을 것이니. 자, 어서 시작해라!'

그 말에 관우는 목검을 고쳐 잡았다. 갑작스럽긴 했지만 황
벽의 의도를 알 것도 같았기 때문이다.

'그간의 성과를 알아보시려는 듯하구나.'

꾸욱!

목검을 쥔 손에 절로 힘이 들어갔다. 왠지 모르게 가슴이 뛰
며 긴장되었다.

한 발 한 발 황벽을 향해 다가선 관우는 그대로 우측 상단에
서 좌측 하단으로 목검을 내리그었다.

후웅!

이에 황벽은 슬쩍 몸을 비트는 것으로 간단히 목검을 우측
으로 흘려보냈다.

이번 공격이 먹힐 거란 기대는 전혀 하지 않았던 듯 관우는
연이어 좌에서 우로 크게 목검을 휘저었다. 하지만 이번에도
황벽은 뒤로 반보 물러섬으로써 손쉽게 이를 피해냈다.

그런데 바로 그 순간, 황벽은 두 눈에 이채를 떠올리지 않을
수 없었다. 자신이 뒤로 물러섬을 보고 관우가 재빨리 오른발
로 한 걸음 전진하며 자신의 가슴팍을 향해 목검을 찔러오고
있었던 것이다.

'호오! 이놈 봐라?'

매일 허공에 대고 검을 휘두르게 했다. 그 흔한 나무 기둥
하나 치도록 하지 않았다. 비무 따윈 구경조차 해보지 않았을
것이다.

그런 관우임을 고려할 때, 이 상황에서 찌르기를 시도한 것은 꽤나 놀라운 선택이라 볼 수 있었던 것이다. 그것도 전혀 흐트러짐 없는 깨끗한 동작이었다.

'검에 대한 감각이 있는 것인가?'

관우의 공격을 우측으로 슬쩍 흘린 황벽은 유유히 관우의 뒤쪽으로 돌아섰다. 등 뒤에 있는 자신을 관우가 어떻게 공격을 할지 궁금했기 때문이다.

황벽이 돌연 자신의 뒤로 돌아서자 흠칫한 관우는 재빨리 오른쪽으로 몸을 회전시키며 황벽의 허리를 베어갔다. 황벽의 예상대로였다.

그리고 다시 좌로 베기, 다시 우로, 이어지는 찌르기⋯⋯.

줄곧 피하기만 하던 황벽의 목검이 움직인 것은 관우의 공격이 이제 막 이십 회를 넘어서려 할 때였다.

따악!

목검끼리 부딪치는 둔탁한 소리가 광장에 울려 퍼졌다.

한데 바로 그때였다.

목검을 맞댄 채로 황벽과의 거리를 좁힌 관우가 갑자기 목검이 아닌 왼발을 이용하여 황벽의 우측 옆구리를 공격했다.

'음?'

황벽은 전혀 예상치 못한 관우의 발길질에 눈살을 찌푸리며 맞대고 있던 목검을 슬쩍 밀었다. 그러자 균형을 잃은 관우는 공격을 마무리 짓지 못하고 엉거주춤 뒤로 물러설 수밖에 없었다.

"이노옴! 누가 발을 쓰라고 하더냐!"

가까스로 중심을 잡은 관우는 황벽을 향해 고개를 숙이며 말했다.

"저도 모르게 그만… 발을 쓰면 안 되는 것인 줄은 몰랐습니다. 죄송합니다, 어르신."

"허! 이놈이 터진 입이라고 말은 잘하는구나!"

황벽은 겉으론 인상을 쓰며 말했지만, 내심으로는 흡족한 생각이 들고 있었다.

'검에 대한 감각이 아니라 싸움 자체에 감각이 있다고 보아야겠군.'

관우의 근골이 좋은 것은 처음부터 알고 있었다. 그런데 시간이 지날수록 처음에 가졌던 기대 이상으로 관우는 여러모로 뛰어난 모습을 보이고 있었다.

양맥을 뚫는 과정에서 기이한 경험을 한 탓에 어느 정도 기대는 했지만, 자신이 요구한 것을 이처럼 성실히 이행할 줄은 몰랐다.

타고난 좋은 근골에다가 곧은 성품.

이 두 가지만으로도 관우를 가르치는 것에 대해 나름대로 보람을 느끼고 있는 황벽이었다. 그런데 오늘 보니 그게 다가 아니었다. 근골뿐만 아니라 감각 또한 뛰어났던 것이다.

"다시 시작하는 것입니까?"

관우의 물음에 황벽이 되물었다.

"더 하고 싶으냐?"

"음… 사실은 좀… 힘에 부칩니다."

황벽은 관우의 지금 심정이 어떠한지 이해할 수 있었다.

지금까지 나름대로 힘들게 수련해 왔는데, 그것들이 모두 허무하게 막히자 내심 실망이 컸을 터이다. 그래서 힘이 빠지는, 아니, 정확히는 맥이 빠지는 것이리라.

황벽은 약간 풀이 죽은 관우를 바라보며 진중한 음성으로 말했다.

"실망했느냐?"

"조금은 그렇습니다."

관우는 솔직했다.

"당연히 실망해야지. 그 정도 근성도 없다면 애초에 그만두는 것이 낫다. 그래도 그동안 시키는 대로 열심히는 했더구나. 검을 휘두르는 동작이 제법 안정되어 있었다."

"그렇습니까?"

황벽의 말에 조금 위안이 된 듯 관우의 표정이 조금 풀어졌다.

"나를 공격하면서 무엇을 느꼈느냐?"

"음… 생각대로 되지 않았습니다. 다음 공격을 어찌 해야 할지도 잘 모르겠고……."

관우의 말에 황벽은 고개를 끄덕였다.

"허공에만 대고 검을 휘두르는 것과 사람을 향해 검을 휘두르는 것은 하늘과 땅 차이다. 사람은 생각하고 움직이기 때문이다. 또한 만일 네가 지금 들고 있는 것이 목검이 아니라 진검(眞劍)이라면 가장 중요한 한 가지가 추가된다. 그것은 바로 네 손으로 사람의 생사를 가늠하게 된다는 것이지."

"음……."

"그러나 진정한 무인이 되기 위해서는 반드시 이 모든 것을 받아들여야만 한다. 검법이란 결국 사람을 대상으로 만들어진 것이기 때문이다. 살아 움직이는 사람 말이다. 그것이 또한 무인의 길이기도 하다."

"결국 사람을 죽이는 게 무인이란 뜻입니까?"

황벽은 부인하지 않았다.

"때론 죽일 수도 있는 것이지."

"제가 죽지 않기 위해서 말입니까?"

"대부분은 그렇다."

관우는 잠시 침묵했다. 그리고 다시 물었다.

"제가 남한테 죽지 않을 정도로 강하다면 남을 죽여야 할 필요성은 줄어들 수 있겠군요."

관우의 말을 들은 황벽은 만족스런 표정을 지었다. 현재 관우의 입장에서 그것이 가장 솔직하면서도 현명한 결론이라는 생각이 들었기 때문이다.

"네가 강할수록 너를 건드리는 자는 적어질 것이다."

내심 의지를 새롭게 한 관우는 조심스럽게 물었다.

"지금 하고 있는 수련은 언제까지 해야 하는 것입니까?"

꾸중을 당할 각오를 하고 물은 것이었으나, 황벽은 의외로 순순히 대답해 주었다.

"기실 그 때문에 나를 공격하라고 했던 것이다. 동작이 안정되긴 했지만 완전하지는 않구나. 일 년째가 되려면 아직 두 달이 남았으니 일 년을 채우기까지는 지금과 같이 하던 것을 계속하거라. 어느 상황에서든 흐트러짐없는 동작으로 검을 떨쳐 낼 수 있기 위해서는 지금보다 더욱 애를 써야 할 게다. 그다음은 그때 가서 알려주도록 하마."

"예. 알겠습니다, 어르신."

속으론 조금 아쉬운 마음이 든 관우였지만 내색하지 않았다. 비록 두 달이 남았지만 이제 조금만 참으면 곧 이 지루한 수련에서 탈피할 수 있다는 것만으로도 관우에겐 감지덕지였다.

황벽은 그 말을 끝으로 신형을 돌렸다. 하지만 그는 곧 발걸음을 멈추며 관우를 향해 한마디를 남겼다.

"단, 사흘에 한 번은 오늘처럼 잠시 네 상대가 되어줄 것이다."

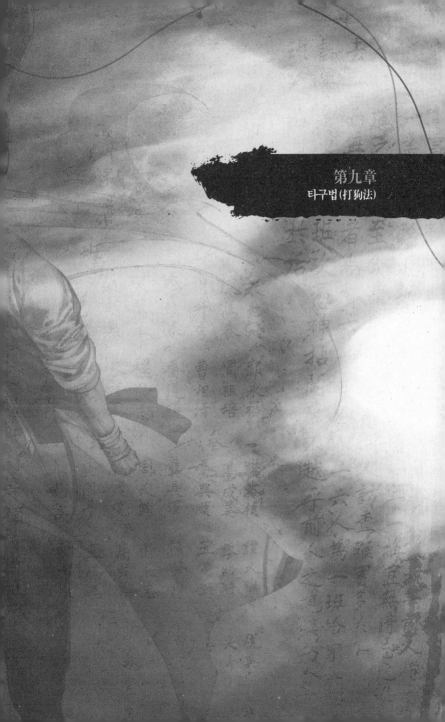

第九章
타구법(打狗法)

風神遺事

풍신유사

"후아! 후아!"

관우는 연공실 바닥에 천장을 바라보고 드러누웠다. 벗은 상체엔 송골송골 땀이 맺혀 있었고, 가쁘게 내쉬던 숨은 조금씩 잦아들고 있었다.

'드디어 끝인가?'

남은 두 달도 어느새 훌쩍 지나갔다.

후련함과 성취감이 동시에 마음을 가득 채웠다. 일 년을 버텨낸 것이 스스로 대견하기도 했다.

하지만 그런 감정들이 그다지 크게 다가오지는 않았다. 다른 생각이 관우의 머릿속을 가득 채우고 있었기 때문이다. 두 달 전부터 해온 황벽과의 비무가 바로 그것이었다.

조용히 눈을 감은 관우는 지난 두 달 중 황벽과 함께했던 여덟 번의 수련을 떠올렸다. 황벽의 움직임을 쫓아 검을 휘두르다가 어느새 발이 꼬이거나 자세가 흐트러져 스스로 넘어지기 일쑤였던 자신의 모습이 머릿속에 생생히 그려졌다.

"상대의 움직임에 따르기 급급한 공격이 아니라, 상대의 움직임을 예측한 공격이 필요하다."

'예측한 공격……?

물론 시키는 대로 해봤다. 황벽이 움직일 방향을 나름대로 예측해서 목검을 휘둘러 보았다. 그러나 결과는 역시 허탕이었다. 오히려 엉뚱하게 허공에 대고 목검을 휘두르는 바람에 꼴만 우스워지고 말았다.

"무모한 예측은 곧 패배로 이어지는 법. 상대의 눈을 보거라. 어깨의 흔들림, 손끝의 떨림, 발끝의 방향, 모든 것을 관찰해야 한다. 단 한순간이다. 단 한순간에 이 모든 것을 파악하고 다음 움직임을 예측할 수 있느냐 없느냐가 바로 승패의 관건이 되는 것이다."

'그걸 다 관찰해야 한다니…….'

막막했지만 해보라기에 또 해봤다. 그러나 손끝, 발끝은커녕 황벽의 눈 하나 보기도 어려웠다. 오히려 그것에 신경 쓰다

보니 검을 휘두르는 것만 더욱 둔해지게 되었다.

"놈, 급하구나. 처음부터 모든 것이 이뤄질 수는 없다. 의식적
으로 할 수 있는 것이 아니라, 경험을 통해 저절로 터득되는 것이
기 때문이다. 우선 상대 발끝의 움직임에 집중해 보거라. 발끝을
주시하다 보면 발의 어느 쪽에 힘이 실리게 되는지를 알 수 있게
될 것이다. 힘이 실리는 쪽으로 움직일 가능성은 팔 할 이상이
다."

황벽은 일부러 발끝의 움직임을 크게 하였다. 처음에는 어
려워하던 관우도 차차 황벽의 발끝을 보고 다음 움직임을 예
측하여 그곳으로 목검을 휘두를 수 있게 되었다. 황벽은 관우
가 어느 정도 적응을 하면 전보다 발끝의 움직임을 조금씩 작
게 하였고, 관우는 서서히 이에 적응하면서 수련을 마친 것이
바로 어제였다.

'본 문의 술법과 비교해서 무공이란 것을 하등한 것으로만
생각했는데, 직접 익혀보니 꼭 그렇지만은 않은 것 같구나.'

관우는 지난 일 년 동안 변한 자신의 모습을 생각했다.

신체가 튼튼해진 것은 물론이고 마음에도 한결 여유가 생긴
것을 느낄 수 있었다. 이것이 다 무계심결과 검법 수련의 결과
였다.

아직 성취가 미약함에도 이 정도의 효과를 본 것을 생각하
면 앞으로의 성과에 따라서 환무길과 자신이 애초에 의도한

섭풍술을 펼쳐도 버텨낼 만한 몸을 얻을 수도 있다는 기대감이 생겼다.

'하지만 당장엔 조금이라도 더 무공의 성취를 높이려는 노력이 필요해.'

황벽은 내일부터 수련의 방식이 완전히 달라질 거라 말했다.

과연 어떻게 달라질지 관우로선 짐작이 가지 않았지만, 지금까지와는 비교할 수 없을 정도로 힘든 수련이 되리란 것은 분명했다. 단단히 각오하는 게 좋을 거라는 황벽의 말이 아직도 머릿속에 생생했다.

'각오라……'

관우는 황벽의 말대로 마음을 새롭게 해보고자 굳이 애쓰지 않았다. 미리 예측하고 각오를 해봐야 별 효과가 없다는 것을 이미 일 년간의 수련을 통해 경험해 보았기 때문이다.

처음의 각오는 실제 일이 닥치면 아무 도움이 되지 않는다.

그저 스스로 위안을 하는 것에 불과할 뿐이다. 그 일을 맞닥뜨렸을 때에야 비로소 진정한 각오와 그것을 견뎌낼 힘을 낼 수 있는 것이다.

내일부터 하게 될 수련 역시 마찬가지다. 지금의 각오는 내일엔 소용이 없다. 그렇기에 관우는 다른 생각을 버리고 눈을 감았다. 다른 것을 떠나서 쏟아지는 잠을 해결하는 것이 먼저였다.

따악! 딱! 따닥!

두 개의 목검이 부딪치는 소리가 지하 광장을 끊임없이 울리고 있었다.

눈을 부릅뜬 관우는 이를 악물고 사력을 다해 날아드는 황벽의 목검을 막아내고 있었다. 관우에겐 다른 생각을 할 겨를이 없었다. 다른 것을 머릿속에 그리는 순간, 즉각 황벽의 목검이 자신의 온몸을 헤집어놓을 것이기 때문이다.

바로 이렇게…….

턱!

"크윽!"

옆구리를 강타당한 관우는 절로 손아귀에서 힘이 빠져나가는 것을 느꼈다. 목검을 놓고 싶었다.

"어리석은 놈! 진검이었다면 내장이 배 밖으로 터져 나왔을 것이다! 진정 몸이 불구가 되어야만 깨닫겠느냐!"

"허억! 커허헉!"

땀을 비 오듯 쏟으며 거친 숨을 몰아쉬는 관우. 그 모습을 무덤덤한 눈길로 내려다보는 황벽.

그는 다시금 목검을 틀어쥐며 관우를 압박해 갔다.

후우웅!

이번엔 머리였다. 관우는 남은 힘을 모두 짜내어 손에 쥔 목검을 들어 올렸다.

따악!

가까스로 막았다. 그러나,

퍼억!

"흐윽!"

연속해서 쳐오는 황벽의 목검을 모두 막는다는 것은 이미 지칠 대로 지쳐 있는 관우로선 불가능한 일이었다.

'큭! 젠장!'

속으로 절로 욕지거리가 솟구쳤다. 얼마 전부터 생긴 버릇이었다.

관우는 고통 중에서도 더욱 거칠게 입술을 깨물었다.

오늘도 역시 목검 한 번 제대로 휘둘러 보지 못하고 방어만 하다가 지쳐 버렸다.

황벽의 진기가 담긴 목검이 자신의 몸을 사정없이 후려칠 때면 뼈가 엇갈리는 고통과 함께 다리가 후들거려 버티고 서 있기조차 힘들어진다.

"네가 지쳤다고 상대가 손속에 사정을 둘 거라 생각하느냐? 지친 상대는 당장 찢어 죽일 수 있는 먹잇감에 불과하다. 이렇게 말이다!"

퍼억! 퍽!

"흡! 끄으으……!"

털썩!

황벽의 두 번에 걸친 연속 공격에 가격당한 관우는 간신히 쥐고 있던 목검을 놓치며 그대로 앞으로 고꾸라졌다.

바닥에 얼굴을 파묻은 채 가쁘게 숨을 내쉬며 서서히 의식을 잃어가는 관우의 귓가에 황벽의 무심한 목소리가 희미하게 들려왔다.

"오늘은 여기까지다."

순간, 모든 긴장이 풀린 관우의 몸은 곧 시체처럼 축 늘어져 버렸다.

따닥! 탁탁!

"읍!"

"살기(殺氣)조차 담지 않은 목검에도 그렇게 몸을 움츠리느냐! 검의 움직임을 끝까지 보아라! 신체의 어느 부위든 검에 제대로 베이는 순간 무인으로서의 삶은 끝나는 것이다!"

황벽의 공격은 관우에게 눈곱만큼의 쉴 틈도 허락하지 않았다.

딱!

"노옴! 또 움츠리느냐!"

부우웅!

"검이 어느 각도에서 날아오든!"

후우웅!

"방어와 공격 두 가지 모두를 자유자재로 펼쳐 낼 수 있어야 한다!"

퍼억!

"크윽!"

"쯧쯧쯧! 방어할 생각 없이 즉각 공격을 생각하다니, 악에 받쳐 제정신이 아닌 게로구나! 잘 들어라!"

부웅!

"지금 네놈에게 절박한 것은……."

후웅!

"어찌하면 내 검에 맞지 않을 수 있는지를 찾아내는 것이다."

따악! 딱!

"그러다 보면……."

부웅, 붕!

"자연스럽게 방어가 이루어지고, 공격할 기회도 생길 것이다."

순간, 계속해서 이어지던 황벽의 낮고 무미건조한 음성이 잠깐 그쳤다. 그와 동시에 그의 목검도 잠시 움직임을 멈추었다.

"후하! 후하아!"

익숙지 않은 정적 속에 관우의 거친 숨소리만이 들려오고 있었다.

본래 쌍수검을 배우지 않았음에도 관우는 양손으로 검을 꽉 쥐고 있었다. 어쩔 수 없었다. 긴박한 상황에서 몸이 시키는 대로 할 뿐이었다.

그만큼 황벽의 공격은 매서웠다. 지친 상태에서 황벽의 목검에 실린 힘을 한 손으로 받아내는 것은 상상조차 할 수 없는 일이었다.

주룩.

이마를 흘러내린 땀방울이 눈꺼풀을 적시는 순간,

'……!'

관우는 두 눈을 부릅뜨며 목검의 손잡이를 부러뜨릴 듯 말아 쥐었다. 황벽의 목검이 다시 요동치며 허공을 갈라오고 있었다.

관우는 광장의 차가운 바닥에 혼자 누워 있었다. 이미 일상이 되어버린 모습.

온몸은 피멍이 들고 온통 안 쑤시는 곳이 없었다. 조금만 움직여도 찾아오는 고통에 입술을 깨물어야 했다.

벌써 며칠이 지났는지 모른다.

분명 꽤 시일이 지나간 것 같은데 정확한 날짜를 몰랐다. 그만큼 하루하루가 정신없이 지나갔다. 황벽에게 개 패듯 흠신 두드려 맞다 보면 이내 하루가 다 지나가고 있는 것이다.

"개방이란 곳이 있다. 거지들의 집단이지. 하나 그냥 거지 집단이 아니다. 중원무림을 이끄는 구대문파 중 어느 하나도 개방을 무시하지 못한다. 그런 개방의 방도라면 누구나 익히고 있는 기술 중에 타구봉법이란 것이 있다. 말 그대로 개를 때려잡을 때 사용하는 기술이지. 지금부터 나도 개를 때려잡을 생각이다. 봉이 아닌 검으로. 일명 타구검법(打狗劍法)이다."

새로운 수련은 황벽의 위와 같은 말로 그 막을 올렸다.

황벽의 '개 잡기'는 자시(子時)가 되어서야 끝이 났다.

그때부터 관우가 할 일이라고는 다시 묘시부터 있을 개 잡기에 대비하여 실신한 채 뻗어 자는 것이 전부였다.

전에 볼 수 없었던 냉정한 얼굴로 다짜고짜 목검을 휘둘러 온몸을 사정없이 패는 황벽.

첫날 관우는 연유도 모른 채 한참을 그렇게 맞기만 하다가 간신히 한마디 물을 수 있었다.

뭐 하는 거냐고.

그랬더니 수련하고 있는 중이라고 했다.

관우는 기가 막혔다. 그래서 또 물었다.

천조검은 안 가르쳐 주느냐고.

그러자 황벽이 해준 말은 기본은 이미 다 가르쳤으니 나머지는 자기와 대련하면서 알아서 터득하라는 말뿐이었다.

'이건 대련이 아니다! 일방적으로 개 패듯 하는 게 대련이란 말인가!'

그때부터 관우는 스스로 지금의 수련을 개 잡기로 치부했다.

그러나 관우를 더욱 어이없게 만드는 것은 이런 개 잡기를 앞으로 남은 이 년 동안 계속하겠다는 황벽의 말이었다. 일 년은 목검으로, 나머지 일 년은 진검으로…….

그 말을 들은 관우는 기가 막혔지만 그대로 따르는 수밖엔 도리가 없었다. 말할 틈도 없이 다시금 개 잡기가 시작됐기 때문이다.

이제까지는 맛보기에 불과하다고 한 황벽의 말이 아직도 잊혀지지가 않는다.

그렇게 시작된 개 잡기였다.

처음에는 매번 관우가 탈진하여 정신을 잃은 상태에서 개 잡기가 끝나곤 했다.

그렇게 얼마간을 했을까? 하도 맞다 보니 서서히 맞는 것이 적응이 되어가는 것을 느낄 수 있었다.

어느 날인가는 개 잡기가 시작된 이후 처음으로 정신을 잃지 않은 적이 있었다. 그러자 그때부터 황벽은 기다렸다는 듯이 관우를 향해 더욱 매몰차게 목검을 휘두르기 시작했다. 목검이 아예 눈에 보이지도 않을 정도였다. 결국 그날도 역시 관우가 실신하고서야 개 잡기는 끝이 났다.

"적응이 되었다면 수위를 높여야지."

황벽의 개 잡기는 그런 식이었다.

그렇게 적응이 좀 된다 싶으면 바로 강도를 높이는 이른바 '단계식 개 잡기'였다. 황벽은 관우의 사정을 조금도 봐주지 않았으며, 오히려 극심한 통증을 일으키는 곳만을 집중적으로 가격했다.

자고 있을 때에 나타나 멍든 상처를 목검으로 툭툭 쳐서 깨우기도 했고, 밥을 먹을 때도 불쑥 나타나 공격해 댔다.

불안감에 자는 것도, 먹는 것도 어느 하나 마음 편히 할 수 없었다. 황벽은 심지어 볼일을 볼 때에도 나타나 미친 듯이 관우를 향해 목검을 휘둘러 대기도 했다.

"언제 어디서든 긴장을 늦추지 말아야 한다."

정말 기가 막혔다.
자신이 이와 같은 짓을 왜 하고 있나 하는 회의까지 밀려들었다.
그러나 지하 광장을 빠져나갈 수도 없었다. 어디서 지켜보고 있다가 나오는 것인지 빠져나가려고 할 때마다 황벽은 불쑥 튀어나와 자신의 앞을 막아섰다.

"내 옷깃 하나라도 건드릴 수 있다면 그때 내보내 주마."

악에 받친 관우는 괴성을 내지르며 미친 듯이 달려들었다.
그날은 자시가 되기 전에 대련이 끝났다. 관우가 미리 실신했기 때문이다.
'이건 미친 짓이다. 크윽! 그럼 나도 미쳐야 하나?'
관우는 어두컴컴한 지하 광장의 천장을 올려다보며 늘 그렇듯 오늘 있었던 대련을 머릿속에서 찬찬히 되살려 보았다. 그리고는 자신도 모르는 새에 서서히 잠에 빠져들기 시작했다.
마지막 의식의 끝을 잡고 있던 관우의 머리에 문득 한 가지 의문이 비집고 들어왔다.

'그런데 왜 자고 일어나면 몸이 가뿐해지는 것일까?'

그러나 꿈속에서나 풀어볼 의문이었다. 이미 관우는 곯아떨어진 후였다.

＊   ＊   ＊

쪼르륵.

환무길과 황벽은 석실 안에서 찻잔을 마주하고 앉았다.

"수련 방식이 예상보다 훨씬 거칠더구려. 그 아이가 견뎌내기가 쉽지 않을 듯하오."

"본 문의 가르침이 조금 그런 편입니다."

"그렇기에 지금의 천문이 존재하는 것이 아니겠소? 오히려 기대가 크오."

"선인(善人)께서 그렇게 말씀해 주시니 마음이 가벼워지는군요. 고맙습니다."

"무슨 말이오. 고마움을 표해야 할 사람은 나와 그 아이인 것을. 본 문의 일로 황 장로께서 노고가 크시오."

"노고라니요. 당치 않습니다. 풍령문이 하늘의 뜻을 받든다면 본 문 또한 그러합니다. 본 문의 미약한 힘이 도움이 될 수 있다는 것이 그저 기쁠 뿐입니다. 본 문의 주인께서도 그리 생각하고 계십니다."

환무길을 대하는 황벽의 태도는 매우 겸허했다.

제세의 사명을 이은 풍령문의 전인에 대한 예우로 천문의 사람들은 그를 선인으로 칭했다.

하지만 둘의 대화는 예를 갖추면서도 격의가 없었다. 서로의 진심을 숨길 이유가 없는 관계이기에 더욱 그러했다.

"그 아이의 성취는 어떻소?"

"전에도 말씀드렸다시피 여러 면으로 특이한 아이입니다. 지금까지의 수련 과정만 놓고 보면 본 문의 어린 형제들이 이맘때 보이던 것과는 비할 수 없이 뛰어난 성취를 보이고 있습니다. 이대로라면 삼 년을 채웠을 땐 가히 놀라운 지경에 이를 것입니다."

황벽이 관우에 대한 칭찬을 아끼지 않자 환무길은 내심 흡족해마지 않았다.

"참으로 다행이오. 끝까지 부탁드리겠소."

"걱정 마십시오. 성심을 다해 가르칠 것입니다. 한데… 선인께선 혹 최근 들어 강호의 분위기가 심상치 않은 것을 알고 계십니까?"

황벽의 질문에 환무길의 안색이 약간 굳었다.

"음… 거경상단을 말함이오?"

"알고 계셨군요."

"종종 밖을 살피러 나가 대강의 분위기는 알고 있소."

"본 문으로부터 들은 소식대로라면 일 년 사이에 저들에게 붙은 강호문파의 수가 전체의 절반을 넘어섰다고 하더군요. 얼마 전에는 거경상단이라는 이름을 버리고 스스로 어천성(御天城)이라 이름하며 태산에 터전을 잡았다고 하는데, 지금까지의 행보로 볼 때 저들의 기세를 무시하기 어렵습니다."

"어천… 하늘에 오르겠다? 과연 저들다운 이름이군."

환무길의 나직한 읊조림에 황벽이 작게 고개를 끄덕였다.

"역시 선인께서도 저들의 정체를 짐작하고 계셨군요. 본 문에서도 여러 정황을 살핀 결과 저들이 광령문을 비롯한 세 문파일 가능성이 높다는 결론을 내렸습니다."

"그들이 틀림없소. 이번에는 전보다 이른 시기에 움직임을 보일 거라 예상은 했지만 이처럼 빨리 모습을 드러낼 줄은 몰랐소."

"그렇다면 이전에는 주기의 끝에 이르러서야 정체를 드러냈다는 말씀입니까?"

"특별한 경우를 제외하고는 거의 모두가 그렇소. 그때가 바로 저들의 힘이 가장 강할 때이기 때문이오."

주기의 마지막에 세 기운의 어그러짐이 가장 커진다는 사실은 이미 황벽도 알고 있었다.

"저들이 굳이 그때를 노린 이유는 풍령문을 두려워해서가 아닙니까?"

"그렇소."

"하면 이번에 저들이 빠르게 모습을 드러낸 것은……."

"자신이 있기 때문이오. 저들은 이번에는 충분히 본 문을 제압할 수 있으리라 여기고 있을 거요. 그러한 자신감은 이백 년 전 본 문을 상대하면서 얻었을 것이고, 그런 저들의 판단은 틀렸다고 볼 수 없소."

"틀리지 않다면 설마 풍령문의 힘으로 저들을 막아낼 수 없다는 뜻입니까?"

"그렇소, 지금까지의 풍령문이라면."

"그게 무슨……?"

"나는 저들을 제압하지 못할 것이나, 그 아이는 할 수 있다는 말이오."

황벽의 의문은 조금 더 커졌다.

"그 아이에게 뭔가 다른 점이 있는 겁니까?"

환무길은 가볍게 고개를 끄덕였다.

"지금까지 본 문의 전인들이 가졌던 힘은 단순히 바람의 힘을 빌려서 얻은 것이었지만, 그 아이는 다르오. 그 아이는 풍령, 바람 그 자체요."

바람의 힘을 빌린 것과 바람 그 자체…….

자세히는 아니지만 황벽은 이 둘 사이에 뭔가 큰 차이가 있다는 것을 이해했다. 사람은 절대 바람이 될 수 없다. 그런데 환무길은 지금 관우를 가리켜 바람이라고 말한 것이다.

황벽은 그에 대한 자세한 것들은 묻지 않기로 했다. 중요한 것은 관우가 그들 세 문파를 제압할 수 있다는 사실이기 때문이었다.

대신 그는 그것과 연관하여 떠오른 의문에 대하여 환무길에게 물었다.

"그 아이가 능히 저들을 제압할 수 있다면 다른 도움은 필요치 않을 것인데, 굳이 선인께서 본 문에 도움을 청한 까닭은 무엇입니까?"

"문제가 하나 있었소. 천문에 도움을 청한 까닭은 바로 그 문제에 어떻게든 대처할 필요가 있어서였소."

"문제라 하심은……?"

"그 아이에게 저들을 제압할 만한 능력은 있으되, 그 능력을 행하는 데 심각한 제약이 있었소."

환무길은 섭풍술과 풍령에 대한 구체적인 언급은 피한 채 평상시에 관우가 능력을 행하지 못하는 것과 위기 시 능력을 행한 후 큰 고통을 느낀다는 점 등을 간단하게 설명해 주었다.

"으음, 그런 사정이 있었군요. 그런데 만에 하나 그 아이가 끝까지 그 능력을 온전히 사용하지 못하게 되면 그땐 어찌 되는 것입니까?"

황벽의 염려스런 말에 환무길은 슬쩍 고개를 흔들었다.

"그건 뭐라 말하기 어렵소. 그 아이에게 능력을 준 것도 하늘의 뜻이고 그러한 제약을 부여한 것도 하늘의 뜻이니, 나로서는 정확히 그 뜻이 무엇인지 헤아릴 수 없소."

"결국 지켜보며 기다리는 수밖엔 없는 거군요, 하늘의 뜻을."

그런 면에선 풍령문이나 천문이나 같은 태도였기에 황벽은 환무길의 내심을 이해할 수 있었다.

그들에게 있어 하늘의 뜻을 좇는다는 것은 단순히 방관하고 아무 생각도 하지 않는다는 것이 아니다. 하늘의 뜻을 좇기 위해서는 먼저 '이것'이 하늘의 뜻임을 인정해야 한다. 그러한 인정을 기초로 나의 모든 생각과 행동을 결정하는 것이 바로 하늘의 뜻을 좇는 자의 태도였다.

두 사람 사이에 대화는 잠시 중단되었다.

짧은 침묵 속에서 찻잔이 다시 가득 채워졌다.

"나는 조만간 그들을 찾아갈 거요."

"······?"

침묵을 깨뜨린 환무길의 한마디에 황벽은 멈칫하며 눈을 치떴다.

"어천성을 말씀하시는 겁니까?"

"그렇소."

"하면 태산으로······?"

환무길은 고개를 저었다.

"아니오. 저들이 모습을 드러냈다곤 하나, 전부는 아니오. 핵심 세력은 아직 근거지에 머물러 있을 거요. 그들의 근거지가 안남에 있는 것을 확인했으니 그리로 갈 것이오."

"하지만 아직 주기의 끝이 도래하지 않지 않았습니까?"

"그렇기에 찾아가는 것이오. 저들의 힘이 아직 극에 달하지 않았을 때이니 말이오. 가서 저들의 힘이 어떠한지 직접 확인해 볼 생각이오."

"저들을 제압하기 위해 가시는 것이 아니란 말씀입니까?"

환무길의 입가에 옅은 미소가 어렸다.

"제압이라······. 물론 가능하다면 그리할 것이오. 하나 조금 전에도 말했듯이 그럴 가능성은 희박하오. 저들의 일부는 와

해시킬 수 있겠지만, 나 역시 무사할 순 없을 거요. 그것은 내가 바라는 것이 아닌 바, 돌아와서 그 아이를 위해 마지막으로 해야 할 일이 있기 때문이오."

"으음, 그렇다면 위험하지 않겠습니까? 만일의 경우를 고려하여 조금 더 신중하게 움직이시는 것이 좋지 않겠습니까? 선인께선 이 땅의 운명을 쥐고 계신 분입니다."

"이 땅의 운명은 내가 아니라 처음부터 그 아이에게 쥐어져 있었소. 나는 장차 그 아이가 가는 길을 조금이나마 수월하게 하는 것만으로도 족하오."

황벽은 환무길의 마음을 돌릴 수 없다는 것을 알고는 더 이상 그에 대하여 언급하지 않았다.

"내가 저들을 찾아가는 것을 그 아이는 몰랐으면 하오. 수련에 별 도움이 되지 않을 거요."

"그렇게 하겠습니다."

"그리고 한 가지 황 장로께 부탁할 것이 있소."

"무엇입니까?"

"그 아이에 관한 일이오. 본래는 귀 문의 문주께 청해야 함이 옳으나 직접 그 아이를 살펴보신 황 장로께 부탁하는 것이 좋겠다는 생각이 들었소."

"말씀하시지요."

황벽을 향한 환무길의 태도는 어느 때보다도 진지했다. 이를 느낀 황벽은 환무길의 음성에 유심히 귀를 기울였다.

태양이 중천에 머물렀다.

"우걱우걱! 쩝쩝!"

관우는 햇살이 스미는 지하 광장 한가운데 쪼그려 앉아 쉴 새 없이 손과 입을 놀리고 있었다.

언제 감았는지 모를 정도로 눅진 머리, 덕지덕지한 시커먼 땟자국, 거기에 더해 검에 찢기고 베이고 격타당한 무수한 상흔까지…….

이 모든 것들이 지금 손으로 밥을 떠서 입에 넣는 관우의 모습과 어울려 영락없는 상거지를 연상시키고 있었다.

그러나 자신의 모습이 상거지가 됐든 말든 그런 것은 관우에게 있어 조금도 중요하지 않았다. 얼마인지 모를 긴 시간 동안 황벽의 개 잡기에 길들여지면서부터 스스로 이러한 모습을 택했기 때문이다.

관우가 택한 방법은 대충 이러했다.

절대로 바닥에 편히 앉아 밥을 먹지 않았다. 몸의 반응 속도가 늦어지기 때문이다.

젓가락과 밥그릇을 절대 손에 쥐지 않았다. 그렇게 되면 그만큼 검을 잡아 방어를 취할 시간이 길어지기 때문이다.

씻는 것도 애초에 포기했다. 물소리에 기척을 감지하지 못할 수도 있기 때문이다.

그것뿐이 아니었다.

관우는 지금 알몸이었다. 그 무엇 하나 몸에 걸치고 있지 않았다. 뒷일을 볼 때 바지를 내리고 올리는 사이에 공격의 표적이 되었던 일이 한두 번이 아니었기 때문이다.

관우는 그렇게 스스로의 행동을 개 잡기에 맞추어 나갔다. 모든 것은 시도 때도 없이 나타나 자신을 향해 미친 듯이 검을 휘두를 황벽을 대비한 관우만의 방어 전략이었던 것이다.

'음!'

입에 붙은 밥알을 떼어 입 안으로 우겨 넣던 관우는 손가락 사이에 끼어놓은 검의 손잡이를 잽싸게 잡아채며 번개같이 바닥을 굴렀다.

퍼억!

관우가 방금까지 쪼그리고 앉아 있던 자리의 바닥 돌이 순식간에 산산조각 나며 허공으로 파편이 튀어 올랐다.

벌떡 몸을 일으킨 관우는 조금의 망설임도 없이 전광석화같이 날아드는 황벽의 검을 향해 달려들었다.

채재쟁! 채앵!

귓속을 파고드는 금속성.

진검이었다.

황벽이 목검을 거둬가며 관우에게 볼품없는 진검 한 자루를 가져다준 것도 이미 오래전 일이었다.

그렇게 한동안 쉼없이 몰아치던 황벽의 검이 일순간 정지했다. 그러자 황벽의 공격을 모두 막아내는 데 성공한 관우는 손으로 입가를 쓰윽 문지르며 입을 열었다.

"제발 밥 먹을 때만큼은 사정을 봐주시면 안 됩니까, 어르신?"

관우의 말에 황벽은 수긍할 수 없다는 표정을 지어 보였다.

"흐음… 나는 이미 다 먹었으니 몸을 좀 움직여야 하지 않겠느냐?"

"정말 너무하십니다."

짧게 오간 둘의 대화에서 풍기는 분위기가 예전과는 사뭇 달랐다. 아니, 정확하게는 관우의 말투가 예전과 달라졌으며, 그에 따라 황벽의 대꾸하는 태도도 달라진 것으로 보였다.

하지만 정작 두 사람은 그런 변화를 느끼지 못하고 있었다.

관우는 매일같이 고통과 인내의 극한을 오가는 수련으로 인해 자신이 조금씩 변해가고 있다는 것을 인지하지 못했다. 다른 생각을 할 겨를이 없었기 때문이다. 다른 생각을 하는 순간 몸은 만신창이가 되고 말 것이기에.

그리고 황벽 또한 관우의 이러한 변화를 크게 신경 쓰지 않았다. 당연했기 때문이다. 어떤 누구라도 폐쇄된 공간 안에서 삼 년 가까이 이러한 모진 수련을 거친다면 관우처럼 변화되는 것이 당연했다. 그도 그랬고, 천문의 모든 문도들 역시 그랬다.

오히려 관우의 변화는 다른 이들에 비하면 매우 약한 수준이었다. 적어도 관우는 자신을 향해 막말을 하거나 욕지거리를 하지는 않았기 때문이다.

"하압!"

씹던 밥알을 모두 입 안으로 넘긴 관우는 돌연 기합을 내지르며 황벽을 향해 돌진했다.

내력을 주입시킨 관우의 검이 참(斬)의 수법으로 위에서부터 내리그어지며 황벽을 압박했다.

이를 본 황벽은 손에 쥔 검을 가볍게 휘저어 관우의 검이 미치기 전에 이를 차단하려 하였다.

한데 바로 그 순간,

그를 베어오던 관우의 검이 돌연 비스듬히 꺾이며 순식간에 사선으로 방향을 틀어버렸다.

챙! 스으학!

새하얀 두 검의 몸뚱이가 서로 부딪치며 옅은 불꽃이 튀어 올랐다.

관우는 공세를 잡았다 싶었는지 연이어 황벽을 압박해 들어 갔다.

그러나 황벽은 마치 관망하듯 가벼운 움직임으로 관우의 노도와 같은 공격에 대응할 뿐이었다.

"쯧쯧… 조금 전엔 오히려 찌르기가 낫지 않았겠느냐?"

"차압!"

챙!

"지금 같은 경우엔 상대의 중심이 뒤에 있으니 연속해서 베어 들어가는 것이 좋다."

관우의 공격이 무위로 끝날 때마다 황벽의 냉정한 충고와 질책이 계속해서 이어졌다.

아무런 대꾸 없이 검만 휘둘러 대는 관우였지만, 날이 갈수록 예측력과 공격의 예리함이 더해지는 것을 보면서 황벽은 내심 고개를 끄덕였다. 관우가 자신의 조언을 하나도 빼먹지 않고 머릿속에 새기며 연구하고 있음을 알 수 있었던 것이다.

한편 관우는 어젯밤 고심에 고심을 거듭하여 들고 나온 자신의 공격이 오늘도 힘 한 번 못 써보고 막히는 것을 보며 분을 삭여야 했다.

언제나 한 번 황벽의 옷자락이라도 스칠 수 있을는지 답답할 뿐이었다. 그러한 답답한 심정을 대변하듯 관우의 검은 더욱 매섭게 휘둘러지고 있었다.

그런데 지금 관우는 공격을 적중시키는 것에만 몰두한 나머지 한 가지 사실을 감지하지 못하고 있었다. 그것은 바로 어느 순간부터 모든 진기가 검에 집중되고 있다는 사실이었다.

관우의 진기를 모두 받아들인 검은 점차 희뿌연 빛을 띠기 시작했다. 그리고 그 빛은 점차 그 길이가 늘어나고 있었다. 아니, 늘어나는 것처럼 보였다.

'이것은?

관우의 검에 맺힌 반 자 길이의 희뿌연 빛무리를 본 황벽의 얼굴에 놀람의 빛이 떠올랐다. 그러나 관우는 여전히 황벽의 움직임만을 열심히 좇을 뿐, 자신의 검에 일어난 변화에 대해서는 전혀 알아채지 못하고 있었다.

우웅!

허공을 가르는 소리부터 달라진 것을 본 황벽은 경악과 동시에 흡족함을 금치 못했다.

'벌써 검기가 반 자에 이르다니, 무계심결이 어느새 사성을

넘어섰구나! 허허.'

그랬다.

관우가 지금 무의식적으로 펼쳐 내고 있는 것은 분명 검기였다.

비록 아직 반 자밖에 되지 않는 초입의 단계였지만, 검을 잡은 지 겨우 삼 년인 것을 고려할 때 진정 누구라도 경탄할 만한 일이라 하지 않을 수 없었다.

이미 시기가 늦었음에도 관우가 이와 같이 빠른 진전을 이룰 수 있던 것은 황벽의 지도 덕분이라고 볼 수 있었다. 그러나 가장 결정적인 역할을 한 것을 꼽으라면 그것은 다름 아닌 무계심결이었다.

무계심결이라는 절세의 신공이 받쳐 주지 않았다면 아무리 뛰어난 재질과 훌륭한 사부의 도움을 받았다 하더라도 지금의 성취는 불가능한 일이었던 것이다.

무계심결은 그런 것이었다.

관우가 황벽의 도움 없이 스스로 무계심결의 행공 방법에 따라 진기를 돌리기 시작할 때부터, 관우가 행하는 일상에서의 모든 호흡은 곧 내공 수련이었다.

운기조식을 취할 때는 물론이요, 침식을 할 때나 그 어느 때도 관우의 호흡은 진기로 화하여 단전에 끊임없이 쌓이고 있었던 것이다.

이치적으로만 본다면 여타 무인들이 조석으로 하루 두 시진씩 육 년을 운기조식에 투자하여야만 쌓을 수 있는 내공을 관우는 단 일 년 안에 쌓을 수가 있었다.

물론 무계심결의 성취 수준과 여타 요인들로 인해 모든 호흡이 언제나 완전한 진기로 화하는 것은 아니었지만, 그것을 감안하더라도 내공의 성취 면에서 무계심결의 효험은 타의 추종을 불허한다고 해도 무방할 정도였다.

황벽은 자신을 절단 낼 듯 쏟아져 오는 희뿌연 검기를 향해 검을 좌우로 그었다.

"윽!"

관우는 황벽이 자신의 검을 밀어내는 힘을 견뎌내지 못하고 뒤로 죽 밀려날 수밖에 없었다. 그러자 관우의 검에 맺혀 있던 검기가 씻은 듯이 사라져 버렸다.

쉴 새 없이 공격을 쏟아 붓느라 지쳐 버린 관우는 가쁜 숨을 토해내며 중얼거렸다.

"하아! 아무리 기를 써도 하나도 먹히질 않는군요."

이를 들은 황벽은 차갑게 대꾸했다.

"그렇다면 더욱 기를 써봐야 하지 않겠느냐!"

그는 말을 끝냄과 동시에 관우를 향해 검을 아무렇게나 휘저었다.

머리, 팔목, 무릎, 옆구리, 어깨…….

짧은 순간 무수한 각도에서 관우의 전신을 향해 예리한 검날이 쏟아져 왔다.

'치잇!'

이를 본 관우는 입술을 깨물며 황급히 뒤로 몸을 날렸다. 하지만 황벽은 마치 먹잇감을 노리는 굶주린 뱀과 같이 무섭게 관우를 추격했다.

관우는 자신을 노리는 검극을 제대로 볼 수 없었다. 어느 각도에서 어느 부위로 날아올지 예측할 수 없는 황벽의 공격에 정신을 차릴 수가 없었다.

'또 단계를 높이신 거구나!'

적응할 만하면 단계를 높이는 것은 지금까지 계속되고 있었다. 황벽은 지금까지 관우가 겪어보지 못한 빠르기와 세기로 관우를 공격하고 있었던 것이다.

'젠장! 도대체 끝은 어디지?'

하지만 다른 생각을 할 틈 따윈 없었다.

그저 그동안의 수련으로 인해 터득된 감각만을 의지하여 간신히 검을 가져가 치명상을 피해내고 있을 뿐이었다. 그러나 그것 역시 곧 한계를 드러냈다.

쓰윽……!

"크윽!"

차갑고 섬뜩한 무언가가 관우의 허벅지를 길게 베며 지나갔다.

베인 곳은 순식간에 붉게 변하며 피가 맺히기 시작했다. 베인 다리에 힘이 풀려 휘청거린 관우는 넘어지지 않으려 검을 바닥에 내리찍었다.

그 모습을 본 황벽은 공격을 멈췄다.

"새로운 연구 과제다. 아마도 이것이 마지막 연구 과제가 될 것 같구나."

"……?"

간신히 고통을 억누르고 있던 관우는 고개를 치켜들며 물었다.

"마지막이요? 그럼 벌써 삼 년이……?"

황벽은 피가 흥건하게 번진 관우의 한쪽 다리를 바라보며 작은 목갑 하나를 꺼내 들었다.

"지혈이나 하거라."

그것은 다름 아닌 금창약이었다.

목검에서 진검으로 바꾼 후 황벽은 관우가 검에 베이면 이렇게 금창약을 던져 주고 사라지곤 했다.

관우는 황벽이 던져 준 금창약을 손에 쥐며 다시 한 번 중얼거렸다.

"마지막이라니……?"

마지막이라는 황벽의 말에 관우의 마음속엔 만감이 교차했다.

한편, 여느 때와 동일하게 별다른 말 없이 관우만을 남겨두고 지하 광장을 빠져나가는 황벽의 얼굴에도 흐뭇한 미소가 떠올라 있었다.

'검기, 검기라……. 내가 배울 때보다도 여섯 달이나 성취가 빠르다니! 허허!'

천하의 영재를 얻어 가르치는 것이 군자의 세 가지 즐거움 중 하나라고 했던가?

황벽은 지금에야 비로소 그렇게 고백한 맹자의 심정을 이해할 수 있을 것 같았다.

밖은 날이 갈수록 싸늘해지고 있었다.

불어오는 한풍(寒風)은 또 다른 겨울이 한걸음 앞으로 성큼 다가왔음을 알리고 있었다. 관우가 지하 광장에서 맞이하는 세 번째 겨울이었다.

우웅!

황벽의 검이 새하얀 빛을 뿜어냄과 동시에 그의 신형이 허공을 격하여 관우를 향해 날아들었다.

관우는 검이 자신의 머리를 향해 떨어져 내릴 것으로 예상하고 자신의 검에 내력을 집중하여 머리 위로 들어 올렸다.

그러나 황벽은 마치 허깨비와 같이 허공에서 신형을 한 바퀴 회전하고는 그대로 관우의 목젖을 겨냥하여 검을 찔러왔다.

관우는 돌변한 황벽의 공격에 내심 당황했으나 평정심을 잃지 않고 재빨리 목을 우측으로 틀었다.

'으음!'

날아드는 검을 가까스로 피한 관우는 순간 찾아온 시큼한 고통을 속으로 삼켰다. 간발의 차로 피하긴 했으나, 예리한 검기로 인해 어깨 부위에 가느다란 혈선이 그어지는 것까지 막을 수는 없었던 것이다.

기회를 본 관우는 빠르게 중심을 앞으로 이동하며 황벽이

서 있는 위치의 팔방(八方)을 점유하며 검을 찔러갔다.

슈슈슉!

이를 본 황벽은 조금도 물러서지 않고 그 자리에 선 채로 관우의 공격을 모두 피해냈다.

그렇게 그가 관우의 마지막 이어지는 공격을 피해냈을 즈음, 드디어 그의 검이 관우의 검을 쥔 손을 목표로 아래에서 위로 쳐올려졌다.

이에 관우는 황급히 검을 회수하며 날아오는 검을 막아갔다.

채앵!

"윽!"

간신히 황벽의 공격을 저지한 관우는 황벽의 검에 담겨 있는 어마어마한 내력의 무게를 감당하지 못하고 그만 검을 손에서 놓치고 말았다.

날아간 검이 바닥에 널브러지는 소리가 들려온 후, 장내엔 얼마간의 침묵이 흘렀다. 그리고 잠시 후, 검을 거둔 황벽은 잔뜩 구겨진 관우의 얼굴을 바라보며 입술을 떼었다.

"쾌검(快劍)과 환검(幻劍)에 대한 대처는 좋다만, 중검(重劍)에 대한 대처는 아직 미숙하구나. 물론 내공이 증진된다면 크게 걱정할 정도는 아니지만, 중검에 대한 적절한 대처 방법을 찾지 못한다면 쓸데없이 내공만 허비하게 될 수도 있으니 꾸준히 보완해야 할 게다."

"알겠습니다."

황벽의 말에 짧게 대답한 관우는 떨어진 검을 줍기 위해 몸을 돌리려고 했다. 그러나 황벽이 이를 만류했다.

"이제 그만 되었다."

"……?"

무슨 말이냐는 듯 관우는 가만히 황벽을 쳐다보았다.

"수련을 이것으로 끝내겠다는 것이다."

"끝… 이요?"

황벽의 입에서 끝이라는 말을 듣자 관우는 가슴속에서 무언가가 뚝 떨어져 내리는 것 같은 기분이 들었다.

아울러 수련이 시작될 때부터 지금까지 온몸을 지배했던 긴장이 일시에 풀리는 것을 느낄 수 있었다.

"드디어… 삼 년이 다 된 겁니까?"

황벽은 고개를 끄덕였다.

"기대보다 잘 버텨주었다."

관우는 잠시 상념에 잠겼다가 무엇이 생각난 듯 물어왔다.

"그럼 이제부턴 뭘 배우죠?"

"내가 가르쳐 줄 것은 여기까지다. 더 이상 네게 가르칠 것은 없다."

"천조검이란 것은 가르쳐 주시지 않는 겁니까?"

황벽은 의문에 가득 차 있는 관우를 바라보며 희미한 미소를 머금었다.

"너는 이미 모든 천조검을 익혔다."

"그게 무슨……?"

관우의 표정이 이해할 수 없다는 듯 일순간 멍해졌다.

"지난 이 년 동안 네가 나를 상대로 검을 휘두른 것, 그것이 바로 천조검이다. 너는 내게 수없이 맞고, 찔리고, 베이면서 어떻게 해야만 당하지 않을 수 있는지 그 최선의 방법을 연구하고 몸에 익혀왔다. 나아가 어쩌면 나를 제압할 수 있을지, 그 최선의 검로를 끝없이 찾아냈다. 어떠냐, 그것들이 모두 네 머릿속에 남아 있느냐?"

관우는 천천히 고개를 저었다.

"모두는 아닙니다."

이에 황벽은 당연하다는 듯이 말했다.

"그럴 테지. 하나 네 머릿속엔 남아 있지 않아도 이미 네 몸은 그 모든 것을 하나도 빠짐없이 기억하고 있을 것이다. 무릇 검법에 있어 초식이란 검을 휘두르는 최선의 동작을 일정하게 연결시켜 놓은 것에 불과하다. 또한 그 초식을 익힌다는 것은 끝없는 반복 수련을 거쳐 완전히 자신의 몸에 배게 한다는 것을 의미한다. 언제, 어떠한 상황에서든 그에 맞는 초식을 바로 펼쳐 낼 수 있게끔 말이다."

황벽의 말을 잠자코 듣고 있던 관우는 알겠다는 듯 작게 고개를 끄덕여 보였다.

"어르신의 말씀은 그동안 제가 연구했던 것이 곧 초식이고, 그걸 가지고 어르신과 대련하면서 검을 휘둘렀던 것이 모두 천조검을 익힌 거였다, 이 말씀입니까?"

"그렇다. 거기에 더해서 넌 그저 일반적인 초식만을 반복 수련한 자들과는 달리, 나를 상대하며 귀한 실전에 대한 감각까지 단시간에 함께 얻을 수 있었다."

잠시 뜸을 들인 황벽은 진한 미소를 머금으며 관우를 향해 두 팔을 슬쩍 들어 올려 보였다.

"강호를 통틀어 나만 한 실전 상대를 구한다는 것이 어디 쉬운 일이겠느냐?"

그 말에 순간 어이가 없어진 관우의 입가에도 살짝 미소가 걸렸다.

"가르치는 걸 생색내는 사람을 찾는 것도 쉬운 일은 아닐 것 같습니다만."

"뭣이? 노옴! 후후."

관우의 응수에 짐짓 노기를 발한 황벽.

이제야 확실히 관우의 긴장이 완전히 풀어진 것을 보며 계속해서 설명을 이어갔다.

"애초에 천조검에는 정해진 초식 따윈 없다. 아니, 어쩌면 천조검이란 검법 자체가 없다고 하는 것이 맞을 수도 있겠지. 천조검이란 것은 그저 무계심결을 운용하여 검을 휘두르는 것일 뿐, 그 이상도 그 이하도 아니다. 이 같은 이유 때문에 같은 천조검이라 할지라도 나와 너의 천조검은 다른 검로를 갖게 되는 것이다."

"음… 그렇다면 무계심결의 성취가 높아질수록 천조검도 저절로 강해지게 되겠군요?"

"물론이다. 무계심결의 성취 정도에 따라서 검으로 펼쳐 낼 수 있는 경지 또한 달라진다. 무계심결이 이성의 경지에 이르면 마음먹은 대로 검에 진기를 주입할 수 있게 된다. 그리고 사성을 넘어서면 검기를 일으킬 수 있게 되고, 육성 이상이 되면 능히 검기로 강기(罡氣)를 만들어낼 수도 있을 것이다. 물론 부단한 노력이 동반되어야겠지만 일단 여기까지는 무계심결의 성취가 늘어갈수록 천조검의 성취도 늘어간다고 말할 수 있다. 하나 그 이상의 경지는 단순히 내공의 힘으로 이루기엔 한계가 있느니라. 그것을 위해서는 스스로의 깨우침이 필요하다."

"깨우침이요?"

"그렇다. 하지만 그와 같은 깨우침을 얻은 자는 고금을 통틀어도 극히 소수에 불과할 것이다."

관우는 황벽이 말한 '그 이상의 경지'가 과연 어떤 경지일지 궁금했다. 그리고 자신이 당장에 목표로 삼아야 할 것이 바로 그것임을 깨달았다. 풍령의 능력을 온전히 발휘하는 것이 궁극적인 목표임은 물론이었다.

새삼 자신의 처지를 마음에 새긴 관우는 곧 황벽을 향해 입을 열었다.

"그럼 지금의 제 수준은 정확히 어느 정도입니까?"

"네 무계심결은 이미 육성의 초입에 이른 상태다. 익숙지는 않을 것이나 마음만 먹으면 능히 검강을 펼칠 수도 있을 터, 그 정도로도 강호에서 쉽게 적수를 찾기 어려울 게다."

"어르신과 비교해선 어떻습니까?"

넌지시 묻는 관우를 보며 황벽은 코웃음을 쳤다.

"흥! 이제 겨우 수련을 마친 놈이 감히 누구와 비교를 하려는 것이냐? 내가 마음만 먹으면 검이 없이도 이 자리에서 당장 네 목을 벨 수도 있다."

그 말에 움찔하는 관우.

"으음! 검이 없이도 목을 벤다라… 정말 대단한 경지군요!"

하지만 황벽은 기분이 묘해지는 것을 느꼈다. 분명 관우의 말은 자신에 대한 경탄이었는데, 이상하게도 별로 그렇게 들리지가 않았던 것이다.

"노옴! 지금 나를 희롱하는 것이냐? 좋다, 못 믿겠다면 직접 보여주지!"

그러면서 공격할 자세를 취하는 황벽.

이렇게 되자 관우는 황급히 양손을 휘저었다.

"아이고! 잘못했습니다, 어르신! 한 번만 용서해 주십시오."

하지만 그렇게 말하면서도 표정엔 장난기가 묻어 있는 관우였다.

그것을 알면서도 황벽은 자세를 풀었다. 관우의 그런 모습이 싫지가 않았다. 기실 그는 관우가 자신을 희롱한 것이 아니라 단순히 가벼운 장난을 건 것임을 알면서 그것을 받아주었던 것이다. 그만한 정과 신뢰가 두 사람 사이엔 존재했다.

"크흠, 헛소리는 그만하고 이만 이곳에서 나가자. 밖에서 선인께서 기다리고 계신다."

"사부님께서……?"

환무길에게 생각이 미친 관우의 얼굴은 다시금 진지해졌다.

지난 삼 년 동안 한 번도 볼 수 없었던 사부였지만, 매일같이 사부가 해준 말을 되새기며 하루하루를 보냈다. 다시 사부를 보게 될 때 부끄러움이 없으려고 이를 악물고 고통을 이겨냈던 것이다.

'드디어 끝났습니다, 사부님!'

관우는 최선을 다했다. 그리고 최선을 다한 만큼 얻은 것이 있었다. 그것은 자신감이었다. 뭔가 해낼 수 있다는 자신감.

비록 막연한 자신감이지만 관우에겐 매우 소중했다.

그것으로 인해 또 다른 출발이 마냥 두렵지만은 않게 되었기 때문이다.

삼 년간의 고된 수련은 관우를 변화시켰다.

그것은 새로운 세상을 향해 힘차게 한 걸음을 내디딜 수 있을 만큼의 작지만 큰 변화였다.

『풍신유사』 제2권에 계속…

이경영 소설

섀델 크로이츠

SCHADEL KREUZ

[2부] *Philosopher*
필라소퍼

정도를 추구하고 세상을 바로잡는
하얀 왕의 힘이 필요한 역전체 군단.
신의 존재에 가까운 '절대자'와
또 다른 천요의 등장.
그들의 목적은 헨지를 통한
공간왜곡의 문!

주어진 운명에 대항하는 자들과 이를 막으려는 자들.
그리고 밝혀지는 전설의 진실 앞에 또 다른
전설의 존재가 탄생하는데……

섀델 크로이츠, 그들의 임무가 시작되었다.

유행이 아닌 자유추구 -
WWW.chungeoram.com
Book Publishing CHUNGEORAM

CHARM MASTER
참마스터

눈매 퓨전 판타지 소설

부적(Charm)이란

만드는 자의 정성, 만드는 자의 능력, 받는 자의 믿음,
이 세 가지가 충족되어야 최고의 힘을 발휘한다.

이계에서 넘어온 영환도사의 후손 진월랑!
아르젠 제국의 일등 개국 공신 가문이었던 이계인 가문, 진가가 하루아침에 몰락했다.
그것도 가장 믿었던 사람으로 인해.

홀로 살아남은 어린 월랑은 하루하루 생존 게임이 벌어지는
살인자들의 섬으로 보내지는데…….

독과 부적의 힘을 손에 넣은 진월랑!
그가 피바람을 몰고 육지로 돌아온다.

유행이 아닌 자유추구 -
WWW.chungeoram.com
Book Publishing CHUNGEORAM

청운하 新무협 판타지 소설

백팔번뇌

百八
煩惱

세상은 날 버렸다.
나 또한 세상을 버렸다.

神이 선택한 그들이 흘린 쓰레기를…
난 그저 주워 먹었을 뿐이다.
그러므로 난 여전히 배가 고프다.

**일류(一流)가 되기 위해서라면…
난 기꺼이 신마저 집어삼킬 것이다.**

유행이 아닌 자유추구-
WWW.chungeoram.com

백팔살인공을 한 몸에 지닌 그를
훗날 천하는 그렇게 불렀다.

대무신 大武神

임영기 新무협 판타지 소설

무간백구호(無間百九號). 태무악(太武岳).
신풍혈수(神風血手). 대살성(大殺星).

고독한 소년이 세 살 때의 기억을 좇아
천하를 상대로 싸우면서 열아홉 살 때까지 얻은 이름들.
그리고 백팔살인공(百八殺人功).

大武神

백팔살인공을 한 몸에 지닌 그를 훗날 천하는 그렇게 불렀다.